장야

묘니
猫膩
장편소설

이기용
옮김

야(夜) 3권

1

○ ○ ○

영자필법

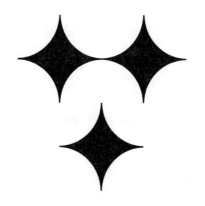

1

✦

글씨의 주인

1
。。。

ㅇ ㅇ ㅇ

녕결은 자신의 수행 속도가 진피피, 심지어 둘째 사형을 곤혹케 한 사실을 알지 못했다. 그는 숨결을 감지하고 이어서 사물을 감지하는 것이 수행자가 모두 겪는 자연스러운 발전 과정이라 여겼을 뿐이었다.

서당에서의 생활도 마찬가지였다. 저번 학기 시험의 여파가 시간이 흐름에 따라 자연스럽게 사라지며 이제는 오히려 그에게 관심을 두는 이도 별로 없었다. 하지만 집단의식은 맹목적이며 오래간다. 학생들은 관심이 없는 것이 아니라 녕결을 무시하는 법을 배운 것이다. 그렇게 쌍방 사이의 보이지 않는 틈은 넓어졌다.

저유현과의 관계는 나쁘지 않았지만 서로가 바빴다. 녕결은 구서루에서 시간을 보내느라 저유현은 기방에 다니느라 결석이 잦아 서로의 만남이 뜸해졌다. 사도의란은 공주 전하에 대한 믿음 때문에 녕결을 믿는 편이었지만 서당의 분위기 때문에 쉽게 말을 붙일 수 없었다. 그래서 녕결과 서원 동창들의 교감은 더욱 줄어들었고, 이제는 서로 쳐다보지도 않는 모르는 사람과 다름없어 보였다. 더 정확히 말하자면 녕결은 서원에서 잊히고 있었다.

서원 학생들의 관심사는 임천 왕영이 아름다운 글을 한 편 썼다는 것, 양관 종대준이 좋은 시를 썼다는 것, 술과에서 진사막이라는 학생이 감지의 경지를 돌파했다는 것, 또 을 서당의 군부 추천생 하나가 어제 사과(射科)에서 교관을 이겼다는 것, 그 일로 사도의란이 또 초중천을 욕했다는 것 정도였다.

하지만 여전히 관심의 초점은 남진 사승운. 그는 학기 시험에서 다섯 과목 갑등 상을 얻은 후 또 두 가지 놀라운 화제를 만들어냈다. 하나는 어느 여름날 밤, 그가 대당 제주 대인의 손녀 김무채와 호수 옆 돌의자에 어깨를 기댄 채 앉아 있는 것을 누군가 목격했다는 사실. 다른 하나는 그가 마침내 감지의 경지를 돌파해 불혹의 경지에 들어갔다는 것이었다.

조지풍 교관이 직접 확인한 후 사승운 공자가 이층루에 들어갈 희망이 더 커졌다며 흐뭇한 미소를 지었다는 것이다.

날은 이렇게 무심하게 또 평온하게 흘러갔다. 신선한 바람이 불어 노란 나뭇잎 몇 개를 떨어뜨리니 어느덧 가을이었다. 여느 때처럼 구서루를 향해 걸어가던 녕결은 골목길 앞에 사람들이 둘러앉아 이야기를 나누는 모습을 보게 되었다.

그 중심에 있는 학생은 상정명(常征明). 얼마 전 사과에서 10점 과녁을 완벽하게 맞혀 교관을 이긴 남학생. 하지만 아무리 주목을 받는 이라 해도 녕결은 개의치 않았다. 녕결이 별 관심 없다는 듯이 스쳐 지나가려는데, 뜻밖에도 상정명이 엄숙한 표정으로 말을 걸었다.

"녕결, 우리는 모두 군부 추천생인데 넌 계속 그렇게 생각 없이
살아갈 거야? 누군가 얼굴에 침을 뱉었는데 그 침이 저절로
마르기만 기다리는 것은 대당 제국 군인이 할 수 있는 일이
아니야."

녕결은 발걸음을 멈추었다. 그리고 잠시 그를 바라보다가 웃으며 말했다.

"우리는 모두 군부 추천생이지만 서원에 들어오자마자 군적을
벗었으니 당군(唐軍)이라 자칭하지 않아야 해. 그리고 아무도 감히
내 얼굴에 침을 뱉지 못할 거라 믿어. 내가 생각 없이 산다는 건
너의 생각일 뿐 나와는 상관없어."
"자신을 다시 증명하고 싶으면 증명할 기회를 놓치지 않아야지.
네가 사과 공부에 나서면 네가 도전할 기회를 줄게."
"선의를 베푸는 건가? 예전에 내가 한 말을 못 들었나 보지?
네가 우림군에서 황궁을 지킬 때 난 변성에서 대당의 국경을
지키고 있었어. 군부는 내가 마적의 머리를 얼마나 베었는지
기억할 텐데 난 더 이상 자신을 증명할 필요가 없어."

말을 마치고 녕결은 몸을 돌려 떠나갔다. 그의 뒷모습을 보는 상정명은 자신이 진 느낌이 들어 마음이 좋지 않았다.

'병가를 핑계로 도전을 피하다니…… 군부 추천생 모두가 망신을 당한 것과 다름없었지. 당군은 목숨보다 명예를 더 중시하는데, 넌 도대체 무슨 생각을 하는 건가…….'

골목길을 돌아 나와 호수 쪽으로 다가가니 나무 아래에서 여학생 둘이 호수를 가리키며 웃고 있었다. 그중 날씬한 소녀의 웃음은 살짝 억지스러웠고, 눈에는 옅은 부러움과 함께 슬픈 기색이 스쳤다.

'저 친구가 저유현이 말한 그 친구구나. 외삼촌이 황궁에 있으니 건드리지 말라고 한 소녀.'

녕결은 그녀의 시선을 따라 호수를 바라보았다. 호숫가 푸른 풀밭 사이에 한 쌍의 남녀가 나란히 서 있었다.

준수한 외모의 기품 있는 사승운, 눈매가 온화하고 청아한 김무채.

가을바람이 젊은 남녀가 걸친 학복을 스쳐가니 그 휘날리는 모습이 무척 아름다워 보였다. 서원에서 부러움을 사는 젊은 남녀. 멀리서 지켜보는 소녀의 질투심과 슬픔. 하지만 녕결은 그저 그 모습을 호수 위로 흩날리고는 구서루로 향했다.

최근 그의 마음은 갈수록 평온해지고 있었다. 동창들의 무시와 따돌림에도 아랑곳하지 않았다. 심지어 그런 고독을 마음껏 즐겼다. 지금 그의 마음가짐은 지난 16년간의 그것과 근본적으로 달랐기 때문이다.

충분히 평온한 시선으로 바라보면 세상 모든 것이 아름답다. 녕결의 눈에 비친 호숫가의 젊은 남녀도 아름다웠다. 설령 그 남자가 사승운 공자라고 해도. 그의 눈에 비친 서원의 풍경은 더욱 아름다워 보였다. 설령 자신이 서원에서 잊히고 있다고 해도. 남들 눈에는 그가 쓸쓸하고 외롭고 때론 불쌍해 보였지만, 그의 눈에는 자신만 아는 서원의 곳곳이 정말 아름다웠다.

　　호수 옆 돌길을 따라 구서루를 돌아 큰 산으로 가는 길. 녕결은 며칠 전 한 줄로 서 있는 나무들 뒤쪽으로 아무도 밟지 않은 넓은 잔디밭을 발견했다. 잔디 중앙에는 이름 모를 나무가 아주 많았고 모두 높고 삐죽했다. 키 큰 나무 수백 그루가 한곳에 모여 마치 무수한 목검이 잔디밭에 거꾸로 꽂힌 듯 빽빽하게 들어선 기세가 놀라울 정도로 장대했다.

　　녕결은 숲 사이로 들어가 매끈한 나무 밑동에 앉았다. 그리고 품에서 직접 쓴 공책 한 권을 꺼내 정성껏 읽기 시작했다. 진피피의 제안대로 영자필법으로 재구성한 것. 〈수행오경약술(修行五境略述)〉의 앞부분.

　　"나도 이제 종이를 띄우고 촛불을 흔들고 은괴를 조금씩
　　움직일 수 있으니 그럼 불혹의 경지에 들어간 건가? 사승운도
　　이제 막 불혹의 경지에 들어갔다던데 뭘 그렇게 흥분하는 거야?"

녕결이 혼잣말을 하고 있는데 뒤에서 갑자기 목소리가 들렸다.

　　"사승운은 스무 살에 불과한데 감지에서 불혹으로 넘어가는 것도
　　쉽지 않은 일이다. 너도 연이어 기묘한 경험을 하고 또 피피가
　　마음씨가 착해 널 도와주고…… 그러니 네가 불혹에 들어가는
　　것도 당연한 일이다."

녕결은 너무 놀라 벌떡 일어나 담담한 소리가 나는 곳을 바라보았다. 녕결은 그 사람의 모습을 보고 황급히 예를 올렸다.

　　"오셨습니까?"

여교수가 나무 뒤에서 걸어 나오고 있었다. 청아한 모습이었지만 부드럽고 성숙한 기품이 배어나왔으며, 그런 외모와 기질의 차이가 그녀의 나이를 짐작할 수 없게 만들어 묘한 매력을 더하고 있었다.

"난 구서루에서 20여 년 동안 잠화소해체를 베꼈는데 네가
   갑자기 나타나 소란을 피우더니, 서원에서 내가 가장 좋아하는 이
   '불굴검림(不屈劍林)'에 또 나타나다니 넌 정말 골치가 아프구나."

구서루 2층 동쪽 창가에서만 보던 그녀를 여기서 만나니 감회가 새로웠다.

   "모든 우연이 의미가 없다고 생각하지는 마시지요."

여교수는 미소를 지었다.

   "난 지금 너에게 아무것도 가르쳐주지 않을 것이다. 만약
   그런 날이 온다면 그때는 네가 굳이 묻지 않아도 내가
   가르쳐줄 테니."

여교수가 선수를 쳤다. 넝결은 머리를 긁적였고 여교수는 여전히 미소를
지으며 말을 이었다.

   "여기서 나를 피하지 않아도 된다. 나도 가끔 여기 오니까."
   "선생님, 왜 이 숲을 좋아하십니까?"
   "오래 전 한 사람이 이 검림에서 도를 깨쳤지. 그 사람은 내가
   서원에서 진심으로 존경하는 유일한 사람이었어. 어쩌면 그분의
   기운이 이곳에 아직 남아 있을지도 몰라. 그래서 난 이 숲에 올
   때마다 기분이 좋아진단다."
   "진심으로 존경하는 유일한 사람? 설마 부자(夫子) 원장님께서
   여기서 도를 깨달으신 거예요?"

여교수는 웃었지만 대답을 하지는 않았다.

   "그분이 지금도 이 숲에 계셨다면 선생님도 그분과 친구가

되었을지도 모르겠네요."

여교수는 고개를 가로저었다.

　　"그분을 다시 만날 수 있다면 그분의 검기(劍氣)가 진짜 그렇게
　　호연무쌍(浩然無雙)한지 겨뤄보고 싶구나."
　　'호연무쌍? 호연?'
　　"산중에는 늘 진의(眞意)가 있다. 너도 이 경치의 아름다움을
　　안다면 되도록 많이 보고 즐겨라."

여교수는 그의 눈을 보며 진지하게 말을 이었다.

　　"수행하는 사람은 속세와 다투는 것을 즐기면 안 된다. 책을 읽고
　　경치를 감상하면서 잘못된 길로 접어드는 것을 경계해야 해.
　　그렇지 않고서는 담박(澹泊)한 뜻을 밝힐 수 없다. 내년 가을에
　　이번 신입생 중 '너희' 당국인들은 변새(邊塞, 국경의 요새)로 실습을
　　나갈 것이야. 남은 일 년 동안 기초를 튼튼히 다져 놓아라.
　　전쟁터에서 죽으면 목숨이 아깝지 않겠느냐?"
　　'너희?'
　　"선생님은 당국인이 아니십니까?"

여교수는 천천히 고개를 저으며 숲 밖으로 걸어 나갔다.

　　"선생님, 학생은 아직도 선생님의 존함을 모릅니다."
　　"여렴(餘簾)."
　　'의외로 평범하고 세속적인 이름이네?'
　　"선생님, 연세가……?"
　　"여자에게 나이를 묻는 것은 예의에 어긋난 일이야."
　　'외모는 열여섯, 기질은 서른으로 보이는 황당한 상황이 아니면

제가 나이를 물었을까요?'

녕결은 조용히 서원에서 공부하고 또 수행했다. 증오도 없고 피도 없고 공부와 기다림만 있었다. 예전처럼 간절히 바라지도 않았다. 단지 실력이 향상되기를 기다렸다. 단지 가을이 지나 겨울이 오기를 기다렸다. 겨울도 지나고 봄이 오면 서원에서 이층루 사람을 모집할 것이다. 그리고 내년 가을에 그는 다시 변경(邊境) 지방으로 보내질 것이다.

＊＊

당국과 연국의 국경 지대의 산들도 가을을 맞았다. 하지만 산골짜기 곳곳에 주둔한 양국 변경 부대는 가을의 운치를 즐길 새가 없었다. 중원에서 북쪽에 위치한 이곳은 가을이 되면 기온이 뚝 떨어져 버린다. 사람들의 입김은 서리가 되고 손도 시뻘겋게 얼어붙는다.

  이른 아침, 연국 복장을 한 남자 둘이 국경을 넘어 대당 군영을 찾아왔다. 이곳은 대당에서 가장 강한 변경 군대가 주둔해 있는 곳. 진군(鎭軍) 대장군(大將軍)이 지휘하는 중군(中軍)이 주둔하고 있어 검문이 매우 엄격했다. 그래서 중년 남자 하나와 비교적 젊은 남자 하나는 대당 군부(軍部)가 발급한 밀서를 들고서도 오랜 시간에 거쳐 겹겹의 검문을 받았다. 그리고 마침내 웅장한 장막 위에 펄럭이는 군기를 보고 눈가에 싸늘한 기운이 스쳤다.

  대당 중군 장막.

  "장안성 대당 군부로부터 밀서를 받기 위해 얼마나 많은 희생이
  있었는지 알지? 오늘 암살이 실패해서는 안 된다."
  "그냥 백정 한 놈 죽이는 건데 뭘 그리 긴장합니까."
  "천하에서 그 백정을 죽이려는 사람이 얼마나 많았는지 모른다.
  하지만 그는 아직 죽지 않았다. 지금 우리가 서 있는 곳에서 중군

본영까지의 거리를 추밀원에서 정확히 계산해 두었다. 기습을 하기에 충분하다. 다만 우리가 기습을 할 수 있는 거리라면 그가 우리의 존재를 눈치챌 수도 있지 않을까 걱정이⋯⋯."

"쓸데없는 걱정입니다."

바로 그때, 중년 연국인의 안색이 급변하였다.

당국과 연국의 국경 지대는 양주(梁州)와 근접해 있지만 연국과의 접경지대이기 때문에 수만의 당국 변경군이 주둔해 있었다. 변경군의 장막이 바다의 파도처럼 이어져 있었고 그 중앙에 주둔군 최고 장수가 머무르는 중군 장막이 작은 산처럼 버티고 있었다. 중군 장막 밖에는 순찰하는 병사도 없었다. 마치 장안성 왕공귀족 저택 후원처럼 조용했다.

장막 안, 호화스러운 모피 십여 개로 감싸진 침대에 중년 남자가 누워 있었다. 순백색 옷을 걸치고 있어 검은 누에 같은 짙은 눈썹과 진한 피와 같은 빨간 입술이 더욱 도드라졌다. 강철 같은 체구의 그는 깊은 잠에 빠져 있었지만, 서늘한 기세가 장막 안으로 뿜어져 나왔다. 무엇인가를 감지한 듯 중년 남성이 눈을 뜨고 장막을 사이에 두고 바깥 어딘가를 바라봤다. 대수롭게 여기지 않는 평온한 얼굴이었지만 눈빛만은 어둠 속 번개처럼 번뜩였다.

중년의 연국인은 번개 같은 눈빛을 보지 못했다. 하지만 그는 연국 서쪽 지방에 은둔한 염사로서 천지의 원기 파동에 예민했다. 땅속 가장 깊은 곳에서 온 듯한 차가운 기운이 장막을 뚫고 자신의 앞으로 파고드는 것을 느낄 수 있었다.

그는 급하게 안색이 변하며 선제 공격을 시도했다. 마른 두 손을 가슴 앞에 펼쳐 장막으로 향하게 하자 손바닥에서 얼룩덜룩한 혈흔이 나타났다. 마치 한겨울에 핀 붉은 매화 두 송이 같은 염력이 하늘을 가르며 솟구쳐 올랐다.

중군 장막 내의 공기가 갑자기 폭풍처럼 휘몰아쳤다. 호화로운 모피가 찢어지며 갑자기 생명력이라도 부여된 듯이 줄처럼 말아 올려졌다. 그 밑으로 침대를 감싸고 있던 가죽은 광폭한 염력에 갈기갈기 찢어져 뱀처럼 튀어나가 순식간에 장군의 몸을 휘감기 시작했다.

모피와 가죽이 실제로 장군의 몸을 묶은 것은 아니었다. 하지만 그것들에 붙어 있는 응축된 천지의 원기와 강력한 무형의 염력이 장군의 몸을 옴짝달싹 못 하게 만들고 있었다.

대염사와 같이 온 젊은 연국인은 검사(劍師)였다. 서른도 채 되지 않아 동현 중(中)의 경지에 발을 들여 놓은 수행 천재 중 한 명이었다. 하지만 옆의 대염사의 움직임을 보고 또 적의 명성(名聲)을 떠올리며 상당히 긴장하고 있었다. 그는 눈썹 끝을 검(劍)처럼 치켜들고 혀끝을 깨물어 피를 한 줄기 뿜어냈다. 두 손가락으로 검결(劍訣)을 만들어 뿜은 선혈 사이로 내밀었다.

'웅웅웅…… 획!'

검집에서 비검이 빠져 나왔다. 검결은 빛을 내뿜으며 한 마리의 은룡으로 변했다. 그것은 군영을 뒤덮고 있는 새벽어둠을 뚫고 중군 군영 장막으로 순식간에 날아갔다.

'츠츠츠츠츠!'

장막 안의 장군은 염력이 실린 찢어진 모피와 가죽에 묶여 있었다. 강철 같은 체구는 조금도 움직일 기미를 보이지 않았다. 하지만 여전히 가소롭다는 표정을 짓고 날아오는 비검을 노려보았다. 그의 눈에 갑자기 경멸의 빛이 떠올랐다.

"파(破)!"

그 소리는 그다지 우렁차지 않았다. 오히려 맑고 온화했다. 그 소리가 장막 안으로 퍼지며 은은하게 울렸을 때, 하늘에서 유유히 흐르던 구름이 갑자기 속도를 높였다. 구름 사이로 보이던 희뿌연 하늘에서 어두운 빛이 내려와 지면을 비췄다. 그리고…… 구름 끝자락에서 하늘이 폭발하는 듯한 소리가 났다.

'우르르…… 쾅!'

구름 사이로 천둥이 친 것인지 장군 입술 사이에서 폭발음이 나온 것인지…… 중군 장막 안의 모든 공간을 빈틈없이 채워갔다.

'웅웅웅웅…….'

사납게 달려오던 비검이 마치 거대한 망치에 맞은 듯 부르르 떨었다. 고개를 돌려 도망가려고 안간힘을 쓰는 것처럼 보였다. 번개와 같은 눈빛, 가볍게 울린 짧은 명령. 하늘에서 내려 천둥 같은 소리에 수십 토막이 나며 새까만 쇳조각으로 변해 사방으로 튀어나갔다. 장막 안에 흩날리던 찢어진 모피 조각들은 마치 법술(法術)에 걸린 듯이 공중에서 그 움직임을 멈췄다. 장군을 꽁꽁 묶고 있던 가죽은 날카로운 칼에 잘린 듯 생명력을 잃고 바닥에 처참하게 떨어졌다.

'우르르…… 쾅, 우르르…… 쾅!'

천둥소리는 군영 장막에서 계속 울려 퍼졌다. 견고했던 장막이 맹렬하게 터지며 수많은 장막의 파편이 주변을 휩쓸었다. 그 충격에 중군 장막 근처에 있던 작은 장막들이 찢어져 하늘로 솟아올랐다.
　　충격파는 직선으로 나아가며 걸리적거리는 모든 것을 부수었다. 그 모습은 마치 두터운 흙 위에서 피어나는 메마른 꽃송이들 같았다. 그 직선의 끝이 닿은 곳은 두 연국인이 숨어 있던 정보처 장막이었다.
　　중년의 연국인은 달려드는 힘을 느꼈지만 대응할 시간이 없었다. 그의 얼굴이 창백해졌고, 옆의 젊은 동료를 보며 고개를 저었다.

'펑!'

광풍이 일며 작은 장막이 순식간에 찢어졌다.

'뻐걱.'

중년 대엽사의 목뼈가 끊어졌다. 흔들리던 머리가 몸에서 떨어져 나갔다. 머리가 잘 익은 수박처럼 터지며 사방으로 선혈이 튀었다. 동시에 동현 경지의 젊은 검사의 절망적인 눈망울에서 두 송이 피꽃이 피어났다. 그의 몸은 마치 바람에 쓰러지는 모래상처럼 으스러지며 핏덩이로 변했다.

＊＊

'땡땡땡땡땡!'

경계를 알리는 다급한 종소리와 함께 대당 변군의 진지는 빠르게 방어 태세를 취했다. 기병들이 칼을 뽑아들며 연국 국경 쪽으로 돌진하기 시작했다. 또 군영 깊숙한 곳에서 갑옷을 두른 장군의 친위병들이 질서정연한 모습으로 폐허 사이를 걸어 다니며 남아 있을지도 모를 적을 수색했다.

　　무거운 발소리가 군영 안에서 울리고 중년 남자 하나가 빛이 나는 밝은 갑옷을 입고 무심한 표정으로 걸어 들어왔다. 갑옷에는 의미를 알 수 없는 부적 무늬가 새겨져 있었는데 그 검은 선의 무늬가 갑옷에 살기를 더하고 있었다.

"하후 대장군을 뵙습니다!"

당나라 군부에서 가장 강력한 4대 장군 중 하나. 진군 대장군 하후.

　　하후는 무도 수행의 최고 강자였다. 강철 같은 몸과 얼음 같은 표정, 군대를 다스리는 포악한 수법, 강인하고 두려움 없는 군인의 기품으로 24년 동안 대륙의 북방을 종횡무진 누비며 제국을 위해 적을 베고 국토를 넓혔다. 그래서 조정의 두터운 신임과 부하들의 경외를 한몸에 받고 있었다. 물론 그로 인해 고통을 겪는 사람들의 마음속에서는 마왕(魔王)일 뿐이었지만.

산산조각이 난 정보처 장막을 부하 장교들이 빠르게 정리했다. 하후는 이미 머리가 날아간 대염사의 시신을 보며 입을 열었다.

> "24년 전, 연국 선봉군의 지휘자였는데 나에게 참패한 후 뻔뻔하게 전쟁터에서 도망쳤지. 그 뒤로 연국 서쪽에서 숨어 지낸다고 들었더니 네놈이 다시 나를 찌를 용기가 생길 줄은 몰랐다."

하후는 고개를 돌려 피칠갑이 된 살덩어리를 보며 경멸했다.

> "동현 중(中)의 검사 따위가 이 몸을 건드리다니……."

이때 서민 복장을 한 남자가 군례를 올린 뒤 두 손으로 파손된 몇 점의 물건을 건네며 말했다.

> "군영의 방어와 검열에서는 문제가 없었습니다. 연국 자객들이 잠입할 수 있었던 것은 바로 이 장안 군부에서 발급해준 밀서를 가지고 있었기 때문입니다."

하후는 한참을 침묵하며 남자의 눈을 바라보았다. 보통의 부하라면 이미 두려움에 몸을 떨며 무릎을 꿇고 사죄하겠지만 서민 복장의 이 남자는 그렇지 않았다.

남자의 성은 곡(谷), 이름은 계(溪).

출신이 알려져 있지 않았고 모략에 능해 하후 장군을 대신해 문서를 처리하거나 비밀스러운 일을 맡았다. 곡계가 다시 담담하게 설명했다.

"인장(印章)은 장안 군부의 것이 맞습니다. 하지만 어떻게 된
영문인지는 아직 모르겠습니다."

하후 대장군은 아무것도 묻지 않은 채 고개를 돌려 흰색 구름을 바라보며
무표정한 얼굴로 말했다.

"본 장군에게 반평생의 원한을 품었던 염사, 자신이 수행 천재라고
착각한 교만한 검사 하나를 시켜 이 몸을 암살하려 했다니……
연국에서는 그 '태자'의 귀국을 원치 않는 사람이 있나 보구나."

대염사 하나와 검사 하나가 동원된 암살 시도. 대단한 듯 보였지만 하후
대장군의 막강한 무력에 비추어 볼 때 자살 시도나 다름없었다. 곡계는
하후의 분석을 들으며 탄복했다.

"대장군님의 안목은 역시 대단하십니다. 생각해보니 올해가 마침
볼모로 잡혀온 연나라 태자가 연국으로 돌아가는 해였군요.
이번 암살 시도의 성공여부를 떠나 폐하께서 진노를 하실 터.
연국 태자가 장안성을 떠날 수는 없을 것 같습니다."
"내가 너희 연국의 뜻대로 움직일 것 같으냐! 너희들은
융경(隆慶) 황자를 다음 연국 황제로 세워 연국 제 2의 부흥을
꾀하고 싶어 하겠지만 네놈들 뜻대로는 안 될 것이다. 명을
전해라! 이번 암살 사건을 아무도 입 밖에 내지 말라. 이 몸이
친히 폐하께 서신을 보내 전말을 설명할 것이다."

곡계는 며칠 전 전해들은 소식을 떠올리며 나지막이 말했다.

"어쩌면 융경 황자 스스로가 그 자리를 원하지 않을지도

모르겠습니다. 서원 이층루에 들어가 부자(夫子)의 직계 제자로
수행할 수 있다면 연국의 새로운 태자가 되는 것보다 나을지도
모를 일입니다."

＊＊

희미한 아침 햇빛이 비춰오자 하후 대장군은 무표정한 얼굴로 전선으로
향했다. 곡계와 친위병들이 그의 뒤를 조용히 따랐다. 떠오르는 태양에서
뿜어져 나오는 빛이 갑옷 위에 내려앉아 반사되는 모습이 마치 위풍당당
한 신상(神像)이 성결한 신휘(神輝) 위에 서 있는 것처럼 보였다. 하후는 임
시로 새로 만든 중군 장막으로 들어가 새벽녘에 좌익(左翼) 기병 한 부대
가 연경에 뛰어 들어갔다는 보고를 받고서 명했다.

　"연국 포로 3백 명을 참수하라."

곡계가 멈칫했으나 결심을 하고 조심히 간언했다.

　"암살 시도를 숨기기에 적절하지 않은 명인 듯싶습니다."
　"연군이 국경을 침입해 대당 백성을 해치고 대당의 마을을
　　불태웠으니 3백의 포로를 죽이는 것은 당연하다."
　"그렇다 하더라도…… 폐하께서도 좋아하지 않으실 것입니다."

하후는 투구를 벗으며 20년 넘게 함께 한 곡계를 보며 말했다.

　"폐하께서는 줄곧 나를 탐탁치 않게 생각하셨다. 지금까지
　　내가 목숨을 부지하는 것은 내가 제국을 위해 세운 불후의
　　전공(戰功) 때문이다. 대당은 상벌이 분명하니 내가 계속 공훈을
　　세운다면 폐하께서도 날 함부로 건드리지 않으실 것이다.

다시 말해, 폐하께서 나를 좋아하시는지 여부는 전혀 중요하지
않다. 솔직히 너도 알다시피 폐하께서 나를 너무 좋아하시면
오히려 어떻게 해야 할지 모를 일이다."

하후의 이 말, 특히 마지막 문구에 둘만이 아는 의미가 담겨 있는 것 같았
다. 곡계는 멈칫했는데 그 순간 소매에 금실로 수놓인 가로줄 무늬가 반
짝거렸다.

　　"가거라."

곡계는 허리를 숙여 예를 올리고 물러났다. 장막 안이 텅 비자 하후는 자
조 섞인 웃음을 지으며 혼잣말을 했다.

　　"내가 폐하 같은 관대한 황제를 만난 것은 행운이야.
　　안 그랬다면 이미 죽어도 몇 번은 죽었을 터. 군자는 도리에
　　맞다면 기꺼이 속아 넘어가는 척할 수도 있다. 하지만 내가 어찌
　　폐하의 인자함을 이용해 그분을 속일 수 있겠는가. 폐하께서
　　옛정을 생각하여 나를 몇 년 더 살게 해주시는 것일 뿐……."

잠시 후 곡계가 다시 장막으로 돌아왔다. 손에는 밀랍으로 봉인된 밀서
하나가 들려 있었다.

　　"군부에서 온 밀서입니다. 장안성이 요즘 그다지 태평하지 않다
　　합니다. 남성에서 의문의 살인 사건이 발생했고, 우림군까지
　　나섰다 합니다."
　　"조정 대신들이 폐하의 관대함을 이용해 내 부하를 죽이다니……
　　얼마 전 조소수에게 그렇게 당하고도 대신들은 아직도 깨우치는
　　바가 없구나!"
　　"조정 대신들이 관여된 일이 아닌 듯싶습니다. 동현 경지의 수행

고수가 하나 죽었는데 그자가 전직 군부 관원이었기에
우연히 그런 파문이 인 것 같습니다.”

하후의 눈빛이 살짝 굳어졌다.

　“계속 말하라.”
　“장군께서 그자를 아직 기억하시는지 모르겠습니다. 죽은 사람
　이름은 안숙경입니다. 전직 군부 문서 감정사 출신인데 그가
　대검사라는 것을 아는 사람은 몇 되지 않아서…….”

이 말과 함께 곡계는 의미심장한 눈빛으로 장군의 눈치를 살핀 후 다시
말을 이었다.

　“그자는 서릉 호천 신전에서 검술을 배웠고 ‘당시 일’로 군부에서
　쫓겨난 후 장안성의 차 상인 하나를 따라다니며 차예사의
　신분으로 조용히 살았는데, 결국 이렇게 처참히 생을
　마감했습니다.”

장막 내 분위기가 점점 심각해졌고 구석의 촛불이 가볍게 흔들렸다.

　“천계 13년…… 이게 벌써 몇 번째인가?”
　“어사 장이기가 마차에 깔려 죽고, 선위 장군 부대장 진자현이
　살해당하고, 이번에 죽은 안숙경까지 합하면 벌써 세 번째입니다.
　사실 황후 마마께서 군부에 돈을 건네지 않았다면 이미 퇴역해서
　잊혀진 노병들이 죽은 사실을 알지 못할 뻔했습니다.”

곡계는 잔뜩 목소리를 낮추며 말을 이었다.

　“안숙경의 목이 잘린 수법이 진자현의 것과 비슷합니다. 장이기의

죽음도 그리 뜻밖은 아니고…… 만약 이번 사건이 타살로
확인되면 사건의 진상에 가까이 다가갈 수 있을 것 같습니다."

"모든 사건에 숨겨진 진상이 있는 것은 아니다. 그때 그 두 사건과
관련된 이가 모두 죽었는데 누가 그것들을 기억하겠느냐."

"어부가 그물을 던졌을 때 물고기가 다 잡힌 줄 알지만 사실
그물을 건질 때 영악한 몇 마리는 그물에서 빠져나갑니다.
선위 장군 집안 관련자 중 적어도 열한 명이 살아 있습니다."

"나도 안다. 하지만 그들은 모두 잡역부이기에 그대로 둔 것이다.
당국의 국법으로 잡역부를 참수하는 경우는 없다. 신분 계약이
남아 있는 하인과 시녀들은 모두 죽었다. 집주인과도 크게
관계없는 잡역부들이 죽은 주인을 위해 수년을 참으며 복수를
시도했다는 것을 믿을 수 없다."

"하지만 진상을 조사해서 나쁠 일은 없을 듯합니다. 저도
'그 두 사건'에서 살아남은 사람이 있다고 믿지는 않지만
일련의 살인 사건을 계기로 황궁의 어떤 귀인이 위세를 떨칠까
걱정입니다."

"황자들은 아직 나이가 어리고 공주도 어린 계집아이에 불과하다.
만약 폐하께서 당국 율법을 어기고서라도 나를 처단하려
하셨다면 10년 전에 이미 내 머리를 베었을 것이다."

"하지만 황궁에는 한 분의 귀인이 더 계시지 않습니까……."

이 말에 평온했던 하후 대장군의 안색이 변하며 엄중히 경고했다.

"20년 전 넌 맹세를 했다. 나를 따르는 한 내가 살아 숨 쉬는 한
너는 누구 앞에서도 '그 귀인' 이야기를 꺼내지 않겠다고.
벌써 잊었는가?"

곡계는 머리를 연신 바닥에 조아리며 간곡히 사죄하였으나, 마음속에 깊
은 곳에서는 긴 탄식을 내뱉었다.

'대장군과 귀인의 관계를 저도 세상에 알리고 싶지 않고,
그 귀인도 말하지 않을 것입니다. 허나, 장군님께서 선택하신
것은 그저 장안에서 멀리 떨어져 입을 다무는 방식입니다. 황궁에
들어가면 마음이 독해진다고 하던데, 그 귀인이 더 극단적이고
냉혹한 수단을 쓰지 않으리라는 장담을 어찌 하겠습니까…….'

하후는 자신과 함께 고생한 부하, 그가 보여준 그간의 충성심을 생각하며
낮은 목소리로 최대한 온화하게 말했다.

"네 말도 일리가 있다. 사건 조사를 위해 장안으로 염사 하나를
보내거라. 허나 무엇이 나와도 스스로 행동하지 말라 엄명하고,
증거를 모두 군부와 장안 관아에 제출하라 전해라. 어쨌든 사건의
조사는 조정이 맡은 일이다."
"네."

곡계가 나가자 하후는 마침내 무거운 갑옷을 벗었다. 안색이 조금은 창백
해보였다. '파' 고함 한 방에 수행 강자 둘을 용맹하게 처리했지만 그도 약
간의 부상을 입었다는 것은 아무도 몰랐다.

무도의 최강자 하후 대장군. 그의 전투력은 가히 세계 최강이라
할 수 있었다. 하지만 연국에서 온 자객 둘을 처리하는 데에는 자신이 부
상을 입을 필요가 없는 손쉬운 방법이 있었다. 그럼에도 불구하고 그가
선택한 방법은 염력을 사용하여 비검을 산산조각 내버리는 방식. 염력을
사용했기에 자신의 몸에 무리가 갈 수밖에 없었다.

포악하고 냉혈하기로 유명한 하후 대장군. 세상에는 너무 많은 적
이 있었고 적과 부하들 앞에서 그는 무적의 심상(心象)을 유지해야 했다.
그렇기에 가장 포악하고 냉혈한 수단을 쓸 수밖에 없었다. 심지어 자신의
몸에 부상을 입는 위험을 무릅쓰더라도. 이로써 적 대부분의 전투 의욕을
억눌렀다.

그때 젊은 남자 하인 하나가 정성껏 조리한 '제비집 금대추 죽' 한

그릇을 들고 들어왔다. 젊은이는 하인이라기에는 용모가 너무 준수했고 손에 든 도자기 사발은 정교하고 아름다워 보통 그릇이 아닌 것으로 보였다.

하후는 무심히 죽을 받아 비우고는 손을 흔들어 하인을 물렸다. 장안에서 하후를 질투하는 조정 대신들은 그가 어린 남자를 잠자리에 들이는 남다른 취미를 가지고 있다는 말로 음해했다. 하지만 하후도 심지어 황제도 전혀 신경 쓰지 않았다. 왜냐하면 황제는 하후가 가장 기피하는 비밀을 이미 알고 있었기 때문이다.

'당시 하후가 가장 아끼던 첩을 직접 팽형(烹刑, 사람을 끓는 물에 삶아 죽이는 혹형)시킨 후, 하후는 한 번도 여색을 가까이하지 않았고 심지어 시녀 한 명도 쓰지 않는다.'

그해 어사의 공격이 쇄도하여 대중군의 지위가 흔들리고 있었다. 대신들은 그가 군영에서 가장 아끼던 첩을 죽인 이유가 성지를 들고 진상을 물으려던 태감을 겁주기 위함이라고 알고 있었다. 하지만 황제와 하후는 알고 있었다.

당시 태감이 물으려던 황제의 뜻은 조정 대신들의 상주문, 실제로는 닭 한마리 죽일 힘도 없는 어사들의 공격과는 무관했다. 그때는 한여름. 낮은 길고 밤은 짧은 때. 호천이 내리는 빛이 따뜻함을 넘어 뜨거운 시기. 서릉 신국에서 온 서신 하나가 곧바로 대당 황실에 전달되었다. 심지어 서릉의 불가지지에서도 깊은 관심을 나타냈고 대당 변경에서 얼마 멀지 않은 민산에서 무수한 검광이 비춰졌다.

"상아(霜兒)야, 그날 천마무(天魔舞)를 추지 말았어야지……."

하후는 손가락 사이에 묻은 말간 죽을 보며 그 부드러웠던 상아가 있었다면 환한 미소와 함께 닦아주었을 것이라고 생각했다.

"넌 정말 그 춤을 추지 말았어야 했는데…… 그 춤을 추는 넌……

정말 아름다웠지만."

"호천 신휘가 충만한 세상에서 천마(天魔)의 춤이라니……
서릉, 특히 지수관이 주는 압박에 직면하여 누가 널 지킬 수가
있었겠느냐. 폐하? 지수관 관주? 부자(夫子)? 아니면 '그분'?"

하후는 혼자 묻고 혼자 답했다.

"물론 대당 황제는 심지어 폐하 뒤에는 서원이 있으니
호천 신휘를 무시할 수도 있겠지. 하지만 마종(魔宗) 성녀(聖女)
하나를 위해서 서릉 신국과 반목하지는 않을 터."

그날의 일을 기억하는 하후의 마음은 이미 담담해져 있었다.

"그리고 '그분'은 이미 23년 된 매미집 안에서 수행을 하러
떠났는데 너라는 여제자는 벌써 잊었을 터. 그렇다면 누가 너를
지킬 수 있었겠느냐. 난 단지 힘만 쓰는 무장(武將)일 뿐. 부자도
지수관 관주도 아니야. 난 그럴 만한 힘이 없어. 그리고 난……
살아남아야 했다. 내 목숨보다 중요한 사람을 보호해야 하기
때문이다."

귀밑머리가 하얗게 샌 지 이미 오래된 대장군이 당시 삼계(三界, 대당과 서릉
신국 그리고 마종)를 뒤흔들었던 천마무를 회상했고, 이미 그의 얼굴에는 아
무런 감정이 느껴지지 않았다.

그해의 일은 서릉 신국 호천도문 장교(掌敎, 교주)가 대당 황실로 보
낸 서신에서 시작되었다. 오랫동안 평화롭게 지내며 최대한 갈등을 피하
는 태도로 일관했던 장교가 호천도문의 억만 신도를 대표하여 대당 황실
에 극도의 분노를 표시한 서신.

'대당의 어느 대장군이 마종의 잔당과 결탁했다!'

이 서신과 함께 좀처럼 서릉 신국을 떠나지 않았던 대신관 세 명이 도문의 수많은 고수를 이끌고 연국 서쪽 지방을 거쳐 당국 국경에서 그리 멀지 않은 민산에 도착했다. 경고, 강력한 경고.

> '만약 대당이 호천도문 신도들에게 진중하게 해명하지 않는다면
> 호천도문은 대당 제국과 반목할 위험을 무릅쓰고서라도
> 그 마종의 잔당을 죽일 것이다!'

대당 제국은 천하의 전쟁이 두렵지 않았다. 하지만 마종 성녀 하나를 위해 목숨을 바치고 싶은 당국인은 없을 터.

그렇게 하후 대장군의 애첩이 죽었다.

내막을 아는 조정 대신들은 최근 몇 년간 황제가 하후에게 베푸는 특별한 관대함이 당시 하후 장군의 고통을 위로해 주기 위함이 아닐까 추측했다. 눈 깜빡할 사이 이미 여러 해가 흘러 대당 천계 13년 가을이 되었다.

마종의 성녀였던 모용림상(慕容琳霜)은 항간의 기억 속에 팽형을 당한 이름 모를 불쌍한 애첩이 되어 있었다. 바로 이 가을 또 한 통의 서신이 서릉 신국에서 대당 도성 장안으로 날아들었다.

> "그해 그 서신을 내가 직접 보지는 못했고, 듣기로는 황형께서
> 격분하여 그 서신을 찢어버렸다던데…… 그 뒤로 최(崔) 공공을
> 연경으로 보내 하후에게 사실 여부를 물으시는 한편, 당시
> 진군 대장군 허세(許世)에게 병마를 모으라고 시키셨지.
> 만약 진짜 문제가 생길 경우 서릉 신국을 칠 준비를 명하셨지."

대당 친왕 이패언이 손에 든 서신을 보며 쓴웃음을 지었다.

> "그 도사 늙은이들은 도대체 무슨 생각인 거야? 이 서신을 황형께
> 전달해 달라? 안숙경 살인 사건은 어쨌든 제국의 내정(內政)이야.
> 설령 그가 서릉의 제자였다 해도 서신을 보내 물을 권한 자체가

없는데, 황형께서 진노하지 않으시겠어?"

친왕부 집사가 뒤에 서서 공손한 태도로 말했다.

"폐하께서 서릉 도사 늙은이들을 싫어하시는 건 누구나 아는
사실입니다. 호천 장교 또한 신분이 고귀하신 분이라 폐하께
직접 서신을 보냈다가 폐하께서 또 찢어버리시면 체면이 깎이니,
전하께 우회해서 전해 달라고 하나 봅니다."

집사는 아첨을 잊지 않았다.

"그나저나 천하에서 폐하와 호천 장교 사이를 조율할 자격이 있는
사람은 전하밖에 없는 것 같습니다."
"본왕(本王)이 설마 서신이나 전달해주는 사람이 되어야 한다는
건가? 천계 원년, 황형께서 즉위한 후 남쪽 지방 순시를
떠나시면서 나를 장안에 남겨 감국(監國, 황제를 대신하여 임시로 국가를
감독하는 지위)을 맡기셨는데, 당시 본왕이 젊은 치기로 서릉 놈들의
꼬임에 넘어가 일을 벌였지. 그 일로 황형께서 진노하셨다가
그 뒤로 몇 년이 흐르고서야 관계가 좀 회복된 바 있다."

대당 황실은 세속을, 서릉 신전은 종교를 대표했다. 이 둘은 표면적인 평
화를 유지하고는 있었지만 사실 그리 사이가 좋지는 않았다. 다만 친왕
전하는 특별한 사람이었다. 그는 대당 제국 경내의 호천도 남문과도 친하
게 지냈으며 서릉 신전과도 가끔 서신을 주고받았다. 이러한 '특별한 친
분'은 천계 원년의 '어떤 협력'에서 시작된 것이었다.

'전하께서 폐하의 불쾌함을 감수하고서도 서릉과 친하게
지내려는 의도가 무엇일까?'

집사는 친왕의 진정한 뜻을 모르지만 모사답게 용기를 내어 말했다.

"전하, 외부의 강한 원조가 있으면 내부가 안정될 것입니다."
"역시 집안의 오랜 대(大)집사답게 내 마음을 자네가 아는군."

집사가 자리를 뜨자 친왕 이패언의 얼굴에서 웃음기가 사라졌다. 책상 옆에 놓인 구리종을 가볍게 치며 호위 한 명을 불렀다.

"대집사에게 문제가 있다고 궁에 보고하라. 암행 호위를 보내
지켜보라고…… 아니야, 그냥 죽여라!"

이패언은 냉랭한 목소리로 말을 이었다.

"감히 본왕과 황형을 이간질시키려 하다니…… 당시 내가 궁에서
나와 처음 친왕부를 지었을 때 집사가 어떻게 채용되어
들어왔는지 그가 서릉과 무슨 관련이 있는지 중점적으로
살펴라."

이패언은 호위가 나간 뒤로 오랜 시간 서재에 머무르며 '그해의 일'을 회상했다. 그는 선위 장군 집안과 연경 변경 마을이 관련된 두 사건에 대해서 자신이 잘못 처리했다 생각하지 않았다. 왜냐하면 그 일들은 모두 대당 제국을 위해 한 일이었기 때문이다.

'지금의 대당은 수많은 명장과 철기병이 있고 또 서원과
부자(夫子)가 있으니 아무리 서릉 신국이라 해도 감히 적의를
드러내지 못한다. 하지만 천추만대가 지난 후 만약 국력이
쇠약해지면 어떻게 해야 하는가? 부자께서 세상을 떠나면 어떻게
해야 하는가? 만일 그 지수관에 있다는 일곱 권의 천서(天書)의
예언이 현실화되면 어떻게 해야 하는가? 그때를 대비해서

천하 곳곳에서 힘을 발휘하고 있는 억만이 넘는 신도를 가진
호천도문과 좋은 관계를 유지하기 위해, 하찮은 인물 몇을
죽이는 게 무슨 대수인가?'

친왕 이패언은 당국의 근간을 건드리지 않는 한, 애꿎게 죽은 사람 몇을
전혀 개의치 않았다. 그는 황형도 개의치 않을 것이라고 굳게 믿었다.

★★

초가을. 장안성 북쪽에 자리잡은 대명궁(大明宮)이 무성한 고목나무 사이
에서 온화한 기운을 내뿜고 있다. 수백 년에서 천 년 가까이 자란 고목들
은 매우 굵고 컸지만 대명궁의 웅장한 기세를 가리지 못했다. 고목이 아
무리 굵고 크더라도 천하의 정치 중심에서 나오는 숙연한 기운을 억누르
지는 못했다.

　　대명궁에서 가장 아름다운 곳, 맑은 사고를 하는 전각이라는 이름
을 가진 청사전(淸思殿). 용모가 준수한 대당 천자 이중이가 황후의 부드러
운 손을 잡고 전각 앞산의 초가을 경치를 바라보고 있었다.

"나무는 천 년 비바람을 맞아야 하늘을 찌를 수 있다. 대당은
건국 후 천 년 동안 수많은 전쟁을 치렀고, 또 수많은 대신과
군사들의 희생이 있었기에 오늘날 존경을 받는다. 하지만
그때 패언이 서릉을 위해 대당의 백성들, 심지어 장군까지
희생시켰던 것은 서릉의 그 도사 늙은이들의 눈에도 의외였을
정도였다. 만일 우리 대당이 외부의 압박을 견디지 못해 신하와
백성들을 함부로 희생시킨다면 짐이 무슨 자격으로 천하를
다스릴 수 있겠는가."

황후는 서릉에서 온 서신을 그에게 돌려주며 몸을 가볍게 기댔고 아름답

고 부드러운 목소리로 말했다.

"이미 지나간 일인데 폐하께서 스스로 근심거리를 만드실 필요가
있을까요?"
"죽은 대당의 신하도 여전히 짐의 신하이다. 만일 그가 짐의
친동생이 아니었다면 만일……."

황제는 황후를 애틋한 눈빛으로 바라보며 말했다.

"짐이 그를 어찌 이대로 둘 수 있겠는가?"

황후는 그가 잇지 못한 두 번째 '만일'의 의미를 깨닫고, 조용히 난간 밖의
아름다운 가을 산을 보며 말했다.

"그해 폐하께서 남쪽으로 내려가셨을 때 친왕 전하가 호천 장교의
서신을 받아 좀 곤란했을 거예요. 지수관마저 침묵을 깨고
나섰으니 이 세상 누가 일곱 권의 천서가 예언한 그 '전조(前兆)'를
거부할 수 있었겠습니까?"
"어린 시절 서원에서 공부하였을 때 부자께서 말씀하셨지.
이해할 수 없는 것에 대해서 인정은 하되 관여는 하지 말라고.
왜냐하면 속세의 일도 잘 이해할 수 없는데 명계의 일은
생각할 필요가 없기 때문이다."

황제는 잠시 침묵한 후 다시 말을 이었다.

"전설은 결국 전설일 뿐. 짐이 즉위한 그해, 불가지지에서 보낸
천하행주(天下行走) 셋이 멀리 황야로 떠났지만 아무런 단서를
찾지 못했다. 지수관에 있는 일곱 권의 친서에 적힌 예언이
맞다면, 어찌 그런 인물들조차 찾을 수 없었겠는가. 기왕 이렇게

된 이상 그 뒤에 일어난 일들은 단지 그 사기꾼 같은 서릉 도사 늙은이들의 만행일 뿐이다."

황제의 목소리가 점점 차가워지고 있었다.

"친왕이 그때 놀라움과 공포에 질려서 그런 일을 저질렀을 가능성도 있지만 어쨌든 가장 치명적인 실수를 한 것이다. 그는 어릴 때부터 짐의 날개 밑에서 자라 비바람을 맞지 않은 터에 명확하게 보지 못한 것이지. 우리 대당은 천하를 정복할 수 있고, 서릉 신전을 개의치 않는다. 국력이 강하고 서원이 지켜주기에 현공사나 지수관의 어떤 압박도 신경 쓸 필요가 없다. 그리고 그가 놓친 가장 중요한 사실은…… 당은 어떤 경우에도 타협하지 않는다는 원칙이다."

황후는 황제의 낯익은 옆모습을 지켜보았다. 그가 애써 '한 사람'의 이름을 거론하지 않는 것을 눈치채고 말했다.

"친왕 전하를 대변하려는 것은 아니지만 다만 그 일과 관련된 것들이 너무 넓고 깊어서, 신중할 수밖에 없었을 거예요."
"무엇을 위해 신중했던 것인가? 허무맹랑한 전설을 위해? 일어날지 말지 모를 그 전설을 위해 무고한 신하와 백성들의 목숨을 희생시켰단 말인가……."

황제는 가볍게 탄식을 한 후 자조 섞인 어조로 말했다.

"짐은 많은 사람들의 고충을 이해하고 있소. 그동안 그들에게 손을 쓰지 않은 것도 그런 이유요."

황후는 고개를 숙여 감동의 기색을 억누르며 말했다.

"제가 폐하를 난처하게 했네요."
"짐은 여전히 천하의 주인이지만 짐의 여인을 위해 인내하고
조금의 비방을 받는 것 정도는 할 수 있다."

황제는 부드럽게 웃으며 황후를 가볍게 안고 전각 앞 단풍이 만연한 산을
가리켰다.

"지금 이 강산이 많은 견제를 받고 있어. 우리 대당의 철기병들도
여러 해 할 일이 없었는데 만약 천서의 예언이 현실에서
일어난다고 해도 꼭 나쁜 일이 아닐 수 있지. 그때 짐은
반드시 제국의 천만 군사를 거느리고 대당 제국의 영토를
세상의 저편까지 확대할 것이오. 그리고 당신과 함께 신화 속
백골전(白骨殿)에 가서 가을 경치를 감상하고, 아름다운 글을
한 편 써서 역대 선조들에게 알릴 것이오. 그것은 또한 당신
스승이 품어온 천만 년의 염원을 대신 이루는 것이오."

황후는 황제의 자신에 대한 총애를 떠올리며 눈에 경모와 사랑의 기색이
가득해졌다.

"폐하께서 웅장한 이상과 포부를 가지고 계셔서 너무 좋습니다."
"모든 물고기가 바다에서 뛰어오르려 하는데, 바다가 아무리
넓다 해도 해안(海岸)의 구속이 있는 법. 그런 바다가 어찌 짐과
대당 제국 천추만대의 거창한 꿈을 담을 수 있겠는가. 그래서
우리의 눈은 더 높고 더 넓고 경계가 없는 하늘을 보아야 하오."
"폐하께서 '피안의 하늘에 꽃이 피다'라는 글씨를 정말 마음에
들어 하시는 것 같아요. 정말 그런 날이 온다면 그 서예가를 불러
다시 한번 글씨를 써 달라고 해야겠네요."
"물고기가 바다에서 뛰어오른다는 글을 조소수에게 하사하려
했는데, 그놈이 무작정 떠난다 하니 짐의 마음이 답답했소.

바로 그때 그 서예가의 글씨를 보게 되었지. 그 몇 개의 글자가
제왕의 마음을 넓혀주었네. 그 서예가는 짐의 마음을 헤아린
것이야. 그 사람을 찾게 된다면 큰 상을 내릴 것이오."
"어떤 상을 내리실 건가요? 설마 그를 조중서각(朝中書閣)으로
데려와 글을 짓는 신하로 삼으실 건가요? 제가 보기에는
그 서예가가 모습을 드러내지 않는 것은 조중서각에서 지내는
것이 달갑지 않기 때문이에요."

황제는 발끈하여 말했다.

"짐이 그 글씨를 조정의 대학사들에게 보여주었는데 어찌
단서조차 알아내는 이가 없는가. 그 사람이 도대체 어디 숨어
있는지 모르겠다. 아니면 조정의 어떤 대신인가? 아침 조정 회의
때마다 짐을 보며 속으로 몰래 짐을 비웃고 있는 것인가! 이
생각만 하면 그의 목을 치고 싶은 심정이네."
"폐하께서 어서방에서 매일 그 글씨를 모사하시는데 정말
그 서예가를 찾아 목을 치실 수 있으시겠어요?"

황후의 웃음소리가 더없이 명랑하게 들렸다.

"몇 글자가 되지 않아서 실컷 볼 수가 없구나."

황제의 얼굴에 아쉬운 기색이 가득했다.

"짐이 감상과 해석엔 능하지만 모사하는 재주는……
짐도 화가 치밀어."
"저도 어젯밤에 쌍구법으로 해봤는데 그 방법도 글씨의 기품을
모사할 수 없었어요. 조정에서 서예에 능하다는 신하 몇에게
모사를 시켜보는 것은 어떨까요?"

황제는 그녀의 손등을 가볍게 치며 활짝 웃었다.

> "역시 당신이 짐의 마음을 아는구나. 오늘 아침 조정 회의가
> 끝난 후, 이미 짐이 몇 명을 남겨 어서방에서 그 글씨를 모사하라
> 명해 두었소."

그 서예가를 찾기 위해 황실에서 몰래 사람을 보내 수개월 동안 뒤졌다. 장안에서 가장 유명한 서화점을 모두 뒤지고, 대당에서 가장 유명한 대서예가에게 물어봤다. 하지만 그 서법(書法)의 문파조차 알아내지 못했다. 이런 사태를 초래한 가장 큰 원인은 고정관념이었다.

모두들 이 글씨를 보며 노련한 붓질, 꼿꼿하지만 관대한 짜임새, 아름답지만 오만한 기품에 찬탄을 연발했다. 그래서 이 글을 쓴 서예가는 틀림없이 서예에 수십 년을 몰두한 저명한 대가라고 생각했다. 설령 은신하는 서예가라고 하더라도 수백 년 동안 전수된 서방(書房)의 후계자로 생각했지 길가에서 노점이나 차려 글씨를 파는 소년이라고는 꿈에도 생각하지 못했기 때문이다.

★★

그렇게 봄과 여름이 가고 가을이 지나 겨울도 왔다. 천계 13년의 늦겨울. 녕결과 상상이 장안에 온 지도 벌써 1년이 다 되어간다. 녕결은 서당 동창들에게 여전히 잊힌 존재였기에 진피피와 수다를 떨 시간과 수행을 할 시간이 많아졌다. 상상은 흥정되지 않는 엄청난 가격 때문에 갈수록 인적이 끊기는 가게를 지켜봤고 남아도는 시간에 가끔 공주부에 드나들며 이어 공주와 점점 친해졌다.

어느 날 저녁, 그들은 향긋한 훠궈를 먹고 또 사치스럽게 신선한 양고기 네 접시를 비웠다. 녕결은 발을 데우기 위해 이불 속으로 들어가 서늘한 두 뺨을 비비며 말했다.

"눈도 안 내리는데 날씨가 왜 이렇게 추운 거야?"

"도련님, 만족할 줄도 알아야죠. 위성에서 지낼 때를 생각하세요."

사실 녕결의 불평도 그냥 말뿐이었다. 산라면은 닭국수로 죽과 장아찌는 훠궈로 바뀌었다. 며칠 전에는 집에 온돌도 설치해 예전과 비교할 수 없을 정도로 따뜻했다. 그리고 두 사람의 속마음은 똑같았다.

> '우리는 돈이 모자라지 않아. 아니, 돈이 많아. 아니, 빌어먹을
> 돈이 정말 너무 많아…….'

창밖에는 북풍이 점점 거세졌다. 하지만 그들은 따뜻한 온돌에서 편안하게 잠을 잤다. 이튿날 아침 일어나 보니 온 세상이 하얀 눈으로 덮여 있었다. 하얀 눈으로 치장한 나무들이 조용히 행인들을 바라보고 있었다.

녕결은 웃옷을 걸치고 상상과 나란히 노필재 문 앞에 서서 이 아름다운 경치를 보았다. 그리고 위성에서 지겹도록 보던 하얀 눈의 의미를 다르게 받아들이고 있었다.

"이런 삶, 정말 좋군!"

상상은 옆에서 미소를 지으며 고개를 끄덕였다. 녕결은 복수의 피비린내도 고달픈 고민도 없이 서원과 노필재를 오가며 이 겨울을 살아갔다. 두 사람은 점점 성장했고 점점 주변 사람들로부터 잊어졌고, 그렇게 기꺼이 아름다운 삶 속으로 빠져 들어갔다.

그녀는 바느질하고 또 그릇을 씻었다. 그는 책을 읽고 구서루에서 영자필법으로 재구성한 수행서를 보았다. 오늘도 내일도…… 이렇게 단조로운 반복 속에 시간은 유유히 흘렀다.

동지와 설날, 정월 대보름은 시끌벅적하게 지나갔다. 훠궈와 뜨거운 차와 검은 먹물도 더 이상 새롭지 않게 되니 어느덧, 천계 14년의 봄이었다.

2

융경 황자

1

○ ○ ○

또 한 해의 봄. 버들가지가 하늘에 떠다니고 장안의 여자들은 겨울 내내 솜옷과 모피에 숨이 막혔던 몸에 숨 쉴 기회를 주었다. 서원으로 가는 내내 마차의 장막을 열어젖힌 넝결은 아직은 쌀쌀한 초봄의 바람을 맞아 몸을 떨면서도 앞섶을 풀어헤쳤다. 뽀얀 피부를 드러낸 낭자들을 보며 마음속으로 진정한 감사의 마음을 전했다. 넝결은 앞줄에 앉아 있는 사도의란과 목례로 인사한 후 곧바로 맨 뒤에 있는 자신의 자리로 갔다.

오늘은 예과 수업. 교관은 예과 부교수 조지풍. 그는 개학날 대장군의 손자 초중천을 호되게 때린 연국 출신 동현 경지의 대염사였다.

'땡.'

종소리가 울리고 조지풍 부교수가 천천히 걸어 들어왔다. 병 서당 학생들은 일제히 의혹의 눈초리로 그 모습을 봤다. 평소의 냉담하고 엄숙한 모습은 어디 가고 그의 눈가에 감추지 못하는 희색(喜色)이 드러났기 때문이다. 하지만 이어서 일어난 일은 학생들이 더욱 생각하지 못한 것이었다.

"오늘은 천지 원기에 변화가 생겨 수업을 하기에 적절하지 않다.
 수업 끝!"

이 말만 남기고 조지풍은 망설임 없이 서당을 빠져나갔다.

"어떻게 된 거지? 교수님이…… 왜 저래?"
"혹시 아프신 거 아니야?"
"아프면 병가를 내야지, 이런 수작을 부린다고? 천지 원기의
 변화가 생겨? 천지 원기는 시시각각 변하는 거잖아!"

"와! 진짜 이 방법 괜찮은데? 우리도 나중에 수업 듣기 싫을 때
이 방법을 쓰면 되는 거야?"

시끌벅적한 서당을 보며 저유현이 녕결의 어깨를 툭 치며 물었다.

"조 영감이 오늘 실성했나?"
"내가 어떻게 알아?"

그는 구서루에 가서 책 볼 시간이 많아졌다는 생각에 대충 대답했다. 책
을 정리하며 떠날 준비를 하고 있는데 서당 앞으로 누가 나서며 입을 열
었다.

"다들 오늘 교수님 얼굴에 도는 희색을 못 봤어?
오늘 장안에 대인물이 오는데 교수님이 마중을 가야 해서
그런 재미없는 핑계를 댄 거야."
"어떤 대인물이기에 그래?"
"교수님이 원로 교관이지만 연국인이잖아."
"그게 무슨 상관이야?"
"오늘 장안에 오는 대인물은 바로 연국 융경 황자야!"
"그 말을 누가 믿어? 연국 태자는 줄곧 장안성에 볼모로 있었는데,
그럼 교수님이 매일 문안 인사라도 가신 건가?"

저유현은 앞쪽의 논쟁을 들으며 혀를 쯧쯧 찼다.

"뭣도 모르는 놈이군. 연국 태자는 그저 인질일 뿐 어찌
융경 황자를 그에 비교할 수 있을까. 연국은 대당에 수백 년 동안
억압당해왔고 오래 전부터 융경 황자를 연국 부흥의 유일한
희망으로 삼아왔다는 사실을 모른단 말이야?"

이 말에 녕결은 궁금증을 감추지 못하고 물었다.

　"융경 황자? 연국 태자의 형제야?"
　"친동생."
　"그런데 왜 연국 사람들은 연국 부흥의 희망을 태자가 아닌
　　동생에게…… 나중에 연국 황제가 죽어도, 어차피 황제에
　　즉위하는 사람은 연국 태자 아닌가?"
　"그것이 바로 문제의 핵심이지. 내가 알기로 연국 내부에서는
　　대부분 태자 즉위를 반대하고 융경 황자를 지지해. 융경 황자가
　　불세출의 천재라는 소문이 파다하거든."
　"여기도 천재, 저기도 천재…… 장안에 온 지 일 년도 안 되어
　　이 말을 너무 지겹도록 들었는걸? '불세출'이라면서
　　대당 천계 세기에 너무 많은 천재가 나오는 거 아니야?"
　"오! 사승운이 천재라 할 때는 거들떠도 안 보더니……
　　하지만 융경 황자는 진짜 천재야."
　"진짜 헛소리 대잔치구만."

말은 이렇게 했지만 녕결도 호기심 어린 눈빛을 숨기지는 못했다.

　'융경 황자? 그는 도대체 어떤 사람이기에 연국 사람들이
　　국가 부흥의 희망을 그에게 건단 말인가. 왜 조지풍 같은
　　거만한 교수가 흥분하는 걸까?'

그때, 서당 앞에서는 융경 황자를 두고 열띤 토론이 시작되었다.

　"그는 연국 황자였지만 형이 장안에 인질로 보내진 뒤부터
　　천하를 돌아다니며 공부를 했고 월륜국과 대하국, 남진에서
　　각각 수개월을 지낸 후 서릉 신국 호천도문 천유원(天諭院)에
　　들어가 첫해 수석을 했어."

세상에서 가장 오래되고 지위가 높은 학교라면 당연히 대당 장안성 남쪽에 위치한 서원이지만, 서릉 신국의 천유원도 서릉 신전의 신관들이 직접 가르치는 곳이라 그 명성이 높았다.

"융경 황자가 천유원에 들어간 지 3년 만에 동창들과 교관들을
따라 각지로 전도 활동을 나갔지. 그해 가을 와산(瓦山)
란가사(爛柯寺)에서 천유원 교관이 불종 대사에 맞서 이기지
못하고 물러났는데, 융경 황자가 대신 나서서 3일 동안 일곱 명의
불종 제자들을 이겼어. 란가사의 수석 제자는 피를 토했다고
하더군. 하지만 란가사의 장로는 융경 황자의 깊은 학식을 마음에
두었대. 만약 그가 지금 불종에 들어가면, 10년 내에 불도를
깨달으며 불종의 불가지지로 들어갈 수 있을 거야."
"그래도 서릉 신전이 어떻게 그를 불종에게 빼앗길 수 있겠어?
그가 천유원에 들어간 지 4년이 되던 해, 호천 장교는 그를
직계 제자로 받아들이고 신전의 재결사(裁決司) 일까지 배우게
했다던데…… 지금 융경 황자는 지명의 경지까지 단 한 걸음만
남았어. 호천도문이 그를 얼마나 아끼는지 이미 재결사의
2인자로 외도사마(外道邪魔)를 전담시켰지."
"호천 신전 재결사의 2인자? 이 정도의 대인물은 비록 우리
대당에서는 특별한 지위를 인정받지 못하겠지만, 남진이나
대하국 등의 타국에서는 황제도 감히 그를 무시하지
못할 텐데…… 그가 왜 대당으로 왔지?"
"융경 황자는…… 이 서원에 들어와 공부를 하고 싶다는군."
"서원? 그럼 그런 대인물이 우리와 동창이 되는 건가?"
"무슨 소리야! 그가 어떻게 우리와 같은 급에 설 수 있겠어?
그가 서원에 들어온다는 것은 당연히 이층루에 들어간다는
것이겠지."
"물론 그렇지만 또 다른 목적이 있다고 들었어. 그가 형인
연국 태자를 대신하여 대당의 인질로 남길 원한다더군.

폐하께서도 연국 태자가 몸이 많이 쇠약해진 것을 아시고는
동의하셨고."

"서릉 신전이 융경 황자는 연국인들에게 연국 부흥의 유일한
희망이라고 하던데…… 그래서 내가 이해할 수 없는 것은
폐하의 윤허가 아니라 왜 연국에서 그런 제의를 했냐는 것이야."

순식간에 서당에 어색한 침묵이 흘렀다. 저유현이 동창들을 바라보며 몇
마디 보충했다.

"융경 황자와 관련된 가장 유명한 사건은 아직 나오지 않았네.
그는 너무 잘 생겨서 인간이 가질 수 없는 아름다움을 가졌다고
하더군. 게다가 시작(詩作)의 재능도 출중해서 그가 월륜국에
갔을 때 무수한 소녀들이 거리에 나와 구경했고, 얼마나 많은
꽃신이 밟혔는지 모른다고 하네. 또 얼마나 많은 소녀들의
목이 쉬고 얼마나 많은 소녀들의 눈시울이 붉어졌는지도
모른다고 해."

서당 내 소녀들의 눈에 광채가 돌며 저도 모르게 입술 끝이 살짝 올라가
기 시작했다.

"자매 여러분, 이미 늦었습니다."

저유현은 능글맞게 웃으며 말을 이었다.

"융경 황자는 이미 월륜국의 육신가(陸晨迦) 공주와 혼사를
정했어. 그녀가 그 유명한 화치(花痴, 꽃에 빠진 백치)야.
융경 황자가 월륜국에서 불도를 수행할 때 그녀에게 한 눈에
반한 거지. 그후 육 공주가 그와 함께 지내기 위해 그 먼 천유원에
가기도 했는데 너희들에게 기회가 있겠어?"

소녀들은 아쉬움 가득한 표정을 지었고 그 모습을 보고 사도의란은 미간을 살짝 찌푸리며 화제를 돌렸다.

> "그나저나 화치, 서치(書痴, 글에 빠진 백치)는 출신과 이름이
> 다 알려졌는데, 그 도치(道痴, 도에 빠진 백치) 낭자는 줄곧 비밀에
> 싸여 있네. 서릉 신국에서 지내는 아름다운 낭자라는 소문만
> 자자한데 실제로는 어디 있는지, 누구인지……"

천하 삼치(三痴, 세 명의 백치)라 불리는 낭자들. 화치는 월륜국의 육신가 공주, 서치는 대하국 왕대서성(王大書聖, 서예의 성인)의 마지막 제자. 그중 가장 신비로운 이는 서릉 천유원에서 수학하고 있는 도치. 그녀는 용모가 아름답지만 도에 빠져 수행 외에는 아무 관심이 없는 낭자라고 알려져 있었다. 도치에 관한 구체적인 정보는 없었다.

> "소문에 의하면…… 도치가 지금 호천 신전 재결사의
> 일인자라 하던데?"
> '도치가 재결사의 일인자?'

이 말에 소란하던 서당이 순식간에 쥐 죽은 듯 조용해졌다.

> '어떤 낭자이기에 융경 황자보다 뛰어난가!'
> "못 믿겠어? 너희들은 아직도 여자가 남자만 못하다고 생각해?"

사도의란은 눈살을 찌푸리며 말을 이었다.

> "도치 낭자는 아직 신비에 싸여 있고, 모습을 드러내는 일이
> 드물어서 세상 사람들이 그 대단함을 모르는 것도 당연하지.
> 융경 황자도 그의 상사인 도치 낭자를 언급할 때 여전히 불복하는
> 기색을 보인다고 하더라고."

"도치 낭자도 아직 젊겠지? 역시 서릉 신국은 호천 신휘의
보살핌을 받는 곳답게 젊은 천재들이 그렇게나 많구나."

김무채는 이 말을 듣고 무슨 말을 하려고 했으나 끝내 입을 열지 않았다.
그 모습을 본 여자 동창 하나가 대신 말했다.

"우리 서원에는 사승운 공자 같은 인물이 있잖아?"

조금 전에 서릉 신국에 감탄했던 학생이 눈치도 없이 다시 말했다.

"사승운 공자는 작년 초가을에야 불혹 경지에 막 들어섰는데
융경 황자는 이미 지명 경지에 한 발짝만 남겨둔 상태니 적어도
동현 상(上)의 경지일 터, 두 사람은 비교 상대가 아니지. 그리고
사 공자가 남진 출신인 것을 잊었어?"

사도의란이 재빨리 대화에 끼어들었다.

"우리 대당에는 인재가 없다고 누가 그래? 왕경략은 지명 이하
무적이라고 알려져 있지. 융경 황자가 지명에 발을 들여 놓지
않는 한 그가 우리 대당의 젊은 세대를 뛰어넘었다고는
할 수 없지."
"왕경략…… 그 사람은 최근에 행적이 묘연하다던데?"

사도의란은 더 이상 말을 잇지 못했고 초중천이 그녀를 대신해 한마디 했
다.

"왕경략은 폐하께서 진국 대장군에게 보내셨다 하더라고. 그러니
당분간 그가 융경 황자와 대결할 일은 없을 거야."

녕결은 화제가 융경 황자에서 벗어나자 더 이상 귀 기울일 필요가 없다고 생각했다. 그는 자신의 물건을 챙기며 구서루로 갈 준비를 했다.

"왕경략이 아니더라도 대당에 융경 황자와 겨룰 인재가 있어."

김무채가 나섰다.

"수행자만이 인재가 될 수 있는 것은 아니잖아. 군사, 산수, 작문, 시사, 서예 등 어느 분야에서도 인재는 나올 수 있어. 조부(祖父)님의 말씀을 들어보니 최근 황궁에서 서첩 하나 때문에 큰 소동이 났다고 하는데 폐하께서 그 글씨를 매우 높게 평가하시고, 우리 할아버지께서도 그 재능을 인정하셨지. 그런 인물이라면 대당의 인재라 부를 수 있지 않을까?"

서점을 운영하는 거상 집안의 공자 진자현이 맞장구를 쳤다.

"그 이야기는 나도 들었어. 궁에서 사람을 보내 아버지에게도 물었는데, 누가 썼는지 정말 모른다고 답하셨다네. 하지만 태감의 말에 따르면 제주 대인과 몇몇 서예 대가들이 모두 그 서예가는 수십 년 동안 서도(書道)에 몸을 담은 사람이라고 평가했다던데, 그럼 젊은 인재라고 하기에는 좀 그렇지 않나?"

그 이후로 화제는 모두 그 서첩에 모아졌는데 놀랍게도 병 서당 학생들 대부분이 그 사건을 알고 있었다. 그 서첩 사건은 비록 공론화되지 않았지만 이미 수개월 동안 장안 상류층에서 뜨겁게 회자되고 있었던 사건이었기 때문이다. 김무채가 말했다.

"폐하께서 조부에게 어필(御筆, 황제가 쓴 글씨) 모사본을 주셨는데 조부께서 못 보게 하시네."

김무채에게 묘한 질투심이 있는 고(高) 씨 낭자가 대꾸했다.

> "우리 집도 한 점 하사받았어. 어필본은 아니었지만 쌍구법으로
> 모사한 글씨가 원작과 매우 흡사하다고 들었어."

쌍구법(雙鉤法)은 모사의 방법 중 하나. 원작 글씨의 가장자리를 따라 선으로 윤곽을 그린 후 먹물을 채우는 방법. 그래서 원작과 가장 가깝고 대대로 전해 내려오는 명작에 많이 사용되었다.

> "야! 너희 집안은 대단하다. 쌍구법으로 모사한 글씨를
> 하사받고……."

서당에 다시 한번 소란이 일었다.
서원에서 기숙하는 평민 집안의 자제가 호기심에, 또 부러움에 고씨 낭자에게 계속 질문을 했다.

> "서첩에 쓰인 글씨에 어떤 기품이……
> 폐하께서 얼마나 기뻐하시려나?"

고씨 낭자의 표현은 갈수록 과장되고 있었다.

> "하늘에만 있고, 땅에는 없는……."

분위기를 깬 자는 녕결이었다.

> "지나갈게."

녕결은 겨드랑이에 책을 끼고 서당을 빠져나갔다. 학생들은 그를 힐끔 보았지만 평소처럼 별로 개의치 않고 다시 서첩에 대해 이야기하기 시작했다.

"그런데 도대체 누가 쓴 거야?"

"지금까지 단서도 못 찾았대. 작년 봄 어서방에서 발견되었다는데
 서예 대가란 대가에게 다 물어봤는데 아무도 인정을 하지
 않았다네."

"은둔하는 서예 대가가 아닐까?"

"그 가능성도 있지만, 그렇다면 그 서첩을 어떻게 어서방에
 들여보낼 수 있었겠어?"

"정말 수수께끼네. 왜 그 서예가가 먼저 나서지 않을까? 폐하께서
 그렇게 좋아하신다면 죄를 묻기보다 큰 상을 내리실 텐데."

"사실 내 생각도 그래. 그렇게 뒤졌는데 못 찾은 거라면 어느 작은
 서화점에 은둔하고 있는 서예가일 것 같아. 그리고 아직
 이 소문을 못 들은 것이지."

"그래도 네 말대로 어떻게 어서방에서 그 글씨가 발견되었지?"

"어느 조정 대신이 그 서예가의 재주를 아껴서 몰래 어서방에
 가져다 놓은 것이 아닐까?"

"그럼 최소한 그 대신이 말을 해야 할 것 아니야?"

그때, 진자현이 조심스럽게 끼어들었다.

"듣기로…… 녕결이 동성 어디에서
 작은 서화점을 차렸다던데……."

잠시의 어색한 침묵.

"하하!"
"히하하!"

종대준과 친한 학생 하나가 조롱하듯 말했다.

"그 서첩을 그놈이 쓴 거라면 내가 그놈 발에 입이라도 맞출게!"

서당에는 다시 한바탕 웃음소리가 울려 퍼졌다. 주변 학생들이 녕결을 비웃자 사도의란의 안색은 좋지 않았다. 그녀는 옆에 있는 김무채에게 조용히 말했다.

"오후에 구경하러 갈 거야?"
"융경 황자?"
"응. 난 남자에 별로 관심은 없지만, 그래도 조금 궁금해."
"그럼 언니 함께 가요. 송학루에 방을 구하면 보이지 않을까요?"
"어떻게 오늘은 시간이 되나 보네? 사승운과 약속이 있다면
 같이 가도 좋아."
"융경 황자 보러 가는데 갈까요? 젊은 남자들은 자존심이
 세잖아요."

녕결은 서원 복도를 걷고 있었다. 그는 서당에서 일어난 소동을 전혀 모른 채 혼자 생각했다.

'서릉 신전 재결사의 대인물? 지명 경지에 곧 들어갈 천재?
 진피피도 이미 지명 경지에 올랐는데, 그게 뭐 대단하다고.'

그는 구서루로 들어가 여교수에게 예를 올리고는 또 책을 보았다. 해는 어느덧 저물고 또 밤이 되니 서가의 문양에 빛이 나타났다가 사라지면서 뚱보 진피피가 미끄러져 나왔다.

"융경 황자가 장안성에 왔다던데?"

진피피는 머리를 긁적이며 물었다.

"융경 황자…… 가 누구야?"

녕결은 다소 놀랐다.

"몰라?"
"내가 알아야 해? 유명한 사람이야?"
"상당히 유명하던데? 연국 황자이자, 서릉 신전 재결사의
  이인자래. 너처럼 수행의 천재라고……."
"재결사? 그게 뭔데? 서릉에는 천재라고 자칭하는 백치가
  너무 많아."

녕결은 여전히 이해가 되지 않았다.

"네가 전에 서릉 신전의 후계자라고 말하지 않았나? 아무리
  서릉을 떠난 지 여러 해 지났다지만 어떻게 그런 인물도 모를 수
  있지?"
"그건 네 추측일 뿐이야. 내가 언제 서릉 신전의 후계자라고
  인정했어?"

녕결은 또 놀랐다.

"그럼 아니야? 젠장, 또 뚱보한테 속은 건가? 내가 뚱뚱한
  네 허벅지를 단단히 붙들려고 했더니."

진피피는 아연실색했다.

"뚱보, 뚱보…… 제발 뚱보라고 하지 마! 네가 언제 이 천재에게
  존중을 보여준 적이 있어? 그런데 네가 내 허벅지를 잡는다고?"
"어쩐지…… 서원에서 왜 서릉 신전에 있던 놈을 받아줬나 했네.

대당 제국과 서릉의 관계는 사실 좋지 않잖아. 서릉이 첩자를
심어 서원의 비밀이라도 훔칠까 봐 걱정 안 했을 리 없지.”
“그건 오해야. 서원은 집안이나 출신을 묻지 않고, 능력과 심성만
보고 뽑아. 나 같은 사람도 받아들이는데, 무슨 신전 재결사의
이인자? 그런 놈은 아무것도 아니지.”

하지만 진피피는 어깨를 으쓱하며 말을 이었다.

“신전 재결사는 외도사마를 처리하는 곳이야. 권력도 세고
수법이 지독해. 그 인간들은 모두 정신 나간 광인이자 백치야.
그래서 쉽게 안 건드리는 게 좋아.”

녕결은 고개를 끄덕이며 조심스럽게 물었다.

“재결사의 일인자는 여자라면서? 세상 사람들이 도치라
부른다던데? 융경 황자도 이미 만만치 않은데, 그 여자는
상대하기 쉽지 않겠어.”
“쉽지 않은 게 아니라, 엄청 어려워!”

진피피는 도치라는 별명을 듣고는 갑자기 흥분했다.

“엽홍어(葉紅魚), 그 여자는 완전 미치광이야. 도치는 무슨……
사실 내 눈에 융경 황자든 대신관이든 아무것도 아니야. 네가
그 사람들에게 미움을 사더라도 내가 감싸줄 수 있지. 하지만
그 여자를 만나면…… 반드시 피해야 해. 나도 그녀는 가능하면
피하고 있어!”

녕결은 진피피의 격앙되고 다소 과장된 반응에 넋을 잃었다.

'엽홍어? 그때 변태 같은 예시에서 언급했던…… 근데 진피피가
　저렇게 반응하지만 넘우 친숙해 보이는 건 뭐지?'
"넌 서릉 신전의 후계자가 아니라면서?"

녕결은 웃는 듯 마는 듯한 표정을 지으면서 그를 쳐다봤다.

"이미 네가 스스로 인정한 것 같은데?"

진피피는 아무렇지 않게 말했다.

"내기 할까?"
"진리를 검증하는 유일한 기준은 시간뿐!"

녕결이 장안성에 와서 두 번째로 꺼낸 이 말.
　진피피는 머리를 긁적이며 한참 동안 말을 잇지 못했다.

"참, 오늘 우리 서당에서 융경 황자와 관련해서 한차례 소동이
　났는데, 지명 경지라는 것이 그렇게 대단한 거야?"
"지천명(知天命), 인간이 하늘의 명(命)을 알 수 있게 되었으니
　당연히 대단한 거지. 천하를 놓고 말해도 지명 경지의 강자는
　몇 명 없어."

진피피는 턱을 살짝 들어 올리며 마치 이렇게 말하는 것 같았다.

'나를 봐, 나를 좀 봐, 빨리 나를 보라고. 내가 바로 그런
　대단한 지명의 고수야!'
"너같이 고수의 풍모가 하나도 없는 뚱보가 지명의 고수라……."
"무슨 뜻이지? 내가 고수답지 않다는 것인가?"

넝결은 웃었다.

　　"고수의 풍모는 둘째 치고 그 기질이…… 기질 같은 거 알아?
　　너의 뚱뚱한 체형, 너의 재미없는 말투, 뭐 이런 것과
　　상관없이…… 그냥 느낌 같은 거?"

진피피는 분노했다.

　　"경지는 경지지, 풍모? 기질? 이런 것과 무슨 상관이야?
　　내가 하늘의 명을 알 수 있다면 내가 지명의 경지인 거야.
　　그렇게 되면 난 동현 상(上)의 경지인 인간들을 거들떠보지
　　않아도 되는 거야!"

넝결은 황급히 대답했다.

　　"때리지 마. 나보고 수행 백치라고 하면서
　　그 백치를 이겨 뭘 증명할 수 있겠어?"
　　"그럼 어떻게 증명할 수 있지? 동현 상(上) 경지의
　　인간 하나 데려와서 내가 좀 괴롭히면 믿을래?"
　　"좋은 제안인데? 예과 조지풍 부교수 알지?
　　동현 상의 대염사라던데, 어때?"
　　"교관을 때리라고? 내가 둘째 사형에게 언어터지길 바라는 거야?"
　　"음…… 그래, 서원 교관을 때리는 건 좀 그렇네.
　　그럼 이건 어때? 융경 황자."
　　"그건 뭐 괜찮은데…… 아니지, 뭔가 네 악마 같은 꼬임에
　　넘어가는 느낌이 드네. 네놈이 서당에서 자극받고 와서
　　일부러 나를 이용해 시비를 걸려는 거 아니야?"
　　"어디 이 형님이 시비나 거는 사람인가."

녕결은 속마음을 들켰지만 여전히 뻔뻔하고 당당하게 말했다.

　"넌 자칭 절세의 수행 천재잖아. 그런데 장안에 또 한 명의
　수행 천재가 들어왔다잖아. 아무도 널 알지 못하고 모두가
　융경 황자를 진정한 천재라고 인정하고 있어. 내가 너라면 어떻게
　이 분노를 삼킬 수 있을까…… 최소한 그놈에게 너 같은 경지가
　되어야 진정한 천재라고 자칭할 수 있다는 것을 알려줘야지!"

진피피는 불쾌한 듯 냉랭하게 말했다.

　"됐어. 이제 네가 전에 말했던 것을 이해하겠네. 어려서부터
　그런 험악한 환경에서 자라지 않았다면 지금의 너처럼 되지는
　않았을 텐데…… 마음이 사악하네."
　'보기보다 똑똑하네…… 하하.'

녕결은 조금은 감탄하며 목소리를 낮추고 다시 제안했다.

　"그럼 여기서 한번 보여줄래?"

진피피는 정말 이해가 안 되는 듯 말했다.

　"여기서 지명 경지의 실력을 보여 달라고? 녕결, 우리는
　세상 사람들이 존경하는 수행자지, 시장 골목에서
　기예를 파는 원숭이가 아니야."
　"당연하지. 어차피 구서루에는 구경꾼도 없는데 어떻게
　기예를 팔겠어? 그냥 나에게 내가 가야할 길을 보여준다고
　생각하면 안 될까?"

진피피는 역시 아첨에 약했다. 그는 잠시 고민한 후 진지하게 말했다.

"구서루에서는 안 돼. 여기 장서는 전부 서원 역대 교관들이 염력을 넣어 쓴 글씨들이야. 내가 여기서 지명 경지의 실력을 펼치다가 부적들이 오해하여 반응이라도 해버리면 어떻게 되겠어? 나는 고사하고 둘째 사형도 감당하지 못 할 거야."

수행 오경(五境) 중 지명은 그중 가장 신비스러운 경지. 하지만 녕결은 그동안 지명의 경지에 대해 궁금하지 않았다. 마치 개미가 하늘 높이 나는 매를 부러워하지 않듯 그는 지명의 경지에 대해 생각도 하지 않았던 것이다. 그것이 부러움이든 질투심이든, 분노이든 원망이든. 하지만 융경 황자가 장안에 들어왔다는 사실. 서당 학생들이 자신은 무시하지만 그에 대해서는 경외하는 모습에 갑자기 호기심이 발동했다. 안타깝게도 아무리 설득해도 진피피는 지명 경지의 신묘한 수법을 보여주지 않으려고 했다.

더욱 더 밤이 깊어졌다. 녕결은 결국 상상이 집에서 기다리고 있을 것을 떠올리고, 화를 내며 구서루 2층에서 내려왔다. 여느 때처럼 호수를 지나고 서원 본 건물로 들어가려는 찰나, 그는 별빛 아래 수초가 만드는 호수의 잔물결을 보며 저절로 걸음을 멈추었다. 서원의 호수는 얕고 투명했다. 대낮에 호숫가를 걸으면 붉은빛 잉어들이 수초를 따라다니는 모습을 훤히 볼 수 있다. 또 밤늦게 걸으면 별빛에 잉어들의 비늘이 반사되어 수면이 쉴 새 없이 반짝였다. 또 하나의 별이 떠있는 밤하늘. 구서루를 지나다닐 때 반드시 지나가야 가는 호수. 녕결은 이 호수가 매우 익숙하고, 낮과 밤으로 그 아름다움이 달라지는 수초에도 익숙했다. 하지만 오늘밤 그는 이 익숙한 호수가 평소와 다르다고 생각했다.

호수의 수초 사이로 반사되는 별빛이 평소의 밤보다 다소 어두워 보였다. 녕결은 눈을 동그랗게 뜨고 집중하여 그곳을 바라보았다. 수초 사이를 유유히 헤엄쳐야 할 붉은빛 비단 잉어들이 어찌된 일인지 수초 사이에 완전히 멈춰 서 있었다. 마치 각양각색의 옥석을 조각하여 만든 물고기처럼 변해 있었다.

잉어가 움직이지 않으니 자연히 별빛이 반사되지 않았다. 그래서 호수는 평소보다 훨씬 어두웠다. 그런데 무슨 힘이 이들을 멈추게 했는

가. 이 '멈춤'은 죽음도 아니고 응고도 아니었다. 왜냐하면 물결과 수초 사이에 여전히 생명의 기운이 느껴졌기 때문이다. 마치 이 물고기들이 물속에 가상의 투영체만 남겨두고, 그 본체는 또 다른 진실과 통하는 세계로 헤엄쳐 간 듯 보였다.

　　'이것이 지천명의 경지?'

한참이 지나서야 녕결은 정신이 번쩍 들었다. 그는 다소 뻣뻣한 목을 힘겹게 돌려 뒤로 보이는 낯익은 구서루 2층을 바라보았다. 그리고 익숙한 뒷모습 하나가 창가에서 사라지는 것을 보았다.

　　'팅.'

맑고 가벼운 소리. 몸은 까맣고 꼬리만 새빨갛게 물든 비단 잉어 한 마리가 즐겁게 수초 사이를 헤엄치다가 수면 위로 떠올라 별빛을 한 모금 마시고 다시 물속으로 들어갔다. 그 잉어는 좀 전에 무슨 일이 있었는지 전혀 모르는 듯했다.

　　　★★

47번 골목으로 돌아오는 내내 녕결은 침묵을 지켰다. 좀 전에 서원에서 본 신기한 장면은 이미 그의 상상력을 뛰어넘었다. 그래서 그의 마음은 충격을 넘어 망연자실해졌고 그 망연자실함은 다시 강렬한 욕심으로 바뀌었다.

　　"역시 지명 경지는 대단해. 그놈이 어떻게 한 거지?
　　　왜 그 물고기들이 멈췄지? 여청신 노인의 설명으로는
　　　지명 경지에 오르면 천지 원기 운행의 본질을 파악하고,

세상의 본원을 깨닫는다 했는데…… 세상의 본원은 입자 아니야? 아니, 물고기가 멈췄다가 다시 생기가 살아난다고? 이게 무슨 조화야?"

녕결은 노필재에 들어서자마자 의자에 앉아 턱을 괴고 혼잣말을 중얼거렸다. 그 순간 갑자기 일이 잘못되었다는 생각이 번쩍 들었다.

'뭐지?'

녕결은 한참 생각하고서야 오늘 가게 들어오자마자 상상의 소리를 듣지 못했다는 것을 깨달았다. 지금 그의 손에 뜨거운 찻잔이 없지 않은가. 그리고 혼잣말을 이렇게 많이 했으면 상상이 '또 도련님이 헛소리를 시작하셨네'라고 이미 말했어야 했는데…….

녕결은 저도 모르게 고개를 번쩍 들어 사방을 살폈다. 다행히 상상은 있었다. 다만 상상은 책상에 앉아 허공 어딘가를 응시하며 헛웃음을 짓고 있었다. 머리카락이 어지럽게 헝클어져 있는 모습이 전형적인 백치 같았다.

"너…… 무슨 사마(邪魔)에 빠지기라도 한 거야?"

녕결의 이 말에 상상이 허둥지둥 일어났다.

"도련님…… 언제 오셨어요?"

녕결은 버럭 화를 냈다.

"도련님이 오신지 벌써 반 시진이 지났다! 서원의 그 백치 같은 놈들에게 무시당하는 건 괜찮은데, 내가 내 집에 와서까지 이런 대접을 받아야 하나?"

상상은 얼굴 가득 미안한 기색을 내비치며 재빨리 차를 가져왔다.

  "설마 너도 오늘…… 구경을 갔냐?"
  "낮에…… 어차피 장사도 안 되고…… 옆 집 오(吳)씨 아주머니가
   계속 절 끌고 가려고…… 그래서 그냥 한번 가 봤어요."
  '아니, 융경 황자가 얼마나 대단하기에 열두세 살밖에 안 된
   어린 계집아이마저 넋을 잃게 만드는 거야?'

상상은 녕결이 보인 의혹의 눈빛을 오해했다.

  "융경 황자가 주작대로로 오지 않고 남쪽 대로로 오는 바람에,
   사람은 많고 길은 좁고 해서 머리카락이 이렇게 된 거예요.
   그리고 은자는 가지고 가지도 않았어요. 소매치기당할 일은
   없었어요."

녕결은 퉁명스럽게 꾸짖었다.

  "내가 그런 것을 걱정하는 것 같아?"
  "그럼…… 도련님은 뭘 걱정하시는데요?"
  "음……."

녕결은 머리를 긁적이며 계속 말을 하지 못했다. 사실 그도 자신이 도대체 뭘 걱정하는지 몰랐기 때문이다. 그래서 그는 한참 후에야 상상에게 괜히 쓸데없는 장난을 쳤다.

  "우리 상상도 남자에게 반하기도 하는구나. 그런데 나쁜 소식이
   하나 있는데 어떻게 하지? 융경 황자는 약혼녀가 있다네."

상상은 녕결을 쩨려봤다.

"도련님, 열여섯은 넘어야 시집갈 수 있다면서요? 이제 겨우
열세 살 반인데, 제가 시집갈 생각이나 했겠어요?"
"열여섯이 되어도 철이 들 수나 있을까…… 방금 전 백치 같은
모습을 보니, 이제 열세 살 반인데 이상한 생각이나 하고……
창피하지 않아?"
"그냥 오씨 아주머니 따라 구경만……."

상상은 약간 고개를 숙인 채 부끄러운 듯 말꼬리를 흐리며 말했다.

"그 융경 황자가 확실히 잘생기긴……."
'상상도 외모를 보는구나…… 근데 왜 나를 멍하니
쳐다본 적은 없는 거지?!'
"너무 잘생긴 남자는 보통 머리가 안 좋아. 예를 들면, 융경 황자."

상상은 작은 머리를 자신의 가는 팔에 얹으며 넋을 놓고 말했다.

"도련님, 전 그 얼굴이 어떻게 생겼는지 보고 싶었을 뿐이에요.
왜 그렇게 잘생겼는지, 어느 가게의 지분을 쓰는지…… 가까이서
볼 수 있다면 얼마나 좋을까…… 그의 눈썹을 한번 만져볼 수
있다면 더 좋겠네요."

넝결은 그녀의 모습을 보며 질투보다는 애석한 마음이 앞섰다.

'얘가 그동안 집안일만 했지, 취미나 좋아하는 일도 없었고……'
"융경 황자는 서원 이층루 시험을 볼 거야. 가까이서 보고 싶으면
그때 데려가 줄게. 뭐, 오는 김에 날 응원도 해주고……."
"좋아요, 좋아!"

상상은 작은 손바닥을 연신 치며 넝결의 얼굴을 보고 진지하게 말했다.

"말은 바로 해야죠. 그날은 특별히 도련님을 응원하러 가는 날.
 가는 김에 융경 황자 구경도 하고."
"그 말이 맞네. 상상이 역시 착해."

녕결은 웃으며 그녀의 머리를 쓰다듬고 뒤뜰로 향했다. 자신의 인생을 위
해서든, 시녀의 꿈을 위해서든 이층루에는 반드시 들어가야겠다고 결심
했다.

　　　★★

"내가 정말 잘못했어. 작년에 폐하께서 물으셨을 때 조금만
 더 용기를 냈다면 이렇게 보물산을 눈앞에 두고 손을 내밀지도
 못 하진 않았겠지."

짙은 하북도 억양이 황궁 세의국 위 하늘에 날리는 버들가지 속에서 맴돌
고 또 맴돌았다. 통통한 대당 호위 부통령 서숭산은 편전(便殿) 난간에 서
서 어서방에서 교만한 얼굴을 하고 걸어 나오는 대신들을 바라보고 있었
다. 그들은 모두 두 손에 보물처럼 소중한 서첩의 모사본을 들고 있었다.
그들을 바라보는 서숭산은 경멸의 눈빛을 띠었다. 그 눈빛은 점차 첫사랑
을 그리워하는 듯한 씁쓸한 아쉬움으로 바뀌어 있었다.

"도끼로 내 발등을 찍었지…… 폐하께서 좋아하실수록 이 파문이
 커질수록 난 그때 폐하를 속였다는 것을 더 인정할 수 없으니……
 한 수 잘못 둔 것이 전체 판도를 그르치고 있네!"

어린 태감 녹길(祿吉)은 고개를 들어 부통령 대인의 눈치를 살피며 목소리
를 낮춰 제안했다.

"대인, 제가 몇 달 동안 지켜봤는데 아무리 녕결 그놈이 깊이 숨어
있더라도 언젠가는 조정에서 찾아낼 날이 올 것입니다.
그때는 폐하를 속인 죄뿐 아니라 녕결을 찾지 못한 죄까지……
그러니 차라리 한번 걸어보는 게 좋지 않겠습니까?"
"걸긴 뭘 걸어?"

서숭산은 차갑게 말을 이었다.

"폐하께서 좋아하시고 황후 마마께서도 좋아하시고……
또 두 분이 오랫동안 실망하셨으니…… 결국 우리가 그분들을
이렇게 오래 속였다는 것을 알게 되신다면 모든 기쁨과 슬픔의
감정이 분노로 바뀔 것이야. 그럼에도 이 일을 저지른 녕결
그놈은 모든 영광을 가져갈 것이고…… 이 상황에서 그 분노를
온몸으로 받을 사람이 누굴까?"
'당연히 저 같은 보잘것없는 태감이겠지요…….'

하지만 녹길은 감히 대답을 하지 못했다.

"녹길아…… 황후 마마를 제외하고 폐하께서
가장 신뢰하는 사람이 누구지?"
"국사(國師)님?"
"그렇다면 국사님을 통해 녕결의 존재를 폐하께 알려야 해.
그렇게 함으로써 호위처는 이 일에서 빠지고."

말을 던지고 서숭산은 황성 측문으로 걸어갔다. 녹길은 마치 뜨거운 감자
라도 받은 듯 초조한 얼굴로 그를 쫓아가며 말했다.

"부통령 대인, 말은 쉽지만 그것을 어떻게 합니까?"
"내가 그걸 알면 너에게 시키겠느냐?"

서숭산은 고개를 획 돌리며 그를 노려보며 말했다.

　"나는 매일 공무로 바쁜데 이런 사소한 일을 처리할 시간이
　어디 있겠느냐? 그리고 무슨 신병기부(神兵奇符)도 아니고
　서첩 하나에 왜 이렇게 큰 소동이 난 건지…… 그 융경 황자도
　문제야. 지금 내게 도화 골목으로 병사를 보내 젊은 여자들을
　진압해 달라 부탁한 건가! 아니 장안의 낭자들과 부인들이
　어째서 이렇게 모두 정신이 나간 거야!"

서숭산은 소매를 획 떨치면서 떠났다.
　허공을 가득채운 버들가지 사이로 그의 원망스러운 외침이 맴돌
고 또 맴돌았다.

　"세상이 어지럽구나!"

　　　＊＊

장안의 도화 골목은 아직 이름처럼 복숭아꽃이 만개하지는 않았다. 성 외
곽에 있는 장안보다 따뜻하고 조용한 묘지 밖의 도화가 이제 막 꽃봉오리
를 맺었을 뿐.
　이 묘지는 고요한 산의 푸른 숲 안에 있었다. 이곳에 안장된 사람
들은 당국의 관원이나 부유한 재력가들 같은 인물들이다. 한식 무렵인 요
즘, 묘지 위에는 바람이 불어도 사라지지 않는 향이 피어오르고, 숲 가장
자리에는 아직도 온기가 남아 있는 소지종이의 재가 쌓였다.
　회색 두루마기를 걸친 키가 크고 야윈 중년 남자가 묘소 높은 곳
에 서서 아래쪽의 움직임을 보고 있었다. 석재 무덤 앞에서 사람들이 하
나둘씩 떠나자 천천히 아래로 내려왔다. 그는 묘비에서 대당 어사 장이기
의 이력을 물끄러미 쳐다보다가 무덤 더미 쪽으로 다가갔다. 그는 막 뽑

힌 풀을 손으로 어루만졌다. 정확히 말하자면 손바닥이 풀에 완전히 닿지는 않았다.

남자의 성은 임(林), 이름은 영(霈).

대당 동북 변군의 고수로 동현 경지의 대염사. 그는 진군 대장군 하후의 명을 받들어 작년 겨울 도성 장안에 들어와 장이기 등의 죽음을 조사하기 시작했다. 반 년 동안 군부 지인을 통해 그 세 사건의 문건을 볼 수 있었고, 동성의 대장간과 남성 호숫가 옆 작은 집에 가서 현장 답사도 몇 번이나 했다. 이 묘지에 온 것도 벌써 네 번째.

문건에 의문은 없었지만 끝내 진범을 잡지 못한 점 자체가 의문이었다. 그리고 변군의 고수가 그 문건들 사이에 연관점을 찾지 못한 것이 가장 중요한 문제 아닌가. 그는 비밀리에 조사하라는 명을 받았기 때문에, 확실한 증거를 찾기 전에는 공식적으로 관아의 도움을 받을 수도 없었다.

어사 장이기 사망과 관련한 문건도 이미 여러 번 보았지만 문제점을 찾지 못했다. 아무리 봐도 아내를 무서워한 늙은 어사가 황급히 기방 밖으로 뛰쳐나오다 우연히 마차에 깔려 죽은 사건이었다.

일반인이었다면 이미 그렇게 간단하게 판단을 내렸겠지만 그는 대염사일 뿐 아니라 당국의 군인. 확신이 들 때까지 버틸 끈기와 인내심이 있었다. 더구나 하후 대장군과 모사 곡계가 애매한 결론을 받아들이지 않을 것이라는 사실을 누구보다 잘 알고 있는 그였다. 출발 전 군사(軍師) 곡계의 당부가 떠올랐다.

'장이기 죽음이 관건이네. 연관성이 있는지는 그리 중요하지 않고
어사 장이기의 죽음이 정말로 의외의 사고인지만 보면 되네.'
"권력자들의 묘…… 관아의 도움을 받아 공식적으로 부검할 수도
없고 조정의 진노를 무릅쓰고 무덤을 파헤칠 수도 없다……
관 속에 있는 늙은 어사의 죽음에 문제가 있는지 어떻게
알아낼 수 있단 말인가."

그는 탄식했지만 여전히 자리를 뜨진 않았다. 오히려 점점 의연한 기색이 드러나며 두루마기 앞자락을 들고 바닥에 주저앉았다. 그 다음에 할 일은 그의 경지에 크게 손상을 입히는 일. 풀섶 속에서 미세한 돌맹이를 찾는 것과 같은 일이었다. 문제는 그 돌맹이가 있는지 없는지도 모른다는 것.

　　그렇게 그는 아침부터 오후까지 앉아 있었고, 그의 얼굴은 점점 창백해졌다. 시간이 얼마나 지났을까. 임영은 천천히 눈을 뜨고 어사의 무덤을 보며 경악했다. 눈에는 의심스러워하는 기색도 띠었다. 하지만 어떤 추측이 확정이라도 된 듯 홀가분한 느낌도 났다. 그는 눈썹 끝에서 곧 떨어질 것 같은 땀 한 방울을 닦으며 힘겹게 일어나 장안성을 향해 발걸음을 옮겼다.

　　다음 날 장이기의 무덤 주위로 또 한 번의 고요가 깨졌다. 어제 울어대던 사나운 처도 눈물없이 울부짖던 첩도 아니었다. 임영과 장안 관아 아리들. 청색 사복 대신 당군 군복을 입은 임영은 어제와 달리 깔끔하고 강인해 보였다.

"대인, 하관은 제 목숨을 걸고 장담합니다. 그럼 언제
관을 열 수 있을까요?"

아리들이 갈라지자 장안 부윤 상관양우가 걸어 나왔다. 눈살을 찌푸린 탓에 상관양우 대인의 삼각형 눈이 더욱 보기 흉했다. 그는 몇 가닥 없는 턱 밑 수염을 쓰다듬으며 임영을 보고 불편한 듯 말했다.

"군부와 천추처(天樞處)를 통해 당신의 신분은 확인했지만
이 사건은 이미 종결된 지 오래다. 확증도 없이 단지 당신의 말
때문에 관을 다시 열어 재검을 해야 한다니, 이게 도대체
어떻게 된 일인가?"

임영은 잠시 침묵하다 낮은 목소리로 공손히 말했다.

"부윤 대인, 장안 관아가 끝까지 재검에 응하지 않으면 하관은
군부에서 사람을 모셔올 수밖에 없습니다."
"본관을 협박하는 건가? 당신이 군부 소속이라고……."

상관양우는 원래 기개가 있는 인물이 아니었지만 어찌 부하들 앞에서 체
면이 깎일 수 있겠는가. 그는 냉소를 지으며 말했다.

"묻힌 사람이 어사 대인이다. 설령 문제가 있더라도 도성 치안의
문제인데 군부가 간섭할 권리가 어디 있느냐. 설마 폐하 앞에
가서 당신의 그 대장군과 소송이라도 해야 하는 것이냐!"

임영은 곡계의 당부를 떠올리며 최대한 공손히 말했다.

"대인, 하관은 그저 의심스러운 점을 발견했다고 대인께
알려드리는 것입니다. 대인께서 묘지에 오신 이상, 대인께서도
저의 뜻에 어느 정도 동의하셨으리라 생각합니다. 만약 하관의
잘못이 있거나 주의해야 할 부분이 있으면 언제든지 말씀해
주십시오."

상관양우의 안색이 조금 온화해지며 무표정한 얼굴로 말했다.

"어떤 사건이든 의문점이 있다면 뭐…… 어사의 죽음이든
일반인의 죽음이든 본 부윤이 폐하 대신 장안성 백성들을
다스리는 입장에서 당연히 진지하게 검토할 것이다. 다만 이는
군부와 무관하고, 하후 대장군과는 더욱 무관하다는 것을
명심하라."

임영은 자신보다 훨씬 지위가 높은 부윤의 말뜻을 재빨리 알아듣고 공손
히 말했다.

"하관이 장안에 온 용무는 따로 있는데 우연히 어사 유골에
문제가 있음을 발견했을 뿐입니다."
"그렇지. 또 명심해야 할 것이 있다. 관을 연 결과가 어떻든 진범을
찾을 때까지는 비공식적으로 조사를 할 수밖에 없다. 특히
어사 부인 귀에 이런 소식이 들어가서는 절대 안 된다."

이때 아리 하나가 난처한 표정으로 끼어들었다.

"대인, 관을 열고 부검을 하시려면 어사부에 알려야 합니다.
만약 그들이 소송을 제기하면 장안부가 곤란에 처하기
쉽습니다."

상관양우는 부하의 말을 듣고도 대꾸하지 않았다. 대신 고개를 돌려 조용
히 임영을 쳐다봤다. 그의 뜻은 분명했다.

'주인에게 묻지 않고 관을 연다는 누명도 너희들이 써야 한다.'

임영의 얼굴에 씁쓸한 웃음이 번졌다.

'군부와 하후 대장군의 명의는 못 쓸 것이고 결국 문제가 되면
그것도 내가 뒤집어쓰라는 뜻이군.'

하후 대장군의 엄명을 떠올렸다. 또 유골에 문제가 있는 것은 확실했다.
임영은 고개를 끄덕였다.

"대인께서 원하시는 대로 하십시오."
"좋아!"

상관양우의 표정은 평온했지만 마음 한구석에서는 초조함과 불안이 솟

구치기 시작했다.

'대염사가 누명을 뒤집어쓰겠다? 도대체 장이기의 죽음에
어떤 음모가 숨겨져 있기에?'

공사 아리와 검시관 등이 각양각색의 도구를 들고 왔다. 묘지 관리 측에
서 파견된 일꾼들은 장안 관아 공사 아리의 지휘 아래 어제 유족들에 의
해 말끔하게 정리된 묘지를 난장판으로 만들어 버렸다.
　　관이 열리자 상관양우는 재빠르게 손수건으로 코를 막으며 그 안
을 바라봤다. 백골인지 부장품인지 알 수 없는 것들 사이로 검시관이 반
쯤 몸을 구부린 채 부검에 들어갔다. 잠시 후, 검시관이 일어나 복면을 벗
으며 말했다.

"대인, 의심스러운 점은 없습니다."
"응?"

상관양우는 고개를 돌려 침묵하는 임영을 보았다. 눈에는 분노나 실망보
다는 의구심이 있었다. 임영이 입을 열었다.

"어사의 머리를 검사했느냐?"

검시관은 그의 정체를 몰라 다시 무례하게 답했다.

"안 했겠어요?"

임영은 한참을 침묵한 후 상관양우를 보며 담담히 말했다.

"어사 두개골에 딱딱한 물건이 박혀 있습니다. 그것이 쇠못인지
다른 흉기인지는 확실하지 않습니다."

상관양우는 그를 보고 냉소를 지었다.

"대염사가 염력을 동원해 유해를 살피는 것은 불길할 뿐 아니라
해서는 안 되는 일. 그동안 그렇게 침묵을 지킨 이유가 있었구나."

임영은 씁쓸한 웃음을 지으며 말했다.

"당률의 존엄을 지키기 위해 또 제국 관원을 대신해
억울함을 호소하기 위해, 어떤 관습들은 잠시 무시될 수 있다고
생각합니다."
"말 한번 잘 했네. 그래서 발견한 것이 있으면 미리 말을 해야지.
나와 관원들의 시간과 힘을 허비하게 하지 말고."

임영은 상관양우와 검시관을 데리고 관 옆으로 갔다.

"아마도 두피 속으로 들어갔을 겁니다. 그래서 눈에 보이지 않지만
머리카락을 자르고 두피를 제거하면 발견될 것입니다."

검시관은 매우 놀란 표정으로 상관 부윤을 바라봤다.

'배를 가르는 일도 거의 하지 않는데, 하물며 관에 누워 있는
사람은 대당의 어사 대인인데! 두피를 벗긴다고?'
"대인?"

상관양우는 차갑게 말했다.

"시작해! 아무 문제를 찾지 못하면 조정에서 누군가 나서 죄를
청하겠지. 어사부의 분노가 너 같은 하찮은 인물에게 떨어지기나
하겠느냐?"

임영은 쓴웃음을 지으며 고개를 가로저었다.

> '나 들으라고 거듭 강조하는 것도 잊지 않고…… 장안 부윤이
> 무슨 시골의 야비한 하급 관원도 아니고……'

검시관은 이미 머리카락이 말라붙은 두피를 제거했다. 살짝 누렇게 변한 두개골에 맑은 물을 끼얹고 헝겊으로 몇 번 닦아냈다. 그제야 아주 미세한 작은 상처가 정수리에서 나타났다. 그 위에 응고된 피인지 썩은 살인지 모를 오물이 보였다.

헝겊으로 닦고 물로 씻기를 여러 번, 점점 그 상처가 선명해지면서 드디어 구멍 안에 있는 물건을 볼 수 있었다.

> '끼이익.'

뼈에서 녹슨 칼을 빼낸 듯 귀를 찌르는 듯한 소리가 관 속에서 울렸다. 검시관은 한 손으로 머리를 누르고 다른 한 손으로 어사 유골의 머릿속에 숨겨진 그 딱딱한 물건을 뽑아냈다.

못, 아주 긴 쇠못. 핏물에 또는 시체 몸 안의 수분에 너무 오래 담겨 녹이 많이 슬어 있었지만, 그 끝은 여전히 매우 날카로웠다. 검시관의 손에 있는 쇠못을 보고 사람들은 일제히 찬 공기를 크게 들이마셨다.

임영은 시종일관 침묵을 지켰다. 그는 이미 그 물건이 무엇인지 거의 확신하고 있었기 때문이다.

> "대인, 드디어 확증이 나왔습니다. 그 다음 수사는 장안 관아의
> 일이니 하관은 더 이상 관여하지 않겠습니다."
> "본 부윤이 수사하는 데 당연히 자네의 참여가 필요하지 않다.
> 단 명심하라. 진범이 밝혀지기 전에 어떤 이야기라도
> 흘러나간다면 그때는 내가 자네의 대장군을 끌어들이는 것에
> 날 탓하지 말거라."

"네."

임영은 공손히 예를 올리고 유유히 묘지를 떠났다.

녕결은 복수를 시작한 지 채 일 년도 되지 않은 이때, 짙은 그림자가 자신의 앞길을 덮고 있다는 사실을 몰랐다. 오히려 그는 자신의 앞길이 비할 바 없이 밝다고 생각했다. 이틀 뒤면 서원 이층루가 문을 여는 날이고 그는 당당하게 모든 힘을 다해 겨룰 생각이었기 때문이다.

＊ ＊

어느 따뜻한 봄날.

서원 학생들은 사승운을 비롯한 술과 학생 여섯 명의 이층루 합격을 응원하기 위해 어느 청아하고 호화로운 음식점에 갔다. 녕결도 사도의란의 손에 끌려 따라가게 되었다.

천하로 여행을 떠난 서원의 원장 부자(夫子)가 돌아오지 않았지만 서원 이층루는 곧 열리기로 되어 있었다. 물론 이층루에 들어가는 것이 하늘에 오르는 것보다 어렵다는 것은 모두가 다 아는 사실. 그리고 현재 녕결의 상태를 잘 모르는 서원 학생들이 보기에 녕결이 이층루에 들어가는 것이 더 어렵다는 것도 명확한 사실.

녕결은 원래 이런 것에 관심이 없었기에 구서루에 가서 진피피에게 자신이 이층루에 들어갈 가능성에 대해 물어보려고 했다. 그러나 사도의란의 고집에 못 이겨 동창들을 따라나섰다. 서원 학생들이 정한 모임 장소는 남성 어느 호숫가 근처 청아하고 호화로운 대저택을 개조해 만든 주루(酒樓)였다. 그곳에는 대당 제주 대인이 친필로 쓴 승리를 거두는 장소라는 뜻의 '득승거(得勝居)'라고 쓴 현판이 걸려 있었다.

그곳에 드나드는 사람은 모두 조정 대신 또는 재력가들로 서원의 명성이 없었다면 이곳 노천 자리를 통째로 빌리지 못했을 것이다. 대저택 밖에는 오래된 배나무 곳곳에 휘장이 걸려 있고 따뜻한 봄기운에 푸른 풀들이 자라고 있었다. 백여 명의 젊은 남녀들의 웃음이 더해지자 그곳은 순식간에 청춘의 생기가 넘쳐흘렀다. 넝결은 눈에 띄지 않는 구석에서 득승거 하인 하나를 불러 몇 푼 쥐어주며 47번 골목에 말을 전해 달라 했다.

"상상에게 마차를 끌고 와 문밖에서 대기하라는 말을 전해줘."

그는 눈치를 봐서 일찍 떠날 생각이었다. 그때 사도의란이 일어나 몇 마디를 했고 이어서 각양각색의 음식과 술이 끊임없이 나오기 시작했다. 그리고 한쪽에서 앳된 얼굴의 임천 왕영의 근심스러운 목소리가 들렸다.

"이번에 이층루는 한 명만 뽑는다고 들었어요. 예전에도
  마찬가지였나요?"

사승운은 미소를 지으며 차분하게 대답했다.

"이층루는 열릴 때마다 규칙이 달라. 한 사람만 뽑는다 하니
  난이도가 꽤 높을 것 같아. 그래도 최선을 다해 동창들의 기대와
  교관님의 가르침을 저버리지 않을 거야."

종대준이 촤악 하고 부채를 펴며 큰 소리로 웃으며 말했다.

"승운 공자, 넌 벌써 불혹의 경지에 들어갔잖아.
  네가 못 들어가면 누가 이층루에 들어가겠어?"

임천 왕영은 부러운 기색과 함께 사승운에게 솔직히 말했다.

"사형, 이층루에 들어가게 되면 그곳이 어떤 모습인지
  꼭 알려주셔야 해요. 전 정말 궁금하거든요."

사승운은 온화하게 웃으며 왕영의 어깨를 토닥였다.

"넌 아직 어리니 올해가 아니라도 기회가 있잖아.
군이 내가 너에게 알려줄 필요가 있을까?"
'다그닥 다그닥 다그닥⋯⋯.'

그때 득승거 밖에서 다급한 말발굽 소리가 들려왔다. 장안성에서 기병들
이 질주하는 것은 특이한 일이 아니었기에 그 소리에 특별히 주목하는 이
는 없었다. 구석에 가만히 앉아 있던 녕결만이 고개를 들어 소리에 귀를
기울였다. 우림군이 아니라 전장에서 진정한 피를 본 변군의 말발굽 소리
인 것을 알아차렸기 때문이다.

잠시 후, 군복을 입은 젊은 장교가 부하 몇 명의 인도를 받으며 득
승거로 들어왔다. 장교는 노천의 봄바람을 맞으며 술을 마시는 학생들을
보며 미간을 찌푸렸다. 그들이 나타나자 서원 학생들의 대화 소리도 줄
어들었다. 주위가 순식간에 싸늘해졌다. 그들이 품고 있는 철과 혈(血)의
냄새가 학생들의 경쾌하고 밝은 분위기와 사뭇 달랐기 때문이다. 어떤 학
생이 감정을 주체하지 못하고 술기운을 빌려 냉소를 지으며 말했다.

"허세(許世) 대장군이 오더라도 감히 서원을 함부로 대하지
못하는데, 이 군인들은 참으로 안하무인이시네."

허세 대장군은 대당 진군 대장군 중 하나로 대당 제국 군대의 일인자. 이
말에 군관 몇몇이 발걸음을 멈추고 싸늘한 눈빛으로 주위 학생들을 둘러
보았다. 젊은 장군 한 명이 학생들에게 호통쳤다.

"서원 학생 놈들이구나! 화창한 봄에 산에 가서 사냥은 못 할망정
장안성에 들어와 술이나 처먹고 있다니⋯⋯ 정말 해가 갈수록
전보다 못해지는구나!"

술을 마시면서 떠들던 서원 학생들이 수군대기 시작했다. 득승거 안 학생들 사이의 분위기는 순식간에 식어갔다. 젊은 장군은 긴장한 기색 하나 없이 서리 같이 차가운 목소리로 계속 말했다.

> "애송이들…… 내가 서원에서 공부할 때와 달리 네놈들은
> 피상적인 것만 배워 입만 놀릴 줄 아는구나."

장군이 서원 선배라는 것을 알아차린 학생들은 순간 긴장하면서 어물거렸다. 청년 장군은 그들을 용서하지 않겠다는 기세로 호되게 꾸짖었다.

> "허세 대장군이 와도 서원을 함부로 대하지 못한다고? 틀린 말은
> 아니지만 한 가지를 꼭 명심해야. 허 대장군이 너희 같은
> 쓸모없는 놈들을 존경하는 것이 아니라, 원장님과 서원 교관들을
> 존경하는 것이다! 앞으로 밖에서는 그런 더러운 입을 닫아라!
> 만약 다시 한번 서원을 핑계로 교만하게 입을 놀린다는 소문이
> 들리면 내가 직접 서원의 규칙에 따라 너희들을 다스릴 것이다!"

그때 사도의란이 휘장을 젖히며 웃음을 참지 못하고 말했다.

> "오라버님, 당당한 고산군 도위께서 후배들에게 그렇게까지
> 화내실 필요가 있어요?"

이 말에 학생들의 얼굴은 잿빛이 되었다.

> '고산군 도위 화산악 장군!'

화산악은 사도의란을 보며 어쩔 수 없이 한숨을 내쉬며 말했다.

> "너도 서원에서 공부를 하고 있다는 것을 잊고 있었네. 오늘은

급한 용무가 있으니 내일 저녁에 대장군께 인사드리러 갈게."

사도의란은 화산악이 급하게 장안에 올 이유는 하나뿐이라고 생각하고 미소를 지으며 말했다.

"저도 잠시 후에 안으로 들어가서 인사드릴게요."
"네가 인사하는 건 당연히 괜찮고 무채도 데리고 와도 된다."

화산악은 이 말과 함께 주위를 둘러보다 눈에 띄지 않는 구석에서 홀로 앉아 있는 어떤 이를 보고 싸늘하게 말을 이었다.

"허나, 다른 이들은 안 된다."
"여기는 다 서원의 뛰어난 인재들이에요. 그리고……."

화산악은 마치 그녀가 무슨 말을 할 줄 안다는 듯 말을 끝까지 듣지도 않고 황급히 득승거 안쪽으로 발걸음을 옮겼다.
한바탕 소동이 끝나자 다시 신나고 즐거운 자리가 이어졌다. 술이 들어가자 즐거운 곳은 더 즐겁게 처량한 곳은 더 처량하게 변했다. 사도의란은 동창들의 눈을 피해 가장 불품없는 구석으로 가 몸을 반쯤 내밀어 개구리를 찾고 있는 녕결을 보고 나지막이 물었다.

"왜 동창들과 말을 안 해?"
"재미가 없어."

녕결은 돌이끼 위에서 물벌레 가득한 어둠 속으로 몸을 숨긴 개구리를 보고 아쉬운 표정을 지었다.

"그들은 날 이 벌레처럼 보겠지. 그런데 굳이 내가 먼저 다가가
    상대방의 식욕을 떨어뜨릴 필요가 있을까?"

"몇 달째 무슨 귀신처럼 떠돌고 있잖아. 너의 명성을 바로잡고
싶지 않아? 네가 그 시험을 일부러 피한 것이 아니었다고
해명할 생각은 없어?"
"누명을 쓴 것은 억울하지만 그렇다고 먼저 다가가면 내가 뭐가
되니? 하지만 난 나만의 방식으로 명성을 바로잡을 거야."
"언제?"

녕결은 잠시 생각에 잠긴 후 다소 불확실하게 대답했다.

"아마…… 모레?"
"이층루가 열리고 내가 미소를 지으며 일어나 나도
할 수 있다고……."
"너무 꿈 같은 이야기지만…… 너도 나처럼 수행을 못 하는
불쌍한 사람이잖아."
"난 할 수 있어……."

녕결은 말을 멈췄다. 자신이 말해도 이 소녀가 믿지 않을 거라 생각하며
급히 화제를 돌렸다.

"그런데 이번에 이층루에서 한 사람만 뽑는다는데 저들은 왜
그렇게 기뻐하는 거지?"
"사승운 공자의 대인관계가 너보다 훨씬 좋잖아.
질투하는 사람도 있지만 다들 티 내지 않고 그를 응원하고 있어."
"그 말이 아니라 너희들은 그 사람을 잊은 거야?"

사도의란은 잠시 멍 때렸다. 이내 그가 누구를 지칭하는지 깨닫고 놀라서
말을 잊지 못했다. 연국의 융경 황자를 잊고 있었다. 그녀도 다른 서원 학
생들도 마찬가지였다. 아마 그들은 마음속으로 융경 황자와 자신들을 비
교할 생각도 아예 못 했을 것이다. 수행 천재이자 서릉 신전 재결사라는

거물인 그를 한 단계 높은 인물로 여기고 있었기 때문에.

　"물론 그가 온 직접적인 명분은 연국 태자를 대신해 인질로 남기
　위해서지만, 그가 서원 이층루에 들어가겠다는 소문이 진짜일
　가능성도 있어. 그렇다면 네가 보기에 임천 왕영이나 사승운이
　그의 상대가 된다고 생각해?"
　"융경 황자는 이층루 모집 정원에서 예외이지 않을까?"
　"그럴 리 있겠어? 하지만 설령 융경 황자와 경쟁한다 하더라도
　사승운 정도면 좌절하기보다 더 승부욕에 불타오를 거야.
　어쩌면 좋은 일일 수도."
　"아무리 그래도 융경 황자는 곧 지명에 발을 들여놓을 것이고,
　사 공자는 이제 막 불혹에 들어섰잖아. 둘의 실력 차이가 너무 커.
　전투 의지만으로 뛰어넘을 수 있는 것은 아닐 것 같은데."

사도의란은 흥청망청 술을 마시는 동창들을 보며 걱정스러운 표정으로
말을 이었다.

　"만약 갑자기 나타난 융경 황자가 유일하게 이층루에 들어가게
　되면 조정 대신들이 이번 서원 학생들에게 얼마나 실망할지
　상상도 안 돼."

융경 황자는 연국 출신이면서 더구나 대당과 관계가 껄끄러운 서릉 신전
재결사의 거물. 이런 사람이 대당 제국의 젊은 인재들을 일거에 제압하면
마치 서릉 신전이 대당 제국에게 귀싸대기를 올리는 것과 다를 바 없었다.

　"서원에서 왜 이런 규칙을 정했는지 이해가 안 되네……
　일부러 융경 황자에게 군계일학의 풍경을 만들어 주려는 것도
　아닐 텐데……"
　"시작도 안 했는데 뭘 그렇게 미리 걱정해? 융경 황자가 벌써

이층루에 들어간 것도 아니잖아?"

"적의 강대함을 인정하는 것은 부끄러운 일이 아니지만
대당 제국의 젊은 세대 중에 그와 상대할 사람이 한 명도
없다는 것은 좀……."

"누가 없대?"

"누가 있어? 지금 그 주인공이 너라고 말하고 싶은 거라면
설득력이 더욱 없네."

"하하…… 알았어. 하지만 너도 그렇게까지 걱정할 필요는 없어.
설령 융경 황자가 대당 남자들을 다 제압하고, 또 대당 여자들을
다 매혹시켰다 하더라도…… 연국은 여전히 대당에 공물을
바쳐야 하고 서릉 신전도 여전히 감히 대당을 건드리지
못할 거야. 체면의 문제일 뿐 본질적인 변화는 없어."

"체면의 문제가 아니라 명예와 존엄의 문제지.
넌 변군 출신이라면서 그런 것도 몰라?"

"대당 군인이 어떤 모습이여야 하는데? 좀 전의 화산악처럼
칼자루를 잡고 성큼성큼 걸어가는 무지막지한 모습이어야 하나?
나는 그렇게 생각하지 않아. 군인들이 강역(疆域)을 지키고
국경을 넓히는 것은 기풍에 의지하는 것이 아니라……."

"그럼 뭐?"

"규율! 담력! 신뢰!"

"참, 녕결 너란 애도…… 너도 화산악 장군을 알지 않아?"

"그는 대당 군부 젊은 세대 중 가장 걸출한 인물이야. 난 그저
평범한 군사였고. 안다고 할 수는 없지. 그냥 이전에 만난 적이
있을 뿐. 그것도 이미 일 년 전 일이야. 내 기억으로 그가 날
싫어했던 것 같은데?"

사도의란이 웃으며 말했다.

"화산악을 만난 적이 있다고?"

녕결은 그냥 고개를 끄덕였다.

"장안성에 널 좋아하는 사람은 별로 없는 것 같네."

녕결도 웃으며 답했다.

"네가 아직 날 잘 몰라서 그래. 47번 골목 이웃에게 물어봐.
옆집 오부인을 빼고 누가 날 싫어해? 그리고 홍수초에 갔을 때
낭자들 봤지? 날 싫어하는 사람이 있었어?"
"됐어, 됐어. 이따 우리랑 함께 들어가서 인사드릴 거야?"
"들어가서 뭐해? 공주 전하와 식사하고 싶은 마음도 없고,
또 그분이 우리를 초대하지도 않았잖아."
"역시 공주 전하께서 연회를 열고 있는 것을 알고 있었구나.
내 생각에 전하께서 우리를 잠시라도 부르실 것 같은데……."
'이어 공주는 서원 학생들을 자리에 불러 젊은 세대에서 자신의
세력을 키우려 할 것이야. 또 연회의 손님들에게 자신의 능력을
보여주려 하겠지?'

녕결은 사도의란의 귀밑머리를 손가락으로 살짝 건드렸다.

"하하…… 그렇다고 백여 명이 모두 들어갈 수는 없잖아?
성적이 좋고 성품이 좋은 학생들로 고르겠지. 그런 곳에 내가
낄 자리가 있겠어?"
"하지만 넌 공주 전하와 오래 전부터 아는 사이잖아?"

이어 공주가 연회를 연다면 분명히 귀인을 초대할 터였다. 득승거의 주인 장을 심부름꾼처럼 시중들게 할 수 있는 사람.

반질반질한 오동나무 마룻바닥 끝 낮은 식탁 한편에 젊은 공자 하나가 앉아 있었다. 새하얀 상의를 입고 상투에 옥잠을 꽂았고, 눈썹이 곧고 눈이 맑아 차분하면서도 온화해 보였다. 다만 귀밑머리에 은은히 보이는 몇 가닥의 은빛이 몇 년 동안 그의 가슴속에 맺힌 고민의 흔적을 드러냈다. 장안에서 십 년 가까이 인질로 살아온 연국 태자는 맞은편의 대당 공주 이어를 보며 손끝으로 가볍게 술잔을 들어 마신 후 말했다.

> "천계 4년 장안에 처음 왔고, 천계 6년 볼모로 다시 장안에 왔지.
> 따지고 보면 공주 전하와도 십 년을 알고 지냈네. 중간에 전하가
> 초원에 있었던 2년을 빼더라도, 거의 같이 성장한 셈이지. 이번에
> 떠나면 언제 또 만날 수 있을지…… 아쉬움이 크네."
> "숭명(崇明) 오라버니. 장안에서 다시 만나게 된다는 것은 두 가지
> 이유밖에 없을 거예요. 그러니 만나지 않는 것이 가장 좋지요.
> 때가 되면 제가 성경(成京, 연국 수도)으로 뵈러 갈게요."

두 가지 가능성 중 하나는 대당 제국이 연국을 멸망시키는 것이다. 그러면 연국 황위를 이어받은 그가 장안에 끌려와 망국의 군주로서 하늘에 제사를 지내야 한다. 다른 하나는 연국 군대가 장안에 쳐들어오는 것이다. 전자는 너무 참담했고 후자는 거의 불가능에 가까웠다.

> "안 봐도 좋아. 네 말대로 나중에 기회가 있으면 성경으로
> 놀러 와도 되고…… 그땐 내가 주인이니 제대로 한번 대접할게."
> "어린아이도 아니고, 대접을 바라는 게 아니잖아요. 또 앞으로
> 숭명 오라버니는 일국의 황제가 될 몸인데 제가 뭘 요구한다 해도
> 편하기만 하겠어요?"

한 명은 연국 황위 계승자, 또 한 명은 당국 최고 지위의 공주 전하. 둘은 겉으로는 이별의 아쉬움을 이야기하고 있었지만 그 말 속에 어떤 숨겨진 의미가 있는지 누가 알겠는가. 연국 태자 숭명이 수척한 얼굴에 씁쓸한 미소를 띠며 말했다.

"한 나라의 군주라…… 그렇게 쉽게 할 수 있는 자리인가? 난 이미 장안에서 십 년 가까이 살았어. 내 몸에는 장안의 기후와 풍도, 인정이 이미 몸에 배어 있지. 정말 돌아가기가 싫네."

"그 말은 좀 부적절하지 않나요? 지금 연국 황제는 연세도 있고 몸도 좋지 않은데……."

"뭐가 부적절해? 부황께서는 원래 날 싫어했어. 그래서 날 볼모로 여기 장안으로 보냈지. 그리고 8년 동안 성경에서 위로의 서신이 온 적이 있었나? 사실 연국 전체가…… 한참 전에 날 잊은 듯해."

연국 태자는 술잔을 들어 단숨에 마셨다. 눈가에 고통스러운 기색이 스쳤다. 이어는 다독이듯 온화한 미소와 함께 말했다.

"저도 초원에서 2년 보내고 돌아올 때 장안이 절 잊어 버렸을까 봐 걱정했어요. 결국 살아 있기만 하면 또 돌아오기만 하면 아무리 오래되고 희미했던 기억도 다시 돌아오는 것 같아요. 당시 제가 초원으로 간 것도 숭명 오라버니가 절 위해 강구한 계책이었잖아요. 그리고 전 그 일로 이득을 많이 보고 장안으로 돌아왔어요. 이제는 숭명 오라버니가 성경으로 갈 시간. 이 한 가지만 반드시 기억해요. 성경의 형세가 아무리 나빠도 결국 오라버니가 적장자 태자이기 때문에 누구도 오라버니로부터 황위를 빼앗을 수 없어요."

연국 태자는 동병상련의 감정이 솟구치며 자조적으로 웃었다.

"지금은 누가 내 황위를 뺏는 것이 아니라 이미 그 황위는 내 것이 아닌 것이 되어버렸어. 모든 연국 사람들은 이미 총명하고 위세 넘치는 동생이 장안에 수년간 볼모로 잡혀 있었던 나약한 태자보다 그 황위에 더 적합하다는 생각을 하고 있지."

그는 잠시 회상에 잠겼다가 다시 말을 이었다.

"융경은 어릴 때부터 천재였지. 승마와 궁술과 시서(詩書)⋯⋯ 심지어 수행에 있어서도 뛰어났지. 그에 비해 태자인 나는 별다른 능력이 없었어. 그래서 부황께서 그를 총애했고, 또 대신들도 그를 믿고 의지하는 것이 당연했지. 그는 지금 서릉 신전 재결사의 거물이 되었어. 그가 서릉 천유원에 들어갔을 때부터 융경의 외척이 성경에서 세몰이를 시작했지. 이제는 그 기세를 꺾기 힘들어졌어. 그들은 이미 외부에 강한 지지 세력을 두고 있기 때문이야. 그 세력이 바로⋯⋯ 서릉 신국이고."

득승거 안쪽 정원에 적막이 흘렀다. 공주 이어는 한참이 지나서야 연국 태자의 눈을 똑바로 쳐다보며 입술을 살짝 열어 천천히 말했다.

"융경에게 서릉 신국이 있지만, 숭명 오라버니가 원한다면 부황께서 연국 황제에게 국서를 보내실 수도 있어요."

연국 태자는 기쁨의 기색을 보이지는 않았다. 그는 긴 침묵에 빠졌다.

"서릉 신전이 왜 융경 황자를 장안으로 보내 오라버니 대신 인질로 남는 것을 허락했는지 모르겠어요. 또 융경 황자가 이층루에 들어가려는 진짜 목적을 모르겠어요. 어쨌든 현재 형세는 오라버니에게 유리하다는 것만 기억해요. 그가 장안에 남으면 성경을 제어하기도 힘드니 그것도 오라버니에게는

기회가 아니겠어요? 그리고 아무리 그가 서릉 신전 재결사의
이인자라 하더라도, 서원이 있는 한 함부로 어떤 일을 도모하지는
못할 거예요."

연국 태자 숭명이 마침내 침묵을 깼다.

　"문제는 대당 황제도 서원에 미칠 수 있는 영향력이 극히
　제한되어 있다는 점이야. 만약 서원의 부자(夫子)가 이층루에
　융경을 받아들여 자유를 준다면 난 무엇을 할 수 있지?"
　"아무리 그래도 서원은 대당에 위치하니 그런 지나친 걱정은
　하지 마세요."
　"지나친 걱정? 융경이 자존심을 버리고 시험을 통과해야
　들어갈 수 있는 이층루를 지원했어. 그만큼 서원이 중요하다는 것
　아닌가. 그리고 그가 가장 잘하는 일이 그 주변 사람들을
　그의 조력자로 만드는 것이야."
　"융경이 서원 이층루에 들어가면, 서원 사람들이 그를 지지할까 봐
　걱정하는 건가요?"

이어는 단호하게 고개를 저으며 말을 이었다.

　"서원은 대당 제국 내부의 일에도 간섭하지 않는데,
　하물며 타국의 황위 다툼은……."

연국 태자는 고개를 가로저으며 쓴웃음을 지었다.

　"아무튼 그가 서원 이층루에 들어간다는 것이 나에게 좋은 일은
　아닌 것 같아."
　"그런데 만에 하나 그가 이층루에 못 들어가면……?"
　"남진에서 온 인재가 한 명이 있긴 하다던데……?"

잠시 눈을 마주친 두 사람은 거의 동시에 고개를 저었다. 이번에 서원에서 이충루 합격자를 단 한 명만 받겠다고 한 것은 사실상 그 이면에 연국과의 교환 거래가 있었기 때문이다. 대당은 융경 황자를 인질로 잡고 융경 황자는 서원 이충루로 들어가고…… 그래서 그 한 자리는 실제로 융경 황자를 위한 자리였다. 또 그의 능력을 볼 때 경쟁자가 나타나더라도 쉽게 그를 이길 수는 없을 듯 보였다. 그때,

　　'턱, 턱, 턱, 턱……'

바쁘지도 어지럽지도 않은 발자국 소리가 들렸다. 연국 태자가 의아한 눈빛으로 이어를 쳐다보자 그녀는 웃으며 대답했다.

　　"화산악과 그의 동료들이에요."

고산군 도위 화산악과 군관 여러 명이 연회 자리로 들어와 주먹을 쥐고 군례를 올렸다. 시녀들은 다시 술과 안주를 내왔다. 독승거 정원은 다시 고요함을 되찾았다.

　　"본궁이 화 도위를 급히 장안으로 부른 것은 숭명 오라버니가
　　떠나기 전에 한번 만나보는 것이 좋을 거라 생각해서예요."

화산악이 재빨리 한마디를 보냈다.

　　"하관, 하북도에 주둔하고 있습니다. 지금은 고산군 도위로 있지만
　　연말에 산음군(山陰郡)으로 자리를 옮길 수도 있습니다."

산음군은 민산의 동남쪽에 위치했고 연국과 국경을 사이에 두고 인접해 있다. 여기에 주둔하는 군사가 하후 대장군이 이끄는 변군 정도의 위세는 아니었지만, 어쨌든 대당에서 연국 수도 성경과 가장 가까운 곳에 자리한

군사 세력이었다.

연국 태자는 이미 몇 년 전에 화산악을 만난 적이 있었다. 그가 공주 이어의 열렬한 숭배자이자 대당 군부 젊은 세대에서 집중적으로 키우는 장군임을 알고 있었다. 그렇기에 지금 이어가 화산악을 장안으로 부른 것이 더 깊은 뜻을 숨기고 있다는 것을 어렵지 않게 짐작할 수 있었다.

"일이 극단으로 치닫지 않으면 화산악을 쓰지 않을 것이야."
"마지막 한 걸음을 내디딜 필요가 없다면 당연히 모두가
기쁜 것 아닌가요? 하지만 만약 그런 일이 오더라도, 오라버니가
용기를 가졌으면 좋겠어요. 그것은 오라버니가 원하는 일이자
대당의 이익에도 부합되는 일이죠."

석별의 정을 나누는 자리가 국가 간의 담판으로 바뀐 셈이었다. 자리가 순식간에 어색해졌다. 화산악은 눈치 빠르게 웃으며 화제를 돌렸다.

"오늘 득승거 정원은 누가 모두 빌렸다고 들었습니다."

이어는 호기심에 물었다.

"그래? 누가 그렇게 돈을 물 쓰듯……?"

물론 그녀에게 득승거 내부 정원을 모두 빌린 것은 별로 대수롭지 않은 일이었다. 황제의 총애를 받는 그녀를 누구와 감히 비교하겠는가. 그래도 이어 공주는 궁금했다.

"서원 학생들입니다. 사도의란과 김무채도 있었습니다."

사도의란과 김무채는 지난 날 장안 낭자군으로 함께 어울려 다니던 친구들 아닌가. 화산악은 눈치를 살피면서 말을 계속 꺼냈다.

"들어오다가 잠시 마주쳤는데, 이 자리가 전하께서 연국 태자를
　배웅하시는 자리인 만큼 일단 들어오려는 것을 허락하지
　않았습니다."
"서원 학생들은 우리 대당이나 천하의 기둥인데 들어와도
　무방하지. 숭명 오라버니도 서원 학생들을 만나고 싶으시죠?"
"당연하지."

연국 태자는 평온하게 고개를 끄덕였다.

"공주 전하를 뵙습니다."
"숭명 태자를 뵙습니다."

사승운, 종대준, 임천 왕영 등 서원 학생 몇 명이 저택 안 복도에 서서 차
례대로 귀인 두 명에게 예를 올렸다. 잠깐 동안 짧은 대화가 이루어졌다.
특히 사승운과 왕영 두 사람이 예의 바르게 행동한 덕에 이어 공주는 만
족했다. 물론 사 공자가 남진 사람이라는 점은 조금 아쉬웠지만.

"숭명 오라버니, 우리 대당의 청년 인재들이 어때요?"
"대당의 위엄이 천하에 퍼져 있고, 서원은 천년의 역사를 가진
　신성한 곳이니 역시 범상치가 않네."

바로 이때 득승거 바깥에서 소란스러운 소리가 났다. 이어는 작은 술잔을
들고 있었다. 그녀는 살짝 얼굴을 찌푸렸다. 그녀 뒤편에 있던 화산악이
엄숙한 표정으로 꾸짖었다.

"누가 감히 전하의 연회에 함부로 뛰어드는가!"

바깥에서 여전히 시끄러운 소리가 들렸다. 어수선했다. 그런데 조금 있으
니 전혀 다른 의미의 소리로 빠르게 바뀌었다. 복도 뒤 대나무 숲 사이로

울려 퍼지는 현악기 소리. 소녀들이 놀라는 소리. 전령이 놀라서 말을 전할 때 당황하여 탁자에 부딪혀 넘어지는 소리. 그리고 이 모든 소리는 다음 순간 일제히 사라졌다.

'턱, 턱, 턱, 턱……'

돌길 사이로 사람의 심장을 내려앉게 만드는 발걸음 소리만 들렸다. 그외에 아무 소리도 들리지 않았다. 발소리는 한 사람의 것이 아니었지만 마치 한 사람의 발자국 소리처럼 들렸다. 그 소리만으로도 교만함을 느끼게 하는 발소리. 난감한 표정을 드러낸 득승거 주인장이 불쌍한 심부름꾼처럼 몸을 구부린 채 앞장을 서서 걷고 있었다. 공주의 연회 장소로 외부인을 들인다는 것은 죽음을 재촉하는 가장 빠른 방법이었다. 하지만 그 뒤의 손님들도 만만치 않게 대단한 사람들이었다. 또 그들이 내세우는 명분에 반박할 용기도 없었기에 다른 방법이 없었다.

대당 문연각(文淵閣) 대학사 증정(曾靜) 대인. 황제와 황후의 두터운 신임을 동시에 받는 이 대당 중신의 얼굴에 띤 담담한 웃음이 그의 진솔함을 느끼게 해주었다. 증정 대학사 오른편에는 검은 도포를 입고 허리에 호천 신검을 찬 중년 남자가 서 있었다. 서릉 신전 천유원 부원장 막리(莫離) 신관(神官).

황후와 공주의 관계는 물과 불처럼 근본적으로 대립하고 있었고, 그 주요한 이유는 황위 계승 문제였다. 그런데 지금 황후 휘하의 수석 대신이 공주 연회에 들어가려 하고 있었다. 또 서릉 신국의 대인물도 동반하고 있으니 어느 누가 그 엄청난 줄다리기에 간섭할 수 있겠는가. 심지어 또 '그 사람'도 동반하고 있었으니 말이다.

증정 대학사와 막리 신관이 함께 나타난 것만으로 사람들의 시선을 끌기에 충분했다. 그렇지만 이 순간 모든 사람의 시선은 그들 뒤에 있는 젊은이에게 쏠려 있었다. 천성적인 매력을 타고난 사람. 고집쟁이 소녀도, 까만 얼굴의 평범한 시녀도 눈을 떼지 못하게 만드는 매력.

그는 스무 살 정도로 보이는 젊은이였다. 서릉 신전 재결사의 화려하지 않은 도복을 입고, 허리에 평범한 검을 차고 안정적이고 느리게 걷고 있었다. 전설처럼 잘생긴 눈매. 나뭇가지 사이로 새어나오는 옅은 햇빛을 받아 은은하게 빛나는 모습. 하늘에 흩날리는 버들가지와 함께 어우러져 마치 신의 자식처럼 사람들의 시야에 나타난 융경 황자. 그의 얼굴에는 굳이 내보일 필요가 없다고 생각하는 자부심이 가득해 보였다.

찰나의 정적.

정원에 있던 사람들은 저도 모르게 일어나 인사를 했다. 서원 학생들이 그의 정체를 눈치채자 눈가에 망연자실과 불안을 담은 기색이 스쳐갔다. 이어의 눈에는 놀라움과 냉랭함 그리고 경계심이 연달아 드러났다. 그녀 맞은편의 연국 태자의 눈빛에는 복잡한 감정과 함께 은은한 슬픔이 묻어났다. 태자는 천천히 일어나서 온화한 미소와 함께 입을 열었다.

"융경…… 오랜만이야."

이때 녕결은 정원 가장 외진 구석에서 무릎을 꿇고 예를 올리고 있었다. 녕결은 이런 자세 때문에 허리가 아프다고 속으로 원망하고 있었다. 그러다가 마침내 이 불청객의 정체를 알아차렸다.

'천둥소리와 함께 드디어 남자 주인공이 등장하셨구먼.'

천유원 부원장 막리 신관이 장황한 설명을 꺼내 놓았다.

"융경 황자께서 서릉에서 장안으로 오시는 길에 감기에 걸렸습니다. 때문에 그동안 도화 골목에서 몸과 마음을 추스르느라 형님을 찾아뵙지 못했습니다. 태자 전하께서 내일 귀국한다는 소식을 듣고 병을 무릅쓰고 이곳을 찾았습지요."
'서릉 신전 재결사의 이인자, 곧 지명 경지에 들어갈 강자가 감기로 앓아누웠다고?'

이따위 핑계를 믿을 사람은 없었다. 융경 황자가 그저 자신의 형인 연국 태자를 꺼려한다는 것은 자리에 있는 누구라도 쉽게 짐작할 수 있었다. 하지만 막리 신관의 억지 변명에도 융경 황자는 입을 열지 않았다. 난감한 기색을 드러내지도 않았다. 의례적인 미소를 제외하고는 그림같이 아름다운 얼굴에 별다른 감정이 없는 것처럼 보였다. 그의 몸에는 엄숙하고 공정한 기세가 배어 있었고 그림처럼 아름다운 용모도 그 기세를 조금도 희석시키지 못했다. 신전 재결사를 지배하는 권세와 위엄이 온몸에 흐르고 있었던 것이다.

증정 대학사는 '그해' 선위 장군 저택 맞은편 저택에 살던 통의 대부였다. 그는 우여곡절 끝에 황후의 신임을 받아 순탄한 관직의 길을 걸었고, 오늘날 조정에서 손꼽히는 중신을 맡게 되었다. 하지만 녕결은 그를 신기한 듯 바라보며 생각했다.

'어렸을 때 당신을 처음 봤을 때는 위엄이라고는 없었는데.'
"임천 왕영, 대학사를 뵙습니다."
"양관 종대준, 대학사를 뵙습니다."
"남진 사승운, 대학사를 뵙습니다."

증정 대학사는 서원 학생들의 공손한 인사를 받으며 수염을 쓰다듬고서 융경 황자를 보고 말했다.

"본관은 장안에 오래 살았습니다. 여기 사승운 공자가
남진 과거 시험을 통과했을 때부터 그 명성을 알고 있었지요.
들기로 그가 지금 서원 술과에서 열심히 공부하고 있다니
정말 뿌듯합니다. 융경 황자도 세상의 인재고 곧 서원에
들어가 연수를 할 것이니 사 공자 같은 젊은 인재들과 친하게
지내셔야죠."

융경 황자는 살짝 고개를 끄덕였다. 그 동작이 너무 작아 성의를 찾아보

기는 힘들었다. 억지로 도도한 기색을 드러내지는 않았지만 그 무표정한 얼굴로 명확한 의사표시를 하고 있었다.

'난 별로 관심 없다.'

매는 개미 앞에서 자부심을 드러내지 않고, 높은 산은 고개를 숙여 구릉을 내려다보지 않는다. 그들은 원래 같은 세계에 있는 존재가 아니니 쓸데없는 감정을 표출할 필요가 없다. 하지만 그런 무관심이야 말로 오만함이며, 가장 독한 경멸과 모욕이다. 서원에서 줄곧 재능과 학식, 품격으로 명성을 떨쳤던 사승운 공자는 가볍게 미소를 지었다. 누군가 그 웃음을 자세히 보았다면 조금은 부자연스럽다는 것을 알아차릴 수 있었을 것이다.

＊＊

사승운과 융경 황자의 자존심 싸움은 작은 사건일 뿐이었다. 본막(本幕)은 융경 황자와 연국 태자의 만남. 공주 이어는 연국 태자 승명을 지원하고 있었다. 거기에 증정 대학사가 융경 황자와 같이 온 것은 황후의 의지를 대표하는 것이 아니겠는가. 하지만 서원 학생들 앞에서는 공주 전하나 증정 대학사 모두 제국의 존엄과 기개를 유지해야 했다.

　"폐하께서 소신에게 융경 황자를 데리고 장안 주변을 살펴보고
　오라 명하셨습니다. 소신이 몇 번 대화를 나누어보았는데 황자의
　뛰어난 학식에 감탄하였습니다. 더구나 수행의 경지도 높아 이번
　이층루 입학은 문제가 없을 것 같습니다."

종대준이 대화에 끼어들었다.

　"서원 이층루에 들어가기가 그렇게 쉽지는 않다고 들었습니다."

줄곧 침묵을 지키고 있던 막리 신관이 덤덤하게 대답했다.

"서릉 신국에 인재가 많지만, 융경 황자는 우리 천유원에서
10년 이래 가장 걸출한 인재입니다. 스무 살이라는 어린 나이에
곧 지명의 경지에 들어갈 것이니, 수행 세계에서도 젊은 세대를
대표하는 최강자라 할 수 있겠지요. 그가 서원 이층루에 들어가지
못한다면 과연 누가 들어갈 수 있을까요?"

존귀한 신분의 서릉 천유원 부원장인 그가 내뱉은 말이 이렇게 직접적이
고 심지어 난폭할지 누가 상상이나 했겠는가.

"지명의 경지에 곧 진입하는 것과 지명의 경지는
천지 차이입니다."

고산군 도위 화산악이 살짝 화가 난 표정으로 말을 이었다.

"융경 황자는 지금 동현 경지의 절정에 있지만 그를 젊은 세대의
최강자라 칭하면…… 신관의 말씀이 그를 자만에 빠지게 하지는
않을까 걱정됩니다."

막리 신관은 가까스로 분노를 억누르고 화산악의 두 눈을 차갑게 노려보
며 말했다.

"대하국, 월륜국, 남진에서는 각각 젊은 세대의 강자들이 있다고
들었는데, 최근 대당에서는 어떤 인물이 나왔는지 모르겠네요."

화산악은 조금도 물러서지 않고 대답했다.

"우리 대당 왕경략은 현재 진군 대장군 휘하에서 활약하고

있습니다. 아직 그가 가진 지명 이하 무적이라는 명성을 아무도 빼앗지 못한 것으로 알고 있습니다만…….”

그동안 그윽하기만 하던 정원에 쥐 죽은 듯한 침묵이 흘렀다. 침묵은 담 담한 목소리에 의해 깨졌다. 줄곧 침묵을 지키던 융경 황자의 입에서 말 이 나왔다.

“지명 이하 무적…… 오래 전부터 이 호칭을 바꿔주고 싶었는데 아쉽게도 기회를 잡지 못했네요. 화 장군, 가능하시다면 왕경략 대인에게 빨리 장안으로 오시라는 말씀을 전해주십시오.”
“알다시피 저는 장안성에서 나가기가 쉽지 않습니다.”
“만약 그가 늦게 나타나면 제가 그 호칭을 바꿀 기회가 없을 수도 있습니다.”

융경 황자의 눈빛에는 전의(戰意) 대신 차분한 자신감이 보였다. 그리고 그 자리에 있는 모든 사람은 그의 말뜻을 알아들었다.

‘난 곧 지명의 경지에 들어설 것이다.’

융경 황자는 말에 힘을 주었다. 이어의 미간이 서서히 찌푸려졌다. 대당 은 수백 년 동안 국력이 강성하고 군대가 막강했다. 하지만 확실히 최근 에는 젊은 강자가 나오지 않았다. 그녀는 여청신 노인의 평가를 떠올리며 주위를 둘러보았다. 그녀는 녕결의 그림자가 사라진 것을 알아차리고는 더욱더 화가 치밀었다.

★ ★

득승거 옆 골목. 녕결은 의혹에 가득 찬 눈빛으로 마차에서 고개를 내밀고 있는 상상에게 말했다.

"융경 황자를 가까이서 보고 싶다고 맨날 난리치지 않았어?"
"도련님, 제가 그날 밤 겨우 한마디 한 거 가지고……
언제 맨날 소란을 피웠다고 그래요?"
"좋아, 좋아. 그래서 만나 볼래, 안 볼래?"

상상은 부끄러운 듯 고개를 끄덕였다. 녕결은 옆에 있는 득승거 심부름꾼에게 아까운 은표 하나를 건넸다.
　　어릴 적부터 서로 의지하며 살아온 두 사람에게는 인식하지 못한 습관이 있었다. 상대방이 좋아하는 것은 남겨두는 것이었다. 예를 들면 달걀부침 국수나 산라면, 육설 낭자 또는 은자, 그리고 황자?
　　정원에서 모든 관심이 융경 황자에게 쏠려 있었다. 또 그의 강한 자신감에 모두 짓눌려 있었다. 그 바람에 녕결이 상상을 데리고 들어오는 것을 아무도 눈치채지 못했다. 그동안 사승운은 융경 황자에게 인사를 했다.

"감히 가르침 한번 청하겠습니다."

이 한마디에 답답했던 분위기가 더욱 조용해졌다. 이어는 그의 기개를 칭찬하는 눈빛이었지만 그가 당국 사람이 아님을 여전히 아쉬워했다.

"사형, 먼저 시작하시지요."

정원의 눈에 띄지 않는 구석. 상상은 녕결의 뒤에서 반쯤 꿇어앉아 조심스럽게 고개를 내밀고 보다 나지막이 말했다.

"도련님, 너무 멀어요. 그날 도화 골목에서 본 것보다 더 멀어요."

넝결은 식초에 절인 생선 껍질을 입에 넣고 씹으며 말했다.

"조용히 좀 해. 정극도 안 봤어? 양대(兩大) 인재 간의 논박이
이제 시작되려고 하잖아."

상상이 어디 신경이나 쓰겠는가. 그녀는 태연히 말했다.

"도련님, 누가 이길 것 같아요?"
"사승운이 너무 비참하게 지지만 않았으면 좋겠네."

★ ★

화두는 증정 대학사가 던졌다. 사승운이 먼저 시작했지만 그는 곧 자신이
흔들리지 않는 큰 산을 만났다는 것을 깨달았다. 융경 황자는 담담한 표
정으로 입을 열었고, 그는 군계일학의 학식을 가차 없이 드러내는 동시에
사승운의 용기에 어느 정도 찬사를 보내는 것도 잊지 않았다.
　　무수한 단어가 마치 아름다운 연꽃처럼 융경 황자의 두 입술 사이
로 흘러나왔다. 수많은 선현들의 경전을 인용하고 재구성하여 하나의 복
잡하면서도 뚜렷한 그물로 만들었다. 더욱 놀라운 것은 이번 논박에서 그
는 서릉 호천 도문의 도리를 사용하지 않고, 모두 서원의 관점을 사용했
다는 것이다.
　　넝결이 우려했듯이 사승운은 연꽃의 바다에 빠져 아무런 반격할
빈틈을 찾지 못했다. 그저 상대방의 '언어(言語) 그물'이 점점 더 촘촘하게
짜이는 것을 지켜보기만 했다. 사실 경전이나 현담(玄談)에서 진리를 구하
는 방식은 넝결이 잘하지도 못하고 좋아하지도 않았다.

'아무리 아름다운 학식이라 하더라도 현실에서 효용을
발휘하지 못한다면 계속 연구할 필요가 없다. 차라리 검날을
연구하는 게 낫지. 또 어쩌면 식탁 위 먹을 것을 따지는 게
낫지 않을까.'

서예는 예외…… 라고 생각했다. 그가 사랑했기 때문이다.

"동문집(同門集)에서 부자(夫子)께서 말씀하셨습니다. 3년 동안
유지하면 그것이 곧 '길(道)'이다."

융경 황자는 현임 서원 원장이 30년 전에 쓴 글의 결론으로 자신의 발언
을 마쳤다. 그는 소매를 한번 털면서 이 일방적인 논박을 마무리 지었다.
    정원은 쥐죽은 듯 조용했다. 서원 학생들은 식은땀을 흘렸다. 융
경 황자를 바라보며 무슨 말을 해야 할지 몰랐다. 이제야 사람들은 융경
황자가 입을 열지 않아도 그에게서 얼마나 교만한 기색이 풍기는지 알게
되었다.
    그가 안하무인이어서가 아니었다. 지금까지 사람들이 그의 강대
한 실력 앞에서 스스로 한 수 아래로 접었기 때문이다. 이 천부적 재능을
가진 황자는 그런 식의 대접이 익숙했다. 그래서 오늘날 입을 열지 않아
도 오만한 기세가 저절로 드러나는 그가 탄생한 것이었다.

"남이 자신의 등에 타는 것을 탓하기 전에, 자신이 스스로 몸을
웅크리지 않았는지 살펴라."

녕결은 앞쪽에서 꽁꽁 얼어버린 듯한 동창들을 보며 나지막이 말했다.

"평소에 내 앞에서는 그렇게 거만하더니 엄청난 강자를 만나니
겁먹은 촌닭이 되어버렸네. 내가 다 창피하네."

상상은 녕결이 건넨 술을 한 모금 마시고 말했다.

　"융경 황자는…… 정말 대단한 것 같아요."

어린 시녀의 말에 맞장구라도 치듯이 천유원 부원장 막리 신관은 서원 학생들을 바라보며 뿌듯하게 말했다.

　"융경 황자의 논박은 불종 란가사 장로들도 매우 높게
　평가합니다."

이쯤 되니 분위기가 더 그럴 수 없을 만큼 어색해졌다. 고산군 출신의 장교 하나가 호탕하게 웃으면서 재빨리 화제를 돌렸다.

　"저 장건신(張建新)은 무식해서 논박 같은 것은 잘 모릅니다만,
　연회에 술이 그 흥을 돋우는 것은 압니다. 오늘 다들 숭명 태자를
　배웅해주러 왔는데, 우리 고산군은 별것이 없어 구강쌍증
　(九江雙蒸) 수십 항아리를 가져왔습니다. 이미 후원에 가져다
　놓았습니다. 맛 한번 보시지요."

말이 솔직하고도 겸손했다. 고산군의 구강쌍증은 보통 술이 아니었다. 쌍증류법으로 빚어낸 독주로, 어느 대당 선황께서 초원 만족의 마음과 의지를 꺾는 데 상당한 효과를 보았다고 알려진 술이었다. 그 뒤로는 제국에서 비밀이 된 주조법. 일반적으로 초원 만족과 협상할 때 쓰일 뿐 연회에서 찾아보기는 매우 힘든 술이었다. 연회에서 제공되지 않는 것은 양조가 쉽지 않은 탓도 있었지만, 다른 한편으로 이 술이 워낙 독해서 성인 남자 기준으로 한 잔만 마셔도 대부분 취해 나가떨어지기 때문이었다.

　구강쌍증이라는 말에 갑자기 소란스러워졌다. 고산군 구강쌍증이 작은 술병에 나눠져 상에 올랐다. 답답한 분위기가 조금은 누그러졌다. 하지만 장건신이라는 장교는 시녀를 불러 자신 앞에 놓인 작은 술잔

을 큰 것으로 바꾸라 시켰다. 그 잔에 술을 가득 따르고 융경 황자에게 나지막이 물었다.

"서릉 신전은 술을 마시지 않습니까?"

융경 황자는 자기 앞에 놓인 술잔을 보고 웃는 듯 마는 듯 고개를 저었다. 그는 이곳에 온 이후 처음으로 꽃처럼 아름다운 얼굴에 온화하고 태연한 표정 이외의 다른 감정을 드러냈다.

하지만 그 모습에 새로운 매력이 풍겨 나왔다. 그에게 은근히 위화감을 품었던 소녀들도 또다시 그에게 매혹되었다. 장 장군은 엄숙한 표정으로 정중하게 양손으로 큰 술잔을 들고 말했다.

"그때 말장(末將, 장수가 자신을 낮춰 부르는 호칭)도 민산에서
연국 기병과 싸운 적이 있습니다. 거의 십여 년 전의 일입니다.
지금은 두 나라가 사이좋게 지내고 있지요. 이 술 한 잔으로
말장이 융경 황자에게 경의를 표하겠습니다. 다만
이 구강쌍증은 너무 독해 초원 만족도 석 잔만 마시면 말을 타지
못한다는 명성이 있는데, 융경 황자가 마실 용기가 있는지는
모르겠습니다."

이 말이 끝나자 현장은 다시 한번 침묵에 빠졌다. 눈에 띄지 않는 정원의 한구석.

"이게 술을 권하는 거야, 술주정을 부리는 거야? 천박해, 정말
천박해. 변경에서 온 군인이 이렇게 성실해요. 아니지. 어리석다
해야지. 저 황자는 동현 경지 절정에 있는 사람인데 그런 사람과
술로 대결한다고? 정말 스스로 자기 무덤을 파는구나."

녕결은 말을 하며 술잔에 구강쌍증을 따른 후 소매로 가려 뒤에 있는 상

상에게 건넸다. 그 잠깐 사이에 향긋한 술 향기가 가득 풍겼다. 늘 담담하던 상상의 얼굴에 억누를 수 없는 희색이 번졌다. 그녀의 눈이 번뜩였다.

그 사이 장건신 장군의 말에 증정 대학사가 대꾸했다.

> "양국의 우호 관계를 위한 축배라면 다 같이 마시는 게
> 좋지 않을까요?"

어찌 된 일인지 장건신 대학사는 다른 이들은 보지도 않고 융경 황자를 냉랭하게 쳐다보았다.

> "다 같이 마시든 둘만 마시든 제가 한 마디만 묻겠습니다……
> 황자는 마실 용기가 있습니까?"

녕결은 장군의 태도를 보면서 어쩌면 이 사람을 무식하다 평가했던 자신의 평가가 잘못되었을 수도 있다고 생각했다.

> '거침과 천박함으로 우아함과 오만함을 격파한다?'

하지만 녕결은 그 대결에 근본적으로 관심이 없었다. 그의 관심은 상상이 이 술을 매우 좋아한다는 것. 그는 상상에게 몰래 술을 건네기 바빴고, 심지어 옆에 있는 동창의 술을 훔쳐서 상상에게 따라주며 즐거워했다. 두 사람이 정원의 어두운 구석에서 술을 몰래 마시며 기뻐하고 있을 때, 정원 다른 편의 정세는 급박하게 변했다. 장군의 재미없는 술 대결을 무시할 줄 알았던 융경 황자의 얼굴에 엷은 미소가 스쳤다. 황자는 자신의 큰 잔에 술을 가득 채웠다. 이어서 고래가 물을 마시듯 그 독한 술을 단번에 들이마시며 멋지고 호탕한 모습을 연출했다.

장건신 장군은 잠시 멈칫했다. 그러나 재빨리 정신을 차리고는 자신의 술잔을 얼른 입술로 가져가 단숨에 마셨다. 그 순간 융경 황자는 두 번째 술잔을 가득 채웠고 또 호탕하게 단숨에 들이켰다.

세 번째, 네 번째, 다섯 번째…… 초원 만족도 세 잔을 마시면 말을 못 탄다는 구강쌍증주. 융경 황자의 안색은 조금도 변하지 않았다. 장건신은 마침내 얼굴이 벌겋게 달아올라 쓰러졌다. 융경 황자는 여덟 번째 술잔을 손에 들었다. 상대방이 쓰러졌지만 자신의 잔을 내려놓지 않고 천천히 다 마신 후 조금 지친 기색과 함께 미소를 지으며 말했다.

　　"열심히 도를 추구했고…… 재결사를 맡아 마종의 잔당을
　　죽이고…… 도문의 반역자를 처벌하며…… 이단 사도를
　　다스리는 데 있어 신전 율법을 지키며 조그만 실수도 용납하지
　　않았습니다. 또 그 수행의 과정에서 제 마음을 어지럽힐 수 있는
　　외물(外物)은 없었다고 말할 수 있습니다. 하지만 제가 끊을 수
　　없는 한 가지가 있는데, 그것이 바로 이 아름다운 술입니다."

융경 황자는 더욱 진지하게 말을 이었다.

　　"술은 하늘과 사람의 길을 통하게 만듭니다. 그 기묘한 비밀을
　　꿰뚫을 수 있는…… 호천이 하사한 아름다움입니다. 그래서 전
　　술을 마시고…… 또 저의 수행의 경지로 술을 깨게 하면 그야말로
　　아름다운 것을 함부로 낭비한다고 여겼습니다. 그래서 어릴
　　때부터 술을 좋아했지만…… 자주 마시지는 않았습니다. 적어도
　　어릴 적에 성경을 떠난 후부터는…….."

그는 이미 사람들로부터 잊힌 듯한 자신의 형을 보고 말했다.

　　"그 후로 술을 네 번 마셨습니다. 한 번은 월륜국 황궁에서
　　신가(晨迦) 사건으로 오해를 샀을 때, 그들이 저와 술을
　　겨루었습니다. 비록 그 술이 오늘 술보다 독하지는 않았지만
　　그 후로 황궁에 사흘 동안 술 향기가 사라지지 않았다고
　　들었습니다. 저는 취하지 않았습니다."

융경 황자는 다시 술잔을 채우며 말했다.

　　"술은 묘하기 짝이 없는 물건이지만 또 신체를 상하게 하기
　　때문에 저는 꼭 마셔야 할 상황이 아니면 술을 거의 마시지
　　않습니다. 예를 들면 월륜국에서 있었던 상황처럼.
　　혹은 마실 가치가 있는 술이 있다면 예를 들어 오늘의 구강쌍증,
　　혹은 마실 가치가 있는 상대가⋯⋯."

그는 사승운을 바라보며 말했다.

　　"이 한 잔으로 사 공자의 용맹함에 감사를 표합니다."

사승운은 속으로 슬픔에 개탄하며 큰 잔으로 바꾸어 모두 들이켰다. 융경
황자는 한 잔을 더 따르며 이번엔 임천 왕영을 바라봤다.

　　"임천 왕영 공자, 열두 살에 예를 깨달았고, 재작년에 쓴
　　예과찰기(禮科札記)는 저도 잘 보았습니다."

왕영은 황급히 앞에 있는 작은 잔을 단숨에 들이켰다.

　　'털썩.'

그리고 둘은 술을 못 이겨 식탁에 엎드려 쓰러졌다. 다만 강제로 권했다
기보다는 평화로운 권유였기에 그 모습이 오히려 자연스럽게 보였다. 그
래서 종대준부터 모든 사람들이 잔을 채워 자신의 순서를 기다렸다.
　　하지만 융경 황자는 더 이상 권할 뜻이 없는 듯 남은 술잔을 천천
히 입가에 가져간 후 다시는 주위를 살피지 않았다.

　　"서원⋯⋯ 참 명성이 높은 곳이죠. 그 명성이 절 실망시키지

않았으면 좋겠습니다."
"대단한 언변이군요."

이어는 약간 조소하듯 입을 열었다.

"설마 서원이 어떤 곳인지도 모르고 왔을까요."

융경 황자는 천천히 고개를 들며 평온하게 대답했다.

"공주 전하의 말씀이 지당합니다."
"융경 황자, 본궁은 당신에게 재능이 있고 자랑할 만한 자격이
있다는 것을 인정해요. 하지만 모든 것은 억지로 하면 안 되는
법. 자연에 순응해야 잡념이 없어지는 것인데, 왜 억지로 본심을
거스르며 교만함을 보이는가요?"
"나라가 빈약하고 당분간 계책도 없으니, 저라도 교만할 수밖에
없습니다. 허나 술을 마시지 않은 것은 교만함과 무관합니다.
제가 함께 할 상대를 찾지 못했기 때문입니다."

사도의란이 참지 못하고 낮은 소리로 중얼거렸다.

"사내의 재주는 전장에 있어야지 술자리에 있어서는 안 되지.
주량이 세다 해도 무슨 소용인가?"

융경 황자는 담담하게 응대했다.

"낭자의 말씀에 일리가 있습니다. 싸우는 것에 능해야 그와
싸우고, 마시는 것에 능해야 그와 마십니다. 오늘은 싸움도,
마시는 것도 없습니다."

정원에 어색한 침묵이 흘렀다. 감히 아무도 도전장을 내밀지 못했다. 정말 당국과 서원이 감당하기 어려운 모욕을 당하고 있었다. 이어는 손수건을 가볍게 쥐며 이쯤에서 연회를 끝내려 하였다.

'또로로로록……'

맑은 물이 차가운 계곡에 떨어지는 듯한 소리. 혹은 아침 습지 풀숲에서 깨어난 황새가 자신의 깃털을 자랑스럽게 빗는 소리. 사람들의 시선이 어두운 구석의 녕결에게 쏠렸다. 그의 뒤에서 나는 맑은 소리에 모두 집중했다.

잠시 후, 시녀복을 입은 마른 체구의 상상이 빈 술잔을 들고 녕결 뒤에서 무릎걸음으로 나왔다. 상상은 수많은 시선을 느꼈다. 한편으로 놀라면서 한편으로 불편함을 느꼈다. 상상은 오른 소매를 들어 입을 닦은 후 조심스럽게 술잔을 녕결의 탁자 위에 올렸다. 그리고 다시 조용히 녕결의 뒤로 돌아갔다. 그제야 사람들은 구석 탁자 옆에 술 항아리 네 개가 가지런히 놓여 있는 것을 발견했다.

'낭패네.'

녕결은 일부러 눈에 띄지 않는 구석을 택해 앉아 있었다. 하지만 상상의 '통쾌한 음주' 소리는 결국 한밤중의 반딧불처럼 그 모습을 드러내고 말았다. 녕결은 공주의 뜨거운 눈빛을 보며 난감한 표정을 지었다.

'백치, 제발 날 저 진흙탕 싸움에 끌어들이지 말아줘!'

이상은 풍성하지만 현실은 늘 궁핍하다. 공주 이어의 차가운 질문이 그의 귀에 꽂혔다.

"녕결, 그 술 항아리는 네가 다 마신 건가?"

"그…… 그런 것 같습니다."

"술 항아리 네 개면 큰 잔으로 열 잔은 족히 넘는데,
　이렇게 독한 술을 어떻게 그렇게 마실 수 있나?
　정말 술고래가 따로 없네."

'아, 일이 커지네. 겉으로는 욕하는 듯하지만 속으로는
　쾌재를 부르고 있는 것 같아. 이쯤에서 솔직하게 이야기하지
　않으면 술독에 빠져 죽을 수도 있겠군.'

"사실은 상상이 다 마신 겁니다."

"상상? 열세 살밖에 안 된 어린 계집아이가 이렇게 독한 술을
　마신다고? 정말 본궁의 예상을 뛰어넘는군."

이어는 융경 황자에게 눈길을 주지도 그를 향해 말을 하지도 않았다. 단지 손가락 사이에 놓인 작은 술잔을 살짝 매만졌다. 하지만 그녀의 말 속에 숨은 뜻은 모두가 알 수 있었다.

'싸우는 것에 능해야 싸우고, 마시는 것에 능해야 마신다?
　그 어린 계집아이가 술 네 항아리를 마셨는데 쓰러지지 않았다면
　마시는 것에 능한 것 아닌가? 그럼 황자께서 그 귀한 신분을
　낮추어 그녀와 술을 한잔 드시겠는가?'

막리 신관이 상상이 입은 시녀복을 보고 불쾌하게 물었다.

"저 아이도 서원의 학생입니까?"

누군가 외쳤다.

"녕결의 시녀입니다!"

막리 신관은 발끈하며 말했다.

"오늘 연회는 연국 태자를 배웅하는 자리다. 서원 학생들이
참석하는 것도 쉽지 않은데, 어찌 함부로 시녀를 데려왔단
말인가!"

이 분노는 진실된 감정이었다. 서릉 신전은 계층 간 구별이 엄격하고 질
서를 가장 중요시했기 때문이다. 하지만 이곳은 서릉 신전이 아닌 장안
성. 이어는 담담하게 답했다.

"그 낭자는 본궁과 잘 아는 사이예요.
저의 어린 친구라고 할 수 있죠."
"대당 황족은 역시 너그럽고 인자하시네요.
예의와 규칙을 무시할 정도로…… 하지만 전하, 오늘 연회에는
연국 황족 두 분, 그리고 서릉 신관인 저도 있습니다. 저희 입장을
고려해주셔야 하지 않을까요? 이것이 대당 제국이 손님을
대접하는 예의입니까?"

상대방이 거칠게 몰아붙이자 이어의 안색이 변했다.

"본래 오늘 연회는 본궁이 오랜 지인과 석별의 정을 나누는
자리였는데 어찌 불청객이 올지 알았겠어요? 그것이 설마 서릉의
예의인가요? 대당 제국이 손님을 대하는 예를 따지기 전에
스스로를 먼저 반성해야 할 것 같네요."

막리 신관은 이어의 말에 얼굴이 벌겋게 달아올랐다. 하지만 그가 대당
제국 공주를 상대로 무엇을 할 수 있겠는가. 할 용기는 있겠는가.
그 순간 융경 황자는 막리 신관의 분노도 대당 공주의 위세도 못
느낀 것 같았다. 그저 가만히 어두운 구석에 있는 탁자를 보면서 미소를
한번 지었다. 그리고 술잔을 들어 단숨에 비웠다. 그 모습에 모두의 시선
이 다시 구석으로 쏠렸다.

상상은 녕결 뒤에서 작은 얼굴을 반쯤 내밀며 물었다.

"도련님, 이게 무슨 뜻이에요?"

녕결은 탁자에 놓인 작은 술잔을 내려다보았다. 그리고 손가락으로 탁자를 가볍게 몇 번 두드리다 갑자기 입을 열었다.

"이 술 맛있어?"
"맛있어요."
"더 마시고 싶어?"
"……네."

녕결은 그녀를 바라보며 미소를 지었다.

"그럼 계속 마시자."

상상은 쑥스러워하며 말했다.

"이렇게 많은 사람들이 보는데 어떻게 술을 훔쳐 마셔요?"
"이제 훔쳐 마시지 않아도 돼."

녕결은 뒤에 있는 상상의 손을 잡고 앞으로 끌어내며 말했다.

"이제 내 옆에 앉아 떳떳하게 마셔. 마시고 싶은 만큼 마셔도 돼.
네가 그만 마시고 싶을 때까지."

상상은 그에게 끌려 나왔다. 급히 무릎을 꿇고 녕결 옆에 앉아 옷을 정리했다. 그녀는 부담스러운 시선을 받지 않으려고 여전히 고개를 숙인 채 나지막이 중얼거렸다.

"너무 부끄러운데⋯⋯."

넝결은 자신과 가장 멀리 있는 이어를 보며 어깨를 으쓱했다. 이어는 미소를 지으며 서원 학생들에게 물었다.

"이번 서원 이층루 시험을 보는 술과 학생이 누구지요?
준비를 잘 하고 있는 건가?"

전하의 물음에 답하는 것은 당연한 일. 더구나 지금 학생들은 전하의 물음에 다른 뜻이 있음을 짐작할 수 있었다. 그래서 솟구치는 궁금증을 억누르며 구석으로 향했던 시선을 거두었다. 상상은 당연히 공주의 뜻을 몰랐다. 그녀는 더 이상 다른 사람의 시선이 없다는 사실에 홀가분해졌을 뿐이었다. 마음이 홀가분해지니, 술 항아리에서 뿜어져 나오는 술 향기가 더욱 황홀하게 느껴질 뿐이었다.

상상은 눈앞의 술잔을 보았다. 그리고 아무도 자신에게 주목하지 않는다는 것을 확인했다. 상상은 작은 두 손으로 술잔을 잡고 단숨에 들이켰다. 소매로 입가의 술을 닦아내며, 마치 아무것도 하지 않았다는 듯이 두 손을 무릎 위에 얌전히 올려놓았다. 융경 황자는 그 모습을 곁눈질로 힐끔 보고, 저도 모르게 미소를 지으며 자신의 술잔을 들어 비웠다.

＊＊

기이한 연회였다. 연국 태자를 배웅하는 연회였는데, 그는 이미 사람들에게 잊혀졌다. 공주와 서원 학생들은 서원 생활과 이층루 시험에 대해 떠들어대고 있었다. 하지만 정작 아무도 그 대화의 내용에는 신경 쓰지 않았다.

융경 황자는 뭔가 생각하는 듯 쉴 새 없이 독한 술을 혼자 마셨다. 그와 떨어진 구석 탁자에서는 까무잡잡한 얼굴의 시녀가 고개를 숙인 채 술잔을 끊임없이 비워냈다. 융경 황자의 표정은 갈수록 어두워졌고 상상의 눈은 갈수록 밝아졌다.

허공에 떠다니는 대화와 갈 길을 잃은 듯한 시선. 그것들은 두 술잔에 내려앉은 듯했다. 아무도 관심을 주지 않은 듯 보였다. 그러나 사실 모두가 다 그곳을 신경 쓰고 있었다.

녕결의 탁자 옆으로 빈 술 항아리가 하나 둘씩 쌓여갔다. 상상은 모두 다 잊어 버렸다. 도련님이 왜 자신을 이곳에 데려왔는지, 또 자신이 어디에 있는지, 또 얼마나 많은 사람들이 자신을 주목하고 있는지, 심지어 자신의 목적이 융경 황자를 보기 위함이었다는 사실 자체를 잊어버렸다. 그녀는 그냥 즐거웠다. 그 버드나무 잎사귀 같은 눈이 점점 더 빛났다.

융경 황자가 술을 마시는 속도 또한 결코 그녀보다 느리지 않았다. 아름다운 얼굴이 조금 무거워졌지만 점점 어떤 호기심과 의아함이 떠올랐다. 마침내 제대로 된 상대를 만났다는 흥분과 열정으로 변하기 시작했다. 30여 항아리의 술이 모두 비었다.

'이 술이 모두 두 사람의 배 속에?'

융경 황자는 수행의 경지를 이용해 해독을 하지 않았다. 그래서 열 몇 항아리의 독한 술은 마침내 범접할 수 없을 것 같은 위엄을 풍기던 그 얼굴을 일그러지게 만들었다. 그의 눈망울에는 흐릿하지만 강한 의혹이 뿜어져 나왔다.

구석에 앉아 있는 상상은 얼굴이 살짝 붉어지고, 배가 약간 앞으로 불룩하게 나왔을 뿐이었다. 그래도 눈빛만은 평소보다 몇 배 더 밝아진 듯 보였다. 취한 기색이라고는 찾아볼 수 없는 평온함.

'댕.'

녕결은 융경 황자를 보고 또 옆에 있는 상상을 보고 웃으며 젓가락으로 무거운 술 항아리 하나를 가볍게 쳤다.

'상상 승!'

정원은 다시 침묵에 빠졌다.

　　　★★

융경 황자는 취한 기운을 억지로 다스리며 무표정하게 물었다.

　"소년, 자네 이름이 녕결인가?"
　"맞아요."
　"이 아이는 자네의 시녀?"
　"그렇죠."
　"상을 내리겠다."

녕결은 웃으며 답했다.

　"감사합니다."

융경 황자는 자신의 측근과 몇 마디 나누었다. 서릉에서 온 그 측근은 녕결에게 하사하는 듯한 말투로 우렁차게 외쳤다.

　"황자는 도(道)를 구하기 위해 장안에 온 바, 집안에 일할 사람을
　구하려 한다. 오늘 호천이 영광을 내려 자네의 어린 시녀를
　전하께 바칠 기회를 주셨으니 속히 사은하라!"

시녀는 재산과 같다. 대당 제국에서는 노예를 함부로 해칠 수는 없으나 매매는 할 수 있었다. 미모의 첩이나 똑똑한 시녀를 증여하는 것도 드물지 않은 일이었다. 그래서 융경 황자의 뜻이 전해졌을 때에도 사람들은

그렇게 이상하게 여기지는 않았다. 그리고 녕결이 시녀를 바친다면 황자는 당연히 두둑히 답례를 할 것이었다. 종대준과 그 무리들은 오히려 녕결을 부러운 시선으로 바라봤다.

공주 이어도 침묵을 지켰다. 하지만 그녀의 침묵은 다른 이들과 그 의미가 조금 달랐다. 그녀는 지난해 있었던 일을 떠올렸다. 그리고 이 일이 재미있는 방향으로 전개될 것을 기다리고 있었다.

녕결은 처음에 무슨 말인가 하며 멍해 있었다. 겨우 상대방의 의도를 깨달았다. 그가 처음에 멍해졌던 이유는 평생 누가 자신에게 상상을 달라고 할 줄 꿈에도 몰랐기 때문이다. 심지어 이렇게 거만한 태도로?

'융경 황자가 심심할 때 술동무 삼게 하기 위해 지난 십 년 동안
어렵게 키운 상상을 바쳐야 하나? 그놈이 뻔뻔한 미소를 지으며
기뻐할 때 그에게 아첨이나 하며 상을 기다려야 한다?'

녕결의 기분은 매우 나빠졌다. 하지만 오히려 얼굴 가득 웃음기를 띠고 말했다.

"융경 황자, 너 정말 아름답구나!"
"고맙다. 나도 알고 있다."
"그래서 꿈도 그렇게 아름답게 꾸는 건가?"

사람들이 술렁거렸다. 물론 녕결은 거부할 수 있다. 하지만 그가 이렇게 거칠게 거절할 줄은 아무도 몰랐다. 융경 황자의 얼굴이 잠시 어두워졌다. 그러나 눈 깜빡할 사이에 미소로 바뀌었다.

"그 이유는 간단해. 내가 싫어."

융경 황자는 평온한 표정으로 녕결을 바라보며 천천히 말했다.

"네가 싫다는 이유로 많은 것을 놓쳤을 것 같네."

"무엇을 놓칠까 걱정한 적은 없어."

"나와의 우정?"

"너와의 우정이 네가 생각한 것만큼 가치가 있지는 않아."

융경 황자의 목소리가 서리를 맞은 듯 차가워졌다.

"어린 시녀를 매우 중시하나 보군."

"그게 너와 무슨 상관이야?"

"어린 시녀도 재밌지만 주인은 더 재밌네.
너에게 관심이 가는 걸?"

"나에 대한 관심은 술과 섞어서 마셔버려.
아직도 더 마실 수 있다면."

대화가 진행될수록 사람들의 얼굴 표정이 점점 더 다채로워졌다. 평범한 서원 학생이 서릉 신전 재결사인 대인물과 당당하게 대화할 수 있는 것도 놀라웠다. 그런데 그 대화 방식이 거만함을 넘어 빈정거리고 있었기 때문이다.

"그래도 본전(本殿, 전하가 자신을 칭하는 호칭)은 여전히 궁금하네.
과연 그 어린 시녀의 주인이 될 자격이 있는 사람이
누구일까……."

"그것도 너와 상관없어. 그러나 전하께서 그렇게 관심을 보이시니
대답해 드리지…… 적어도 넌 그럴 자격이 없어."

"그럼 누가 자격이 있지?"

이 말과 함께 융경 황자는 큰 소리로 웃었다.

"하하하하하!"

강한 자신감이 섞인 웃음을 거두고 그는 침묵을 지키고 있는 이어를 보고 말했다.

"혹시 공주 전하?"

녕결도 웃었다.

"우하하하하하! 우하하하……."

녕결의 볼에 파인 보조개가 유난히 맑아 보였다.

"아니, 전하께서도 그런 자격은 없지."

이 말에 또 한 번 사람들이 술렁거렸다. 이어는 태연하게 미소를 지으며 융경 황자에게 말했다.

"내가 그에게 상상을 달라고 여러 번 말했지만 그는 들은 체도
안 했어요. 그런데 융경 황자는 본궁보다 더 자격이 있다
생각하는 건가요?"

줄곧 침묵하며 방관하던 이어의 이 말이 연국 황자들과 서릉 사람들의 입을 틀어막아 버렸다.
이어의 말은 부드러웠지만 그 뜻은 명확했다.

'네가 아무리 절세의 천재라 해도, 서릉 재결사의 거물이라 해도,
연국의 황자라 해도…… 네가 본궁과 비교될 자격이 있나?
본궁도 녕결이 거절한 이유를 따지지 않았는데, 네가 무슨
자격으로 따지지?'

단순하지만 힘을 가진 논리. 대당 제국의 전형적인 도리와 품격. 이 한마디로 소란이 일단락되자 상상은 녕결의 소매를 끌어당겼다.

"도련님, 이제 집에 갈까요?"

녕결은 웃으며 상상의 머리를 쓰다듬고 고개를 끄덕였다. 하지만 그는 바로 떠나는 대신 고개를 돌려 융경 황자를 보며 진지하게 말했다.

"황자, 내가 물어볼 게 몇 가지 있는데……."

이 말에 사람들은 처참하게 패한 사승운을 떠올렸다. 융경 황자는 여유로운 표정을 지었다. 옷섶을 정리하고 몸을 곧게 편 후, 오른손을 펴서 내밀며 말했다.

"해 보세요."
"오해하시진 말고. 난 토론에 관심도 없고 능하지도 않아.
 그냥 황자의 거만함에 이해할 수 없는 게 있어 물어보려는 거야."

녕결은 한 걸음 내디디며 말투를 바꿔 물었다.

"황자, 하늘에 눈이 있습니까?"
"하늘에는 당연히 눈이 있죠."
"천지에 원기가 있나요?"
"당연히 있죠."
"원기 파동에는 규칙이 있나요?"
"있죠."
"회화나무는 뿌리가 있나요?"
"있죠."
"하루살이는 생명이 있나요?"

"있죠."

"정상적인 사람은 생각이 있나요?"

"있죠."

"우리 대당에는 천자가 있나요?"

"있죠."

"서릉에는 규율이 있나요?'

"있죠."

녕결이 질문하는 속도가 갈수록 빨라졌다. 이 문제들은 너무 간단하여 토론거리도 되지 않았다. 융경 황자의 답변 속도도 갈수록 빨라졌다.

"양말에 구멍이 있나요?"

"당연히……."

융경 황자는 살짝 미간을 찌푸렸다. 마치 잔재주를 부리려다 깔려 죽은 불쌍한 벌레를 보듯 녕결을 쳐다보며 차가운 말투로 대답했다.

"없다."

사도의란이 고개를 저으며 김무채에게 나지막이 말했다.

"아쉽네. 융경 황자에게 망신을 주지는 못했어."

"본전이 참을성 있게 자네의 질문을 들어줬는데, 결국 이런 추한 잔꾀에 불과했단 말인가? 정말 본전의 기대를 저버리네."

"잔꾀가 맞긴 한데 황자가 그런 잔꾀에도 대처하지 못하다니…… 정말 제 기대를 저버리네요."

녕결은 고개를 저으며 상상에게 물었다.

"어릴 때 내가 들려줬던 이야기 기억나?
곰은 대부분 마지막에 어떻게 죽었지?"
"멍청해서 죽었지요. 도련님이 그날 하신 말씀이 맞네요.
잘생긴 남자는 대부분 머리가 나쁘다."

상상은 융경 황자를 바라보며 진지하게 설명했다.

"양말에 구멍이 없으면 어떻게 신어요?"
"픕."

이어와 사도의란은 참지 못하고 웃음을 터트렸다. 어떤 이는 입을 벌리고
다물지 못했다. 어떤 이는 부끄러워하며 고개를 숙였다.

"방금 내가 당신에게 물었고 또 당신이 대답했듯이, 우리는
하늘에 호천의 눈이 있다는 것을 알고 있다. 호천께서 속세의
중생들을 보고 있으니 회화나무 뿌리에 사는 하루살이라
하더라도 천지 원기 속에 살고 있고, 또 일정한 규칙을 따르며
살아간다."

녕결은 융경 황자를 보며 차분하게 설명했다.

"이런 규칙들은 대당에서는 천자의 말씀이나 당국의 국법이고,
서릉에서는 신성한 규율로 표현된다. 하지만 그 어디든 모든
사람의 사유 재산은 침해할 수 없다는 규칙을 인정하니
내 것은 영원히 내 것이고, 내 허락 없이는 빼앗을 생각도 하지
말아야 한다."

사람들은 그제야 녕결이 한 질문의 뜻을 이해했다. 녕결은 마지막으로 결
론을 지었다.

"내가 질문한 이유는 황자에게 이런 도리를 알리고 싶었기
때문이다. 양말에는 당연히 구멍이 있고, 나의 어린 시녀는
당연히 내 것이다. 내 동의가 없으면 넌 나에게서 뺏을 수 없다."

"너의 말에도 일리가 있지만 난 또 다른 도리를 알고 있다. 힘이
없으면 넌 어떤 것도 지켜낼 수 없다."

녕결은 미소를 지으며 물었다.

"황자, 지금 날 협박하는 건가?"

그는 이 말과 함께 증정 대학사와 이어 공주를 보고 진지하게 물었다.

"공주 전하, 대학사님. 연국 황자가 협박을 하는데 제가
어떻게 해야 할까요?"

증정 대학사는 당황하며 억지 미소와 함께 대답했다.

"어디 그런 일이 있을 수 있겠나? 아마 자네가 잘못 들은 걸 테야."

이어는 밝게 웃으며 거들었다.

"설마 너의 그 실력으로 사투라도 벌일 생각이야?"

그녀는 이 말과 함께 고개를 돌려 웃음을 거두고서 말했다.

"하지만 누가 감히 장안성에서 우리 대당의 백성을 위협할 수
있는지 모르겠네."

이어의 이 말이야말로 진짜 협박.

'탁!'

막리 신관이 탁자를 치며 일어섰다. 융경 황자는 예전 스승의 분노한 모습을 본 후, 녕결에게 고개를 돌려 미소를 지으며 물었다.

　　"너도 서원 학생이라 들었는데 본전이 이층루에 들어가면
　　널 볼 수 있나?"

종대준이 얄밉게도 끼어들었다.

　　"그는 술과도 못 들어갔으니 당연히 이층루에 들어갈 수 없어요."

융경 황자는 무덤덤한 표정으로 말했다.

　　"정말 유감이군."

녕결은 잠시 생각하다 웃으며 대답했다.

　　"세상에 유감스러운 일이 그렇게 많지 않지."

상상은 다시 그의 소매를 잡아당겼다.

　　"도련님, 그만하고 집에 가요."

녕결은 종대준과 그의 곁에 있는 동창들을 보며 마지막 말을 던졌다.

　　"너희들은 항상 나와 함께 있는 것을 부끄러워했어. 오늘도 내가
　　잔꾀를 부린다고 생각했겠지. 난 상관없어. 하지만 그런 도덕적인
　　마음을 좀 더 학업에 두라는 충고는 해주고 싶네."

＊＊

녕결은 상상을 데리고 나왔다. 저유현도 두 사람을 뒤따랐다. 녕결은 저유현과 잡담을 나누며 측문으로 나갔다. 그리고 기다리던 마차에 올라 집으로 향했다. 그런데 얼마 가지도 못해 다급한 소리를 들었다.

'다그닥 다그닥 다그닥……'

상상은 어깨를 살짝 움츠리며 어리둥절한 눈빛을 녕결에게 보냈다. 녕결은 그녀의 어깨를 토닥이며 안심시켰다.

"그 황자가 너무 부끄러운 나머지 부하들을 시켜 우리를
때려죽일 수도 있겠지만 아무리 그래도 백치처럼 우리가
나오자마자 그런 짓을 할 리는 없어."

녕결의 생각대로 그들을 쫓아오던 몇 대의 마차에는 황실 표식이 있었다. 녕결이 탄 마차의 마부가 표식을 보고 재빨리 마차를 길옆으로 댔다. 뜻밖에도 황실 표식이 새겨진 마차들도 따라서 천천히 멈춰 섰다. 마차 장막이 젖히며 이어의 청초하고 아름다운 얼굴이 드러났다.

그녀의 입가에는 웃음이 가득했다. 녕결은 상상을 데리고 내려 창문으로 다가가 예를 올렸다.

"며칠 전 네가 동창들과 관계가 썩 좋지 않다는 소식은 들었어.
그런데 오늘 보니 관계가 안 좋은 정도가 아니라……
형편없구나."
"인간관계라는 것이 참 이상해요. 마치 성벽 위에 난 들풀처럼
바람이 어느 쪽으로 불면 그리로 확 달려가죠. 그래서 인간관계가
좋지 않다는 것이 어떤 의미로는 제가 일으킨 바람이 충분히 세지
않았다는 뜻도 될 수 있지요."

"재밌는 말이네."

"전하께서는 알아들으실 수 있을 것 같아 말씀드린 거예요."

"사람들이 네가 본궁과 감히 이런 대화를 하는 것을 본다면
너의 방자함에 혀를 내두를 것이야."

녕결은 웃었다.

"공주 전하는 현명하십니다. 또 저와 예전부터 친분이 있으니
그런 것들을 너무 따지실 필요가 있을까요?"

이어는 탄식을 하며 그의 눈을 똑바로 바라보았다.

"융경 황자에게는 건방지게 대하지 못했으면서 왜 본궁 앞에서만
이렇게 건방지게 구는 거야?"

"전하의 말씀이 선뜻 이해가 되지 않네요. 적어도 융경 황자는
제가 오늘 충분히 건방졌다고 생각할 겁니다."

이어는 융경 황자의 일그러진 표정을 떠올리고는 뿌듯한 심정으로 녕결
을 바라보았다. 또 옆의 상상을 보며 칭찬했다.

"오늘 잘했어. 다만…… 잠시의 감정싸움 때문에 연국과
서릉 신전의 미움을 동시에 사다니…… 네 배짱이 예년에 비해
정말 많이 늘었구나. 솔직히 오늘 너는 예전의 너 같지 않았다."

"왠지 모르게 융경 황자의 행동을 보며 매우 불쾌했어요.
상상 이야기가 나올 때는 정말 그를 죽일 마음까지 들었지만……
전하께서도 아시다시피 저의 보잘것없는 재주로 어찌 그를 죽일
수 있겠어요? 그래서 그냥 말 몇 마디로 그를 자극만 한 거죠."

"자극만 해? 하하…… 올해 단 한 명만 이층루에 들어갈 수
있다던데, 그 사람이…… 너일 가능성은 없어?"

녕결은 이어의 진지한 표정을 보며 뭐라 대답해야 할지 몰랐다.

> "서릉 신전과 연국이 무슨 생각을 하든 조정과 그들 사이에
> 어떤 합의가 있었든, 본궁은 융경 황자가 이충루에 들어가는 것을
> 보고 싶지 않다."
> "융경 황자는 곧 지명 경지에 들어갈 수행자이고, 또 서릉 신전
> 재결사의 거물이지만 저는…… 그저 서원의 평범한 학생인데
> 전하께서 저를 너무 높게 평가하시는 거 아닌가요?"
> '그래, 내가 정말 정신이 나갔나? 어찌 이런 놈에게 희망을…….'

이어는 자조 섞인 웃음을 지었다. 그리고 창문 너머로 손을 내밀어 상상
의 뺨을 어루만지며 칭찬했다.

> "네가 네 도련님보다 훨씬 낫다."

그녀는 술을 너무 마신 탓에 딸꾹질을 하며 나지막이 말했다.

> "사실 도련님 정말 능력 있어요."

＊＊

고산군 도위 화산악이 황실 마차 옆으로 다가와 모퉁이를 돌아 사라지는
마차를 보며 말했다.

> "그 변성 소년이 일 년 만에 서원에 입학할 줄은 생각지도
> 못했습니다."
> "여청신 어른이 나에게 한 말이 있어. 우리가 아무런 근거도
> 없지만 녕결이 서원에 들어갈 것이라 확신하듯, 그가 이충루에

들어가지 못할 것이라 미리 판단할 필요가 없다고 했지.
오늘 그가 당당하고 차분하게 말하는 것을 보고 문득 그 말이
떠올랐어. 어쩌면 이번에 내가 잘못 판단한 것은 아닌지……."
"오늘 그는 확실히 잘했습니다. 다만…… 말솜씨가 아무리
좋아도 수행 천재라고 불리는 융경 황자와 정면으로 맞서
싸운다는 것은…… 그도 스스로 인정했듯, 전하께서 그를 너무
높게 평가하시는 것 같습니다."
"네 말이 맞을지도 모르지."

이어는 이 말과 함께 장막을 닫았다. 그녀는 금실로 수놓인 의자에 기댄
채 턱을 꼿꼿이 세웠다. 날카로워 보이는 눈매에 의미심장한 미소가 스쳐
갔다.

> "만약 네가 정말 쓸 만한 인재라면, 결국 나의 인재가 될 것이다.
> 적어도 내가 너의 급소가 무엇인지 알고 있으니……."

* *

또 다른 황실의 표식이 새겨진 마차 안.

> "저 서원 학생은 확실히 수행자가 아닙니다."

서릉 천유원 부원장 막리 신관이 융경 황자의 맞은편에 공손한 표정으로
앉아 있었다. 두 사람은 스승과 제자라는 신분을 떠나 황자가 신전 재결
사 도치 아래 이인자로 들어가면서 두 사람 사이에 넘을 수 없는 신분이
벽이 생겼다.

> "다만 오늘 일은 교활한 당인들이 의도적으로 짜놓은 것이

아닌지."

"어린 시녀 하나 때문에 추태를 보이다니……
장안에 들어오면서 제 마음에도 약간의 때가 탄 모양이오."

융경 황자의 얼굴에 웃음이 사라졌다.

"그 학생이 누군지 알아보세요. 전 그가…… 아주 싫습니다."

＊＊

"왠지 모르게 난 그놈이 너무 싫어."
"저도 그 황자가 너무 싫어졌어요. 오늘 원래 그의 얼굴도
만져보고, 무슨 지분을 썼는지 물어보고 싶었는데……."

3

✦

이층루 시험

1

다음 날, 녕결은 평소와 같이 서원으로 향했다. 하지만 동창들이 자신을 바라보는 눈빛은 평소와 같지 않았다. 수업을 마치는 종소리가 울렸다. 사도의란이 엄우랑 복도에서 그를 붙잡고 아쉬움이 가득한 표정으로 말했다.

"어제 네가 서원의 체면을 세워줘서 모두들 너에게 고마워했는데, 마지막에 왜 그런 말을 하며 도발했어? 서로 화해할 수 있는 좋은 기회였는데……."

녕결은 발걸음을 구서루로 옮겼다.

"내가 잘못한 것도 없는데 내가 왜 그들과 화해를 해야 하지?"

밤이 깊었다. 녕결은 서가에서 헉헉거리며 빠져나오는 진피피를 보며 값비싼 게황죽을 건넸다. 그리고 진피피가 편히 앉을 수 있도록 푹신한 방석을 깔았다.

'이놈이 왜 이래?'

녕결의 태도는 매우 진중했다. 게황죽에 섞여 있는 오리알 노른자보다 몇 배는 진실되었다.

"단 한 명만 이층루에 들어갈 수 있다던데, 난 정말 그곳에 들어가고 싶어. 그보다 융경 황자가 들어가는 것을 보고 싶지 않아. 말해 봐. 내가 들어갈 가능성이 얼마나 있지?

나도 알아, 융경 황자는 하늘에서 내린 천재이고 난 그저
흙수저 인간이야. 수행의 경지와 실력으로 겨룬다면 희망이
없겠지. 하지만 내 생각은……. 만약 네가 몰래 나에게
시험 문제를 알려 준다면 인간에게도 희망이 있지 않을까?"

구서루 2층이 침묵에 빠졌다. 진피피는 녕결의 눈을 뚫어지게 쳐다보다
가 한참 후에야 두툼한 입술을 벌름거렸다.

"너 정말 아름답구나."

녕결은 순간 격노해 눈을 부라리며 이를 악물며 말했다.

"안 알려주면 안 알려주는 거지, 그 태도는 뭐냐?
네 도움이 없으면 내가 이층루에 못 들어갈 것 같아?"
"사실 이전에 네가 이층루에 들어가고 싶다 했을 때에
난 신경도 쓰지 않았어. 네 자질이 이 천재에 미치지는 못하지만,
그래도 반년 동안 나의 가르침을 받았으니 사승운 학생
따위는 쉽게 이길 거라 생각했기 때문이야. 그런데…… 하늘도
무심하시지. 서릉 신전이 융경 같은 인재를 장안에 보내다니.
넌 희망이 없어."
"며칠 전에 네 입으로 융경 황자 따위는 그냥 개나 소 같다고
그랬잖아? 그럼 난 개나 소보다 못하단 말이야?"

진피피는 통통한 팔을 들어 그의 어깨를 토닥이며 위로했다.

"말을 그렇게 직설적으로 할 필요까지 있어? 네 자존심을
생각해서 일부러 그렇게 말하지 않았는데."
"어차피 그런 거, 시험 문제를 알려주면 어디 덧나? 내가 이층루에
못 들어가면 네 기분이 좋을 리 없고, 또 융경 황자가 이층루에

　　　　　126

들어가면 네 정체가 탄로 날 수도 있잖아!"

"너도 참 복이 지지리도 없지. 부자(夫子)와 대사형께서
  천하 여행을 떠나셨기 때문에, 올해 이층루 시험을 관장하는 분이
  둘째 사형과 서원 교수님들로도 바뀌었어. 교수님들은 나에게
  시험 문제를 알려줄 리 없고, 또 설령 내가 알더라도
  둘째 사형에게 얻어맞을 각오를 하면서까지 네게 알려줄 수
  없다고. 둘째 사형은 정직하고 엄숙한 사람이라, 평생 술책을
  써서 부정행위를 하는 인간들을 가장 싫어해서. 설령 네가
  그렇게 해서 이층루에 들어간다 해도, 비참하게 얻어맞고 쫓겨날
  거야. 만약 부자와 대사형이 계시면, 또 내가 어떻게 사정이라도
  한다면, 널 특별 모집으로 뽑는 데 동의하실지도 모르는데……."

"원장님도 참. 천하에 그렇게 재밌는 곳이 많아?
  일 년 동안 놀고도 서원에 돌아오지 않다니, 너무 무책임하시네."

"비난하면 원장님이 돌아올 것 같아?"

"좋아, 네가 시험 문제를 알려줄 거라는 기대는 접지. 하지만
  이층루 시험이 어떤 것인지 정도는 알려줄 수 있지 않아?"

"그건 말할 수 있지."

진피피는 게황죽을 한입에 반 그릇이나 삼키며 모호하게 말했다.

"왜냐하면 그런 말은 하나 안 하나 똑같으니까."

"무슨 뜻이야?"

"이층루 시험은 매번 달라. 시험 내용은 부자께서 이미 몇 년 전에
  정해 놓으시지. 글자 하나 쓰라 할 수도 있고 그림 한 장 그리라
  할 수도 있어. 호수에서 수영 한번 하라 할 수도 있고 누가 밥을
  빨리 먹나 겨룰 수도 있어. 말하자면 그해에……."

"잠깐 잠깐. 수영하기? 밥 먹기? 무슨 시험이 그래?"

"내가 어떻게 알아? 사형과 사저에게 직접 들은 거니
  지어낸 이야기는 아니야."

"넌…… 무슨 시험을 봤는데?"

진피피는 가볍게 소매를 털며 옷자락에 존재하지도 않은 먼지를 털었다. 그리고 차분하고 온화한 미소를 지으며 애써 태연한 척하며 대답했다.

"이 몸은 불세출의 수행 천재. 그해 난 여섯 과목 모두
갑등 상(上)을 받고 곧장 이층루로 들어갔지. 부자께서 웃으며
맞이해 주셨고, 대사형이 친절하게 나의 머리를 쓰다듬으셨지.
이걸…… 시험 면제라고 해야 하나?"

녕결은 진피피의 득의양양한 표정을 보다 한 대 쥐어박고 싶은 욕구가 솟아올랐다. 그러나 이 뚱보가 융경 황자보다 더 대단한 경지의 수행자라는 생각에 냉소를 지으며 말만 내뱉었다.

"내가 보기에 너는 그냥 엄청 큰 만두야."
"하얗고 통통해서 귀엽다는 뜻이야?"
"아니, 그냥 넌 허연 돼지라고! 서원의 보배, 이층루에서
가장 사랑받는 제자? 결국 시험 문제도 모르고, 시험을
어떻게 보는지도 모르고! 내가 이런 놈한테 모든 희망을 걸고
있었다니…… 이 비싼 계황죽이 아깝다, 아까워!"

그는 반쯤 남은 계황죽을 빼앗아 단숨에 먹어치웠다.

"야! 그걸 다 먹어? 돼지는 내가 아니라 너네! 그리고 내가
없었다면 네놈……."

녕결이 힘없는 목소리로 진피피의 말을 끊었다.

"맞아, 난…… 확실히 쓸모없는 놈이야."

녕결은 고개를 숙이며 암울한 목소리로 말을 이었다.

> "사실 나는 살면서 내가 진정한 천재라고 믿었어. 무슨 일이든
> 금방 배울 수 있었거든. 그런데 수행이라는 것이…… 그 믿음을
> 깨버렸네. 여러 해 동안 실랑이를 벌인 끝에 드디어 약간의 빛을
> 보았지만 융경 황자를 보면서 도저히 그와 정면으로 대결할
> 자신이 없더라고. 그래서 무작정 너에게 도움을 청하러 온
> 것이고……."

녕결은 고개를 들고 진지하게 말했다.

> "정말 이층루에 들어가고 싶어. 그런데 융경을 이기고 들어갈
> 자신이 없네."

녕결의 허탈하고 우울한 표정을 보며 진피피는 동정심이 생겼다. 그는 크게 한 번 한숨을 내쉬고 최대한 온화한 미소를 지으며 말했다.

> "나 같은 절세 천재가 보통 사람들의 고뇌를 이해하기
> 힘들지만…… 반년 동안 그랬듯이 앞으로도 수행에 관련된
> 문제가 있으면 나에게 물어보면 돼. 사실 서원 이층루에
> 안 들어가도 큰 차이가 없어."
> "너에게 배운다는 건 결국 아무리 해도 널 뛰어넘을 수는
> 없다는 거잖아?"

진피피는 방금 생긴 동정심이 순식간에 사라졌다. 이어서 버럭 화를 내며 소리를 질렀다.

> "내 수준까지 올라와도 만족하지 못한다고?"

녕결은 더 이상 대꾸하기도 귀찮은 듯, 실망감 가득한 표정으로 눈을 감고 벽에 기댔다. 그 모습을 보고 진피피는 마음이 짠해졌다. 그는 조용히 말을 건넸다.

"사실…… 이층루에 있는 사람이 모두 수행의 천재는 아니야.
여섯째 사형은 훌륭한 대장장이거든."

녕결은 두 눈을 번쩍 떴다.

"부자께서는 학생의 심성을 가장 중요하게 생각하셔. 이층루
시험은 매번 천차만별이지만 근본적인 취지는 똑같아. 어떻게든
네 본심을 지키려고 하는 것이 가장 중요해. 그것을 진심으로
잘해내면…… 어쩌면 기회가 있을지도 몰라."

녕결은 생각에 잠겨 혼잣말로 중얼거렸다.

"진심으로 잘해낸다?"
"밤이 깊었으니 어서 집으로 돌아가."

진피피는 서쪽 창밖으로 빛나는 봄밤의 별들을 보며 말했다.

"이층루가 열릴 때까지 불과 몇 시진 밖에 안 남았어."

★★

노필재로 돌아왔지만 녕결은 잠을 이루지 못했다. 그의 눈망울에는 막막함이 가득했다. 몸도 긴장감으로 굳어 있었다. 사실 그 자신도 이층루에 대한 갈망이 왜 이렇게 큰지 명확히 알지 못했다. 온갖 고생을 하고 험한

봉우리를 오르니, 흰 구름 사이에 가려진 더 높은 봉우리가 어렴풋이 보여서일까? 더 높은 산에 올라 흰 구름에 앉아 세상의 더 아름다운 경치를 보고 싶어서일까?

상상은 잠들지 못하는 녕결을 보고 그의 손을 잡고 살짝 힘을 주었다. 마치 어떤 자신감이라도 전달하려는 듯.

천계 14년 봄의 어느 밤. 장안성, 아니 천하가 내일 서원 이층루 개장을 지켜보고 있었다. 하지만 그것이 동성 허름한 골목 서화점에 누워 있는 보통 소년에게 얼마나 중요한 일인지는 아무도 몰랐다.

**

녕결에게 서원 이층루가 열리는 것은 커다란 일이었다. 중요한 일을 대할 때 침착함을 유지할 수 있는 것은 매우 좋은 자질. 무수히 많은 생사의 고비를 넘긴 녕결이 가장 잘해낼 수 있는 것은 침착함을 유지하는 것이었다. 그리고 자신의 냉정함을 유지하기 위한 준비도 철저히 했다. 그것은 상상과 동행하는 것.

아침 해가 아직 고개를 내밀지 않아 장안성은 여전히 칠흑 같았다. 그가 상상과 함께 마차를 타고 주작문을 지나 큰 산 아래 서원에 도착했을 때에는 아침 바람이 아직 차가웠다. 하지만 서원의 잔디밭은 벌써부터 북적거리고 있었다.

온몸에 갑옷을 두른 우림군 기병이 사방을 순찰했다. 임시 천막 아래에서는 예부에서 파견한 각 사(司)의 관원들이 긴장된 표정으로 자리를 잡고 있었다. 또 저 멀리 푸른 나무 아래에는 당국 관복을 입고 엄청난 기세를 풍기는 사람들이 있었지만, 소속이 어디인지는 알 수 없었다.

이번에는 상상도 서원 안으로 들어가지 못했다. 녕결은 홀로 호숫가를 두 바퀴 산책한 후 구서루에 가서 방금 잠에서 깬 듯한 교관에게 인사를 하고 곧바로 위층으로 올라갔다. 아직 시간이 이른 탓인지 여교수의 모습도 보이지 않았다.

녕결은 천천히 서쪽 창가 책상으로 가 물을 부어 먹을 갈고 붓에 적시고, 몇 차례 심호흡을 한 후 마음 가는 대로 글씨를 썼다. 그리고 마침내 마음이 가라앉은 것을 확인한 뒤, 붓을 가지런히 놓고 조용히 자리에서 일어났다.

호수 뒤편의 거대한 숲을 지나자 눈앞의 시야가 확 트였다. 이곳은 서원에서 아주 외진 곳. 지난 반년 동안 녕결을 제외하고 이곳을 찾는 학생은 드물었다. 그는 키 큰 나무들 사이로 들어가 손바닥으로 가지 하나 없는 미끈한 나무줄기를 어루만졌다. 또 하늘을 가린 높은 나무를 올려다보았다.

"오늘 뭘 했느냐?"

숲속에서 여교수의 담백한 목소리가 울려 퍼졌다.

"학생, 선생님을 뵙습니다."

녕결은 나무 사이로 자신에게 다가오는 그림자를 보며 매우 공손하게 예를 올렸다.

"닭 국수 한 그릇에 절인 무채를 먹었습니다. 마차를 타고
서원에 도착했습니다. 석문 밖에 잠시 서 있었습니다.
병 서당으로 가서 물건을 놓고 호수를 두 바퀴쯤 돌았습니다.
그리고 구서루로 가서 교관 선생님께 인사하고 위층에 올라가
교수님을 찾았는데 안 계셔서 글 한 편을 쓰고 여기로 왔습니다."
"그렇게 많은 일을 했는데도 여전히 마음을 가라앉히지
못했구나."

녕결은 고개를 끄덕이며 성실하게 대답했다.

"가능성이 별로 없다는 것은 알고 있습니다. 하지만
혹시 하는 생각이 드는 것은 어쩔 수 없네요. 한번 생각이 드니
쉽게 가라앉지 않습니다. 혹시 선생님께서 가르쳐주실 것은
없으십니까?"
"난 그저 동현 경지의 범인일 뿐. 너처럼 생각이 큰 사람에게
가르쳐 줄 수 있는 게 없구나. 다만 모든 상황에서 마음의 평화를
구하려 할 필요는 없어. 너는 결국 소년의 심성. 세상일은
능력보다는 그것을 할 용기가 있느냐에 달려 있다. 만약 네가
자기 의심에 사로잡힌다면 그야말로 허약한 사람인 것이지.
나는 네가 이층루에 들어가고 싶은 욕망이 얼마나 강한지
묻고 싶구나."

넝결은 무슨 말을 하려 했으나 이어진 말에 크게 충격을 받았다.

"만약 네가 오늘 이층루에 들어가는 것을 포기한다면 내가
류백(柳白)에 못지않은 강자를 너에게 스승으로 소개시켜 주마."
'부침개가 싫으면 짜장면을 만들어 주겠다는 것도 아니고……
류백? 남진 검성 대인 류백에 뒤지지 않을 강자를 스승으로
소개시켜 준다고? 세상에 그런 사람을 어디서 찾을 수 있지?
여교수는 어떻게 그런 사람을 아는 거지?'

넝결은 여교수의 약속을 믿었지만 너무 놀라 오랫동안 말을 못했다. 어느
순간 저도 모르게 말이 툭 튀어나와 버렸다.

"그래도…… 제가 이층루에 들어갈 수 있는지 시험을 해보고
싶습니다."

여교수는 호기심 어린 눈빛으로 물었다.

"왜?"

"왜 그런지는 저도 잘 모르겠지만 제가 바로 이 일을 하기 위해
그동안 고생한 것처럼 느껴집니다. 그런데 시도도 하지 않는 것은
내키지 않습니다."

"그것뿐이야?"

녕결은 난감한 듯 머리를 긁적이며 대답했다.

"정말 이층루에 들어가서 직접 보고 싶습니다······."

"중요한 것은 하고 싶다는 생각 그 자체다. 사람이 무엇을
하고 싶어 하기만 하면 대부분 다 할 수 있다. 사람의 생각 혹은
야망이 이 세상에서 가장 아름답지. 네가 그런 태도를 갖는 것은
옳은 선택이다."

여교수는 그의 눈을 바라보며 말을 이었다.

"일전에 말했듯이 이 나무들은 대지에 꽂힌 검. 네가 이 나무들을
뽑아낼 수 있다면 이 나무들이 하늘을 찌르는 검으로 변한다.
인간의 집착은 자아이고, 자아는 네 손에 있는 검이다."

이 말과 함께 그녀는 몸을 돌렸다. 검림 밖으로 걸어 나가며 그녀는 가벼
운 탄식을 했다.

"하지만 좀 아쉽네."

'뭐가 아쉽다는 걸까? 내 자질이 괜찮고 의지가 강하지만
여전히 이번에는 융경 황자의 적수가 될 수 없다는 뜻인가?'

"선생님, 제가 이층루에 들어가지 않으면, 스승님을
소개해 주신다는 말씀은 진짜입니까?"

여교수는 고개를 돌리지도 않고 담담하게 대답했다.

"당연히 진짜지."
"제가 좀 전의 선택을 지금 후회해도 될까요?"

여교수는 미소를 지었다.

"난 이미 너에게 기회를 주었어."

★ ★

생각, 집착, 자아, 야망, 검.

'진피피가 말한 본심을 지킨다는 것……
 진심으로 잘한다는 뜻과 같은 것인가?'
"그건 내가 잘하는 일일 것 같아."

녕결은 가볍게 주먹을 쥐며 혼잣말을 뱉었다. 숲을 내려와 호수를 지났
다. 사람들로 북적이는 서원 앞 평지까지 걸어갔다. 검은색과 흰색이 뒤
섞인 서원의 아름다운 건물 사이로 어디서 이렇게 많은 사람들이 나왔는
지……

　　평소 자신의 과제를 연구하는 교수들은 단체로 나와 이층루에 대
해 논쟁을 벌이며 내기까지 하고 있었다. 서원 학생들은 더 떼를 이루어
나와 술과 학생 여섯 명을 둘러싸고 응원했다. 그중 남진 사승운이 가장
주목을 받는 것은 당연한 일이었다.

　　정오. 은은한 예악(禮樂)과 함께 친왕 이패언과 공주 이어가 모습
을 드러냈다. 그 뒤를 따라 조정의 각 부 대신들이 걸어왔다. 그 뒤를 각
국의 사절들과 서릉 신전에서 온 수십 명의 신관(神官)과 도인(道人)들이

따랐다.

그리고 먼발치에서 순백의 옷을 입은 젊은 남자 하나가 유유히 걸어왔다. 한창 만개한 복숭아 꽃잎이 그의 얼굴을 만나자 순식간에 그 자태를 감추었다. 연국 융경 황자의 등장.

서릉 천유원 부원장 막리 이하 모든 신관들과 각국 사절들이 일제히 일어났다. 시끄럽게 떠들던 서원 학생들도 순식간에 조용해졌다. 서원의 몇몇 교관들도 그를 보며 박수를 치고 감탄사를 연발했다.

녕결도 구석에서 이 상황을 보고 있었다. 어느 누구도 그를 주목하지는 않았다. 연회에서 융경 황자의 코를 납작하게 해주었지만 정말로 그를 융경 황자의 적수로 여기는 사람은 없었기 때문이다.

서원 교수 하나가 걸어 나왔다. 친왕과 공주, 그리고 서릉 신전의 거물들이 모두 일어나 허리를 숙여 예를 올렸다. 이 교수는 서원에서 은거하며 수행하는 신부사(神符師). 이런 인물 앞에서 어느 누구도 거드름을 피울 수 없는 법. 이 교수가 이층루 개루식(開樓式) 사회를 맡았다.

"서원 이층루는 이번에 단 한 명만 뽑습니다."

무슨 부적술을 썼는지 모르지만 늙은 교수의 목소리가 사람들의 귀에 쏙쏙 들어와 박혔다.

"시험 방법은 간단합니다."

교수는 손을 뻗어 서원 뒤편 운무로 가려진 산을 가리켰다.

"산 정상에 제일 먼저 오르는 이가 이층루에 들어간다. 아무도
정상에 올라가지 못하면 올라간 높이에 따라 승패를 결정한다."
'등산 시험?'

모든 사람들은 의혹에 싸인 눈초리로 서원 뒤편의 큰 산을 바라보았다.

이미 해가 중천에 떠 빛이 가장 뜨거울 시간. 하지만 그 빛도 산허리에 싸인 운무를 쫓아내지 못했다. 그래서 어느 누구도 산의 모습을 정확히 볼 수 없었고 구름 아래 난 비스듬한 산길만 볼 수 있었다.

큰 산은 그곳에 있고 영원히 있을 것이다. 그런데 굳이 올라가서 살펴볼 필요가 있는가?

고요한 적막. 아무도 말을 하지 않았다. 시간은 흘렀지만 누구 하나 발걸음을 떼는 이가 없었다.

"소승(小僧)이 먼저 갈 수밖에 없겠구나."

긴장으로 가득 찬 침묵을 깬 이는 의외로 젊은 승려. 스무 살 남짓한 나이에 준수한 용모. 낡았지만 깨끗한 승복과 누더기가 된 짚신이 그의 고행을 짐작하게 만들었다. 하지만 자세히 보면 그의 발에는 먼지 하나 없었다. 연꽃처럼 하얗고 깨끗한 발.

친왕 이패언이 승려를 보며 못마땅한 표정을 지었다. 그는 황실을 대표하여 이곳에 왔고, 무엇보다 시험이 공정하게 잘 이루어지는지 보는 것이 주된 목적이었다. 그런데 융경 황자도 아니고 서원 학생도 아니고, 젊은 승려가 앞장을 선다? 그는 미간을 찌푸리며 예부 관원에게 물었다.

"저 승려는 누구지?"

예부 관원은 이마에 흐르는 땀을 닦으며 나지막이 대답했다.

"월륜국 대도사(大渡寺)에서 온 유방(游方)이라는 자입니다."

세간의 생각과 달리 서원 이층루는 응시생의 국적과 문파를 따지지 않았다. 그리고 이층루에 들어가면 부자에게 직접 가르침을 받는다. 타국과 종파가 이를 인정하는 이유도 복잡하지 않았다.

'사람들 마음 깊은 곳에 있는 서원 이층루에 대한 동경을 없애지 못한다. 부자의 마음이 큰 산처럼 넓어 다른 문파의 내부를 간섭하지 않는다. 가장 중요한 것은 부자가 이층루의 모든 제자들을 차별하지 않고 대한다는 사실이다.'

친왕 이패언 외에도 안색이 변한 사람이 있었으니 바로 사회를 보는 신부사. 승려의 뒤를 따라 타국에서 온 젊은 수행자 셋이 용감하게 뒷산으로 향했다. 그 모습에 친왕과 신부사는 더욱 눈살을 찌푸렸다.

'서원 학생들은 토끼처럼 주눅이 들어 숨어 있는 건가!'

지켜보던 많은 사람들의 마음이 조급해졌다. 또 많은 이들의 시선이 사승운 공자에게로 향했다. 하지만 사승운의 시선은 인파 너머 한 곳을 보고 있을 뿐이었다. 세상의 모든 빛을 빼앗은 듯한 그 젊은 황자를 보며 쓴웃음을 지었다. 자신은 상대방을 살피는데 상대방의 눈에 자신은 존재하지도 않는다. 이 얼마나 고통스러운 일인가.

사승운은 20년 가까운 시간 동안 열심히 공부하고 부지런하게 수행한 기억을 떠올렸다. 얼굴에 점점 의연한, 어쩌면 해탈한 듯한 기색이 스쳐갔다. 그는 신선한 공기를 들이마신 뒤 임천 왕영과 옆에 있는 동창들을 바라보며 힘차게 말했다.

"여기는 우리의 서원인데, 설마 우리가 마지막으로 출발할 거야?"

왕영은 풋풋한 얼굴에 환한 웃음을 지으며 호응했다.

"사형을 따라갈게요."

기운을 받은 다른 술과 학생들도 감정이 북받쳐 올랐고 마침내 힘찬 구령과 함께 산을 오르기 시작했다.

＊＊

서원 학생들의 가벼운 소동은 잠시 호기심의 시선을 끌었을 뿐이었다. 서릉 신전과 연국 사절단이 모인 천막 아래에서는 아무도 그들을 눈여겨보지 않았다. 그들의 시선은 시종일관 겨울 복사꽃처럼 아름답고 평온한 융경 황자에게 머물러 있었다.

　　　서원 교수가 이층루 개루를 선포한 후부터 서원 뒷산으로 향하는 젊은 수행자들의 발길이 이어졌지만 융경 황자는 줄곧 침묵을 지키며 차갑게 앞만 주시하고 있었다.

　　'융경아, 너도 그런 소인배 하나 때문에 영향을 받은 것이냐.'

융경 황자는 입꼬리를 살짝 올리며 속으로 혼잣말을 내뱉었다. 그리고 곁눈질로 외곽에 숨어 있는 그놈을 힐끗 보고서는 천천히 일어났다. 하지만 그가 일어나는 간단한 동작에도 이미 사람들은 흥분했다.

　　"융경 황자가 등산을 시작합니다!"
　　"그가 정상에 오를 수 있을까?"
　　"당연하지! 동현 상의 경지인 그가 정상에 오를 거라 믿네!"
　　"신전 재결사의 거물인데 이층루 시험을 봐야 한다니……
　　　서원도 너무 거만한 것 아닌가?"
　　"서원과 대당은 이참에 서릉 신전을 시험하려는 의도가 아닌지
　　　의심스럽군."
　　"이렇게 많은 눈들이 보고 있는데, 설마 서원이 농간을
　　　부릴 수 있겠어?"
　　"부자가 제자를 모집하는데 무슨 그런 소리를!
　　　그런 생각을 가진 것만으로도 부끄럽군!"

사방에서 논쟁하는 소리가 모두 융경 황자의 귀에 들려왔다. 하지만 그의

얼굴에는 아무것도 듣지 않은 듯한 무표정만 있었다. 그는 오른손을 들어 미간을 가볍게 눌렀다. 하늘을 향해 뜨거운 태양을 보았다. 얼굴에 비친 경건하고 자애로운 빛이 이내 평온함으로 변했다. 그가 드디어 걸음을 옮겼다.

> "난 저놈의 저 거만함을 못 봐주겠어. 온 세상이 너의 용맹을
> 보기 위해 기다리는데 하필이면 마지막까지 버티다니.
> 사람들 욕이 입 밖으로 튀어나올 때쯤에야 겨우 느릿느릿 일어나
> 소매를 털고, 바지를 추켜올리고 검을 들어? 이게 무슨 뒷간 일
> 보는 것도 아니고…….'"

저유현이 어디선가 나타났다. 그는 녕결 옆에 서서 융경 황자를 조롱하며 웃었다. 녕결은 놀랄 새도 없이 웃음을 터트렸다.

> "각박하다, 각박해!"
> "과찬의 말씀. 사실 너야 말로 득승거에서 각박했지.
> 난 솔직하다 정도?"
> "별 차이가 없는 것 같은데?"

저유현은 고개를 돌려 대나무 숲 사이로 사라져 가는 동창들과 융경 황자를 보며 한숨을 쉬었다.

> "오늘은 네가 그 황자 놈에게 모욕을 줄 수 없어 아쉽네.
> 그나저나 네가 그날 서릉과 연국 황자들 앞에서 서원의 체면을
> 그렇게 살려줬는데 종대준 그런 놈들은 네 앞에서 꼭
> 그런 식으로…… 그들은 그냥 스스로 굴욕을 자초하는 거야."
> "그들은 융경 황자와 함께 산을 오르는 것도 용기라고
> 생각하겠지?"

녕결은 지평선에 가까운 건물을 너머 이미 산길에 발을 들여놓은 승려를 보며 말했다. 그 뒤로 많은 사람들이 빠르게 따라가고 있었다. 산이 높고 험하지만 젊은 수행자들에게 진짜 장애가 될 수는 없을 터. 등산 시험이 장난으로 보이긴 했으나 부자(夫子)가 직계 제자를 고르는 것이 장난일 수는 없는 법.

젊은 수행자들이 오르막에 들어서자 속도가 현격히 느려졌다. 보는 사람들의 눈에는 이들의 몸에 무거운 바위라도 매여 있는 듯했다. 한 걸음 한 걸음 옮길 때마다 고통스러워 보였다. 마치 온 천지와 싸우고 있는 것처럼 보였다.

하지만 오직 한 사람만이 아무 영향을 받지 않은 듯했다. 그는 평소 평지를 걷는 것처럼 소매를 가볍게 흔들어 뒷짐을 지고는 등산이 아니라 경치를 구경하듯 사람들을 하나씩 추월했다.

그는 바로 융경 황자.

★★

이층루 학생을 선택하는 방식은 이렇게 간단했다.

물론 간단함의 이면에는 신비함이 있었다. 천하에서 모인 훌륭한 수행 인재들이 경사면 돌길에 오르기만 하면 서툰 꼭두각시처럼 변해갔다. 물론 그들이 실제 상처를 입지 않을 것이라는 사실은 모두가 알았다.

이런 단조로운 장면을 오래 보면 지루한 법. 서원 석평 주위에 모인 사람들의 움직임으로 보아 더 이상 도전하는 사람이 없을 것처럼 보였다. 타국에서 온 사절을 비롯해 천하의 대인물들은 마음이 한결 가벼워져 이런저런 한담을 나누기 시작했다.

대하국에서 온 사신 하나가 서릉 신전의 어느 집사와 환담을 나누고 있었다. 겸손한 태도였지만 큰 웃음소리와 오묘한 아첨 사이를 자유롭게 드나들었다. 그런 그가 갑자기 벌떡 일어나더니 떨리는 소리로 말했다.

"어찌된 일인가?"

네 명의 서원 집사가 빠른 속도로 황토를 걷어차며 마치 토룡(土龍)이 된 듯 날아오고 있었다.

　　그들은 들것을 들고 있었다. 하지만 집사들의 얼굴만은 평온해 보였다. 이런 일을 한두 번 해본 솜씨가 아니었다. 대하국 사신은 이마에 손을 얹은 채 들것에 실린 대하국 수행자를 보며 슬픔의 탄식을 내뱉었다.

　'이층루 시험에서 처음 떨어진 자가 하필 대하국 젊은이라니…….'

실패는 실패였지만 어떻게 실패했는지 모르니 더욱 답답한 노릇.

"등산을 하다가 어찌 정신을 잃었단 말인가?"

서원 집사 하나가 담담하게 대답했다.

"서원에서 쓰러지는 일은 흔한 일입니다. 이제 비켜주십시오."

서원 집사는 무례하게 대하국 사신을 밀치며 들것을 들고 서원 뒤편으로 달려갔고 또 한 번의 토룡이 솟아올랐다.

　　★★

　"비켜 비켜, 끓는 물이다!"

서원 집사 넷이 두 번째 들것을 들고 나타났다. 서원 교관은 달인 약을 들고 무심하게 대기하고 있었다.

"비켜 비켜, 오늘 끓는 물이 많다. 길을 막지 마라!"

또 하나의 들것. 그들의 외침 소리는 당국 대신이 행차할 때의 외침보다 더 다채로워 보였다.

　이 광경에 저유현은 참지 못하고 고개를 돌려 녕결을 바라봤고 그 순간 녕결은 익숙한 네 명의 집사를 보며 입을 다물지 못했다. 그때의 고통이 떠오르며 손가락이 미세하게 떨리고 뱃속이 메스꺼워졌다. 녕결은 조금은 창백해진 얼굴로 탄식했다.

　"또 그 네 분이네."

　　　＊ ＊

서원 뒷산 돌길에 올라온 젊은 수행자들은 걸음이 갈수록 느려졌다. 이따금씩 누군가 정신을 잃고 쓰러지면 곧바로 들것에 실려 내려갔다. 사승운은 중간쯤 걷고 있었는데 힘들지만 제법 잘 버텨내고 있었다. 그나마 월륜국에서 온 승려가 편안해 보였는데, 선두에서 이따금씩 주위를 둘러보고 있었다. 풍경을 즐긴다기보다는 어떤 출구를 찾는 듯한 모습.

　풍경을 즐기고 있는 이는 융경 황자. 그의 얼굴에는 교만도 경멸도 없고, 오직 평온함만 있었다. 사람을 추월할 때에도 산길 양쪽에 쓰러진 수행자를 마주칠 때에도 여전히 평온한 얼굴이었다. 그리고 마침내 선두의 승려를 추월했지만 상대에게 눈길조차 주지 않았다. 그 산길의 끝에서 짙은 안개가 그를 기다리고 있었다.

　짙은 안개를 주시하고 있던 또 다른 사람은 녕결. 그는 돌길 끝에 걸려있는 안개를 바라보며 속으로 생각했다.

　'융경 황자도 안개까지 갔으니 나의 목표도
　최소한 저기까지 가는 거야.'

자욱한 안개를 앞에 두고 융경 황자는 한치의 망설임도 없이 아무렇지도 않게 들어갔다. 잠시 후 월륜국 젊은 승려도 안개 앞까지 왔다. 하지만 그는 여태껏 한 번도 보이지 않은 표정을 띠고 있었다. 그는 조용한 안개를 보며 한 걸음도 떼지 못하고 있었다. 융경 황자는 이미 안개 속으로 사라졌고, 그 후로 그곳을 들어간 사람은 아직 없었다.

이미 도전자 중 네 명은 집사에 의해 실려 내려간 상황. 사승운은 아직도 힘겹게 험난한 산길을 오르고 있었다. 만만치 않은 경지를 보여주는 사승운이었다. 기대를 모았던 젊은 승려는 뭔가 난관에 부딪힌 듯 안개 앞에서 주춤거리고 있었다.

'역시 아무도 융경 황자를 이길 수는 없군.'

사람들이 이런 생각을 저마다 품고 있을 때 연국에서 온 사신 하나가 득의양양하게 입을 열었다.

"서릉 신전은 역시 수행의 시조이고, 서민들이 존경을 한몸에
받고 있습니다. 천유원 역시 세상 현학의 모태이니 그곳에서
공부한 융경 황자의 자태가 어찌 다른 이들과 비교될 수
있겠습니까?"

연국 사신답게 은은히 서릉 신전을 치켜세우는 것도 잊지 않았다. 막리 신관은 수염을 쓰다듬으며 자랑스러운 기쁨을 숨기지 못하며 호응했다.

"융경 황자는 천부적인 재능과 호천 신휘의 은총을 모두
갖추었습니다. 그래서 신전은 그에게 재결사의 중책을 맡겼겠죠.
물론 서원도 고결하고 신묘한 곳이지만 고작 서원 뒷산에
올랐다는 것이 그리 자랑할 만한 일은 아니 될 듯합니다. "

자랑할 만한 일이 아니라고 했지만 대놓고 자랑하고 있었다. 연국 사신은

재빨리 신관의 비위를 맞춰 몇 마디 더 한 뒤 대당 관원들을 보며 무심한 척 말했다.

"대당 제국은 명장과 현신(賢臣)들이 운집한 곳인데, 아쉽게도
이번 서원 학생 중에는 뛰어난 인물이 없는 것 같군요."

연국 사신은 대당의 친왕이나 공주 앞에서 대놓고 도발할 엄두를 내지는 못했지만 애써 목소리를 낮추지도 않았다. 비아냥거리는 의도가 담담하고 무심한 듯이 보이는 말로 그대로 흘러나왔다. 밝은 황색 천막 아래 대당 관원들의 안색은 매우 안 좋았다.

　　　이미 서원 술과 학생 여섯 명 중 넷은 실려 내려온 상태. 사승운이 남아 있었지만 그도 결코 융경 황자의 적수가 되어 보이진 않았다. 친왕 이패언은 어두운 표정으로 나지막이 말했다.

"이럴 줄 알았다면 허세 대장군에게 서신을 써서 왕경략이라도
돌려보내라 하는 건데…… 그랬다면 최소한 제국의 체면이
이렇게까지 구겨지지는 않았을 터."

옆에 있던 이어가 그를 힐끗 쳐다본 후 빈정거리는 말투로 말했다.

"숙부님, 왕경략이 진군 대장군 휘하로 쫓겨난 것은
숙부님 덕분이지 않았나요?"
"그 이야기를 왜 또 하느냐. 그리고 경략이 지명 이하
무적이라 했지만 보아하니 융경은 지명의 경지에 이미 한 발을
들여놓은 것처럼 보이는구나. 그가 왔었다 해도 상대가 되지
못했을 수도……."
"왕경략이 융경보다 못한 걸까요, 아니면 융경보다 못하기를
숙부님이 바라시는 걸까요? 숙부님이 오늘 직접 오신 목적은
융경 황자가 이층루에 들어가는 것을 두 눈으로 보려고……

그래야 안심하시는 것 아닌가요?"

"폐하의 뜻이다."

이 말에 이어는 더 말을 하지 않았다. 그리고 무의식적으로 침묵하는 서원 학생들을 바라봤다.

'이제 누가 제국의 체면을 세워줄 수 있단 말인가…….'

＊＊

그때 서원 깊숙한 곳의 구서루 서쪽에 있는 창문이 어느새 누군가에 의해 열려 있었다. 봄바람에 꽃향기가 창을 통해 스며들자, 통통한 소년 하나 가 창가에 모습을 드러냈다. 그리고 그의 시선도 서원 입구 석평 구석에 있는 넝결의 몸에 떨어졌다.

"저놈은 언제까지 시간을 끌 작정이야?"

서원 잔디밭에서 상상은 대흑산을 펼치고 있었다. 그녀는 가끔씩 눈부신 햇빛을 올려다보며 시간을 확인했다. 고개를 숙여 진금기에서 산 피부 보 호 화장품을 작은 손으로 바르며 부드럽게 문질렀다.

"굳이 마지막에 출발하며 시선을 끌고 가는 길 내내 사람들을 추월하고…… 저 황자 놈의 허세는 정말 꼴 보기 싫군."

저유현은 품에서 떡을 꺼내 한 조각 집고 나머지는 넝결에게 건네며 황자 에게 또 욕을 했다. 넝결은 떡을 하나 집으며 속으로 생각했다.

'마지막에 출발하는 게 허세라면 내가 출발할 때 넌 뭐라고

할 거냐?'

"그럼…… 내가 한번 해볼까?"

녕결의 목소리는 매우 작았지만, 저유현은 똑똑히 들을 수 있었다. 떡을 집은 그의 손이 멈칫했다. 그리고 고개를 돌려 녕결을 쳐다보며 크게 소리쳤다.

"뭐라고? 네가 해본다고? 너 설마…… 산을 오르겠다고?"

순간, 서원 앞에 있던 모든 이들이 무의식적으로 소리가 나는 곳을 향해 고개를 돌렸다. 녕결은 저유현을 보며 포기한 듯 말했다.

"아예 그냥 고함을 치지 그래?"

이 말에 저유현은 펄쩍 뛰어올랐다. 아연실색하며 더 큰 소리로 고함을 질렀다.

"너 진짜 산을 오르겠다고? 진짜 이층루에 들어가고 싶은 거야?"

수많은 사람들의 시선이 한순간에 녕결에게 쏠렸다. 그들의 입은 하나같이 벌어져 다물지 못하고 있었다. 녕결은 저유현에게서 받아 든 떡을 손수건에 싸며 말했다.

"가는 길에 배고프면 먹을게."

이 말과 함께 그는 시원하게 서원 뒷산으로 발걸음을 옮겼다.

* *

주인공은 언제나 마지막에 등장한다. 그들이 모두 습관적인 지연증이 있어서가 아니라 참혹한 기다림이 있어야만 자신의 풍채를 더욱 돋보이게 할 수 있기 때문이다. 물론 그가 지금까지 기다려온 이유는 앞서 간 수행자들의 상황을 관찰하고 그들이 겪는 문제점들을 분석하기 위해서였다.

마지막에 등장한 사람이 주인공이다. 설령 최종적으로 승리한 자가 융경 황자라 할지라도 적어도 지금 이 순간만큼은 맨 마지막에 등장한 녕결이 주인공이었다.

녕결의 생각은 완벽하게 실현되었다. 무수한 눈길이 그에게 쏠렸고 그 눈길에는 복잡한 정서가 가득했다. 놀라움, 망연자실…… 가장 많은 것은 당혹감.

　‘이 시간에 출발한다고? 오늘의 승리자가 융경 황자임이
　확실시되는 상황에서 어찌 이리 사리 분간을 못 하는
　인간이 있지?’
　“서원 학생인 것 같은데?”

대하국 사신은 녕결의 옷차림을 보며 눈살을 찌푸렸다.

　“설마 서원의 숨어 있는 강자?”

서원 학생들도 놀라기는 마찬가지였다. 종대준은 놀라움을 억누르며 냉소를 날렸다.

　“또 무슨 미친 짓을 하려는 거지? 일 년 동안 당한 망신으로
　부족하다는 건가?”

사도의란은 저도 모르게 한 걸음 앞으로 나갔다. 그녀는 두 손에 살짝 힘

을 주며 호기심과 함께 근심 어린 눈빛으로 녕결의 뒷모습을 바라봤다.

 '왜 산을 오르려 하는 거지? 녕결은 정말 자신이 서원 이층루에
 들어갈 수 있다고 믿는 건가?'

이어는 낯설지도 또 익숙하지도 않은 그 소년을 보며 초원에서 보았던 장
면, 여청신 노인이 한 말을 떠올렸다. 그리고 왠지 모르게 그에게 강한 믿
음과 기대가 생겨났다. 물론 그녀 자신도 이 믿음과 기대가 어디서 나오
는지 몰랐지만.

 이패언은 그녀의 눈길을 따라 그 소년을 보며 표정이 엄숙하게 굳
어갔다. 대당의 친왕으로서 그 소년이 나서서 제국의 체면을 세워주기를
바랐지만 이 일에 변수가 생기는 것은 더욱 바라지 않았기 때문이다.

 막리 신관은 녕결이 그 변수가 될 자격이 있다고 생각하지 않았
다. 그래서 무덤덤하게 힐끗 쳐다보고는 더 이상 신경 쓰지 않았다.

 '그가 지금 나선 것이 사람들의 시선을 끌기 위함이든 서원이
 계획한 일이든 결국 융경 황자를 더욱 돋보이게 할 뿐인 것을.'

의지가 굳지 않거나 마음이 쉽게 흔들리는 사람은 타인의 시선에도 부담
을 느낀다. 수많은 거물들의 의혹이 담긴 시선은 학생 하나가 시도도 하
기 전에 그를 쓰러뜨릴 수도 있다. 하지만 녕결에게 그 시선들은 깃털보
다 가벼운 존재. 그가 해야 할 일은 그들과 무관했고, 그 시선에 담겨 있
는 정서도 그와 무관했다.

 개루식을 주관한 서원 교수는 녕결을 막아서며 무표정한 얼굴로
물었다. 그도 녕결에 대한 소문을 익히 들은 바 있었다.

 "왜 그러는가?"

녕결은 진실되게 웃으며 공손히 예를 올렸다.

"시간 제한이 있다는 말씀은 안 하신 듯합니다."

"시간 제한은 없다. 허나 네가 작년 학기 시험에서 병가를 내며
 포기했다고 들었는데, 오늘은 왜 산을 오르려는지 모르겠구나."

"그럼 오늘 산에 오르는 것을 통해 그동안 서원에서 떠도는
 소문과 저에 대한 비난이 거짓이라는 것을 증명할 수 있을 것
 같습니다."

교수는 자신 앞에서도 당당하게 말하는 학생을 보며 절로 미소를 지었다.
은빛 서리에 물든 것 같은 교수의 하얀 눈썹이 봄바람에 날려 기쁜 기색
을 흩뿌렸다. 하지만 그는 여전히 길을 비켜주지 않고 계속 물었다.

"그래도 네가 왜 산을 오르려는 것인지는 여전히 궁금하구나."

"서릉이나 연국 사신이 물으면 일부러 그들을 놀라게 할 대답을
 하고 싶지만, 교수님이 물어보시니 솔직하게 대답 하겠습니다.
 제가 산을 오르려는 이유는 제가 산을 오르고 싶기 때문입니다."

"허허. 우문현답이로구나. 내가 몇 년 동안 들은 대답 중 가장
 뛰어난 대답인 것 같다. 그럼 만약 서릉이나 연국 사람들이
 물었으면 어떻게 대답했겠느냐?"

"그들이 물었다면……."

녕결은 약간 민망한 웃음을 지으며 말했다.

"산이 거기에 있기 때문이라고 대답했을 것입니다."

"허허허! 그것도 역시 좋은 답이구나!"

교수는 큰 소리로 웃으며 말을 이었다.

"가거라. 다만 산길이 험하다. 언제라도 네가 더 올라가기
 힘들거나 더 오르기 싫다는 생각이 들면 그냥 내려오너라.

이를 두고 누가 감히 너를 조롱하면 내가 다 막아주겠노라."

녕결은 미소를 짓고 공손히 예를 올렸다. 교수는 그가 한적한 골목길로 들어서는 것을 보았다. 만족한 얼굴로 수염을 천천히 쓰다듬으며 고개를 끄덕였다.

'이번 서원 학생들이 모두 쓸모없는 것들은 아니었구나……'

＊＊

녕결에게 산을 오르는 길은 너무나 익숙했다. 골목, 호수, 대나무 숲, 작은 누각들을 스쳐가며 익숙한 풍경이 펼쳐졌다. 심지어 호숫가의 푸른 돌바닥도 그의 발걸음을 기억하는 듯 보였다. 구서루 아래에 이르러서 그는 고개를 들어 가볍게 손을 흔들었다.

통통한 진피피도 창가에 기대어 손을 흔들었다. 융경 황자와 다른 이들은 그를 보지 못했다. 진피피가 자신을 드러내지 않으면 당연히 그들은 그를 보지 못한다. 그가 녕결에게 자신을 드러내면 녕결은 물론 그를 볼 수 있다.

"도저히 올라갈 수 없으면 무리하지 마."
"덕담 좀 해 줄래? 어떻게 너까지 내가 정상에 오를 수 있다고는 생각하지 않는 거야?"
"산길이 어디 그렇게 편하겠어? 그리고 융경과 비교하면 넌 진짜 개나 소일 뿐."

녕결은 더 이상 그를 상대하기 싫다는 듯 발걸음을 재촉했다. 그러다가 갑자기 걸음을 멈추고 돌아서서 달갑지 않게 물었다.

"진짜 뒷문 같은 건 없는 거야?"

진피피는 창살을 잡으며 소리를 질렀다.

"그냥 가서 죽어라!"

넝결은 웃으며 고개를 가로저었다. 그리고 다시 발걸음을 옮겼다. 구서루를 돌자마자 문이 하나 나타났다.

'내가 일 년 동안 구서루에서 지내며 산책도 많이 했는데……
이곳은 분명 회색 담벼락이었는데, 어떻게 여기에 문이 있지?'

넝결은 가볍게 문을 열고 들어가 대나무 숲속 오솔길을 따라 산으로 향했다. 앞쪽의 산길은 점점 좁아졌다. 크고 푸른 돌바닥이 더 작은 크기의 돌바닥으로 바뀌었다. 숲속에서는 새소리 하나 들리지 않아 기괴할 정도로 조용했다.

"윽!"

자갈로 된 산길을 밟자마자 넝결은 얼굴이 하얗게 질렸다. 말로 표현하기 힘든 고통이 발바닥을 통해 머릿속으로 밀려왔다!

'휘청.'

그는 넘어질 뻔했지만 억지로 손으로 바닥을 짚고 다시 일어났다. 산길 옆을 바라봤다. 길 옆 푸른 숲 사이로 이끼가 낀 절벽이 보였다. 자세히 들여다보니 이끼 아래 마치 돌의 틈새처럼 촘촘한 선이 보였다. 그 선을 연결하면 커다란 글씨가 되었다. 다만 글씨의 필획 사이에 칠해져 있던 주홍색은 오랜 세월의 풍파를 맞아 이미 사라진 것 같았다.

"엄청난 염력의 공격이네…… 이것도 신부사가 남긴
글씨겠지……."

그의 두 손은 미세하게 떨리기 시작했다. 마치 십만 개의 보이지 않는 쇠
바늘이 그의 발바닥을 찌르는 듯한 고통이 밀려왔다. 하지만 고통이 그의
정신에는 아무런 영향을 끼치지 못한 듯 그의 의식은 더욱더 뚜렷해지고
있었다.

'픅!'

그는 뒤에 있는 왼발을 들어 돌이 깔린 산길을 깨 버리겠다는 기세로 무
겁게 자갈을 밟았다. 무수히 많은 무형의 바늘이 자갈 틈으로 나와 발바
닥 깊숙이 파고들었다.

그 느낌은 순식간에 극한의 아픔으로 변했다. 고통이 그의 머릿속
에 생생하게 전해져왔다.

"후."

녕결의 얼굴은 더욱 창백해졌다. 하지만 찌푸린 얼굴이 점점 펴졌다. 고
통을 즐기려는 듯 깊게 심호흡을 하고 계속 앞으로 나아갔다.

＊ ＊

사람들의 시선에 녕결이 나타나자 그들은 그곳을 바라보며 그의 일거수
일투족을 살피기 시작했다. 그가 첫발을 내디딘 후 휘청거린 모습을 보며
어떤 이는 고개를 갸웃했다. 어떤 이는 조롱 섞인 웃음을 터트리기도 했
다. 연국 사신과 담담히 대화를 나누던 막리 신관은 그 모습을 보고 경멸
의 시선을 보냈다.

'기껏해야 불혹? 서원 술과에서는 괜찮은 편이겠지만 그 정도의
경지로 모두를 놀래키려는 것인가? 너무 허황된 망상이구먼.'

종대준의 시선도 산길로 향했다. 그는 다시 냉소를 날렸다.

"역시 남의 환심만 사려고…… 그렇게 얌체 같은 짓을 하면
서원의 명성에 얼마나 큰 누를 끼치게 될 것인지는 생각지도
못하는 건가?"

사도의란은 도가 넘은 조롱을 참지 못하겠다는 듯 종대준을 노려보았다.
그녀는 김무채의 작은 손을 잡고 두 걸음 더 앞으로 나서면서 종대준과
거리를 두었다.

"언니 손이 좀 찬데……."

김무채는 걱정스럽게 사도의란을 바라봤다. 그녀가 가장 걱정하는 이는
당연히 사승운이었지만, 사도의란도 점점 더 걱정되기 시작했다. 그녀가
보기에는 녕결에게 기회가 전혀 없어 보였기 때문이다.

"괜찮아. 녕결이 산길에서 한 발짝만 걷고 쓰러진다 해도 해볼
엄두조차 내지 못하는 저들보다는 나아."
"근데 진짜 한 발짝만 걷고 쓰러질 것 같은데……."

그때 그녀가 갑자기 폴짝 뛰며 큰 소리로 외쳤다.

"봐! 빨리 봐! 녕결이 다시 걷기 시작했어!"

사람들의 시선이 다시 녕결에게 일제히 쏠렸다. 그는 힘겹게 일어서 잠시
멈춘 후 왼발을 힘차게 내디디며 앞을 향해 나아갔다.

그리고 두 번째 걸음,

세 번째 걸음,

네 번째 걸음,

다섯 번째 걸음……

몸이 떨리고 걸음은 현저히 느려졌지만, 갈수록 안정감이 더해졌다.

"와!"

서원 학생 하나가 놀라움에 환호성을 질렀다. 예부에서 파견된 젊은 관원 하나가 자리에서 벌떡 일어나 설레는 표정으로 녕결을 바라봤다. 그는 그 소년이 누군지 몰랐다. 또 그가 융경 황자를 제치고 정상에 오를 것이라는 믿음도 없었다. 다만 억눌려 있던 감정이 솟구치며 자부심이 넘쳐흐르고 있었다. 저유현은 두 번째 떡을 집다가 깜짝 놀라 입을 벌린 채 떡을 입에 넣는 것도 잊어버렸다.

'내가 아는 녕결이 맞나?'

이어는 옅은 미소를 띠었다. 진피피는 구서루 창가에서 산길을 보며 감탄했다.

"독한 놈. 이 세상에서 너보다 더 자신에게 지독하게 대하는
사람을 찾을 수 있을까? 네가 도대체 어디까지 갈 수 있는지
이제 난 모르겠다."

이내 창문이 닫혔고, 푸른 잎 몇 개가 유유히 휘날렸다. 몇 개의 푸른 잎이 바람에 날려 녕결의 어깨를 스치고 땅으로 떨어졌다. 산길 양쪽의 푸른 숲은 여러 종의 나무로 이루어져 있었는데, 그 구간은 대나무가 많았다. 대나무 잎이 얇고 날카로워 마치 날카로운 칼처럼 보였다. 정확히 말하면 그렇게 보이는 것이 아니라, 정말 작고 예리한 칼처럼 날카로웠다.

'스윽.'

가벼운 소리와 함께 녕결의 어깨를 스쳐가는 죽엽. 그의 옷을 찢고 그의 피부를 찢으며 가느다란 혈선을 만들었다. 그런데 녕결이 자신의 어깨를 바라보니 찢긴 옷도 피로 물든 죽엽도, 피가 흐르는 상처도 보이지 않았다.

"음."

하지만 그는 이것이 틀림없이 일어난 일이라고 확신했다. 왜냐하면 그의 어깨에서 심한 고통이 전해져왔고 심지어 상처에 닿은 대나무 잎의 부스러기가 주는 참을 수 없는 이물감이 느껴졌기 때문이다.

　그는 오른손으로 먼지를 털 듯 어깨를 털었다. 물론 이 동작이 대나무 잎이 남긴 보이지 않는 상처와 아픔을 털어낼 수는 없었지만 묘하게도 이 동작을 하면 한결 가벼워진 느낌이 들었다. 그리고 그는 계속 앞으로 나아갔다.

　'스윽 스윽 스윽……'

또 대나무 잎이 우수수 떨어져 그의 뺨을 스치고 그의 앞자락을 스치고, 등을 스치고 자갈이 깔린 산길로 떨어졌다. 그의 옷에는 아무런 변화가 없었지만 또 무수히 많은 무형의 상처가 생겼고, 또 견디기 어려운 고통이 더해졌다. 그는 안색이 조금 하얗게 변했을 뿐 표정만은 여전히 차분했다.

　'휘익…… 우수수수수수수.'

산바람이 한 번 세차게 불고 수많은 대나무 잎이 하늘로 날아올랐다가 폭우처럼 쏟아졌다. 녕결은 죽엽비 속을 걸으며 호숫가 작은 건물에서 안숙경을 죽일 때 본 죽엽비를 떠올렸다. 그는 열심히 걸었고 힘차게 걸었다.

걸을 때마다 발을 무겁게 내디뎠다. 신발로 어지럽게 쌓인 대나무 잎을 찧으며 고통스럽게 나아갔다.

'죽엽비가 내릴 때는 살인하기 좋은 때……
산을 오르기도 좋은 때.'

★ ★

늦게 출발한 녕결은 혼자 외롭게 산길을 걸었다. 앞뒤로 사람의 그림자도 찾아볼 수 없었다. 입술이 마르고 목이 타들어갔다.

'졸졸졸졸졸.'

고개를 돌려보니 길 옆 절벽 틈에서 아주 가느다란 샘물 한 줄기가 흘러나왔다. 아래쪽에는 움푹 패인 웅덩이가 있었고 그곳에서는 들풀이 자라고 있었다. 하지만 그는 샘물을 마시러 가지 못했다.

샘물에서 흰 거품이 세차게 솟아오르며 거대한 폭포로 변해 그를 향해 쏟아져 나왔기 때문이다. 그 폭포는 그를 깊은 호수 바닥에 푸른 이끼로 뒤덮인 거대한 바위 위로 떨어뜨리려 했다.

그래서 그는 계속 앞으로 나아갔다. 여전히 힘차게, 느리지만 굳건하게. 숲 사이의 길을 걸어 산 중턱에 있는 풀밭 한가운데까지 걸어갔다.

그늘 하나 없는 곳. 뜨거운 햇빛이 쏟아져 내려와 풀밭을 진홍색으로 물들였다. 마치 산길 옆에 있는 모든 것에 불을 지피려는 듯 보였다. 녕결은 이마에 손을 올려 하늘을 올려다보고 피곤한 탄식을 내뱉었다. 그는 곁눈질로 산길 옆의 작은 호수가 거울처럼 빛을 반사하는 것을 발견했다.

작고 평온하며 맑아서 바닥이 보이는 호수. 그곳에서 물고기가 조용히 헤엄치고 있었다. 호숫가 돌 틈새에 노란색 작은 꽃 한 송이가 피어 있었다.

'휘이익.'

가벼운 산바람이 불자 노란 꽃이 겁에 질린 듯 바들바들 떨었다. 조용한 호수에 잔잔한 물결이 일었다. 물고기들은 꼬리를 튕기며 바위틈으로 들어가 자취를 감추었다. 분노한 바다가 넝결의 눈앞에 나타났다.

바닷물은 마치 잘 갈린 먹처럼 검었다. 바닷물은 끊임없이 휘감기며 산처럼 높은 파도를 만들어냈다. 분노의 포효처럼 그를 향해 밀려왔다. 그는 발이 땅에 박힌 듯 가만히 서서 천지를 뒤덮으며 밀려오는 검푸른 파도를 노려보았다.

'철썩!'

몸이 거대한 바위에 부딪히기라도 한 듯한…… 젖은 옷이 바닷물에 갈기갈기 찢어지기라도 한 듯한 고통이 느껴졌다.

그는 한 걸음도 물러서지 않았다. 그리고 거대한 바다가 솟구쳐 올랐다. 먹처럼 깊고 어두운 바닷물이 담벼락처럼 일어났다. 대지처럼 가로막고 일어났다. 바다가 마치 하늘을 두 동강으로 가르듯 일어나 그를 향해 밀려왔다.

천지를 갈라놓은 이 바다는 산보다 더 높았다. 영문도 모른 채 마치 죽음의 그림자라도 본 듯한 바닷새들이 사방을 날아다니며 비명을 질렀다.

바다가 무너졌다. 넝결도 쓰러졌다.

"푸!"

그는 산길에 거칠게 쓰러졌다. 고통스러운 표정으로 얼굴을 찌푸리며 피를 한 모금 내뱉었다. 그 작은 호수는 여전히 고요했고 수면 위로 잔잔한 물결만 햇빛에 반사되어 그 우아한 움직임을 드러내고 있었다.

★★

산 안개로 둘러싸인 어느 깊은 곳에서 차분하지만 교만한 소리가 울려 퍼졌다. 하지만 융경 황자의 교만함과 달리 그 소리는 교만을 숨기거나 또 애써 자랑하지 않았다. 내면의 강함과 본성에 의해 자연스럽게 나온 터라 전혀 거부감을 주지 않았다.

"산길 절벽 위의 글씨는 서원의 선현이 새긴 것이다. 그 봉인이
풀린 후 이를 뚫고 나가려는 사람이 부적에 담긴 고통과 역량을
참으려 할수록 산길이 주는 고통과 역량은 더욱 커질 것이다."

차분하고 교만한 목소리는 계속되었다.

"나는 대사형과 한바탕 싸운 적이 있다. 물론 너희들도 알다시피
대사형의 성품을 봤을 때 나에게 그렇게 독하게 하지는 않으셨지.
그래도 난 대사형을 이기지 못했고 화가 난 나머지 스승님께서
매화떡을 만드실 때 쓰는 틀을 깨뜨렸다. 당연히 스승님은
화를 내셨고 나에게 잔혹한 벌을 주셨어. 그게 산길을 한 바퀴
걷고 오라는 거였다."
"와……."

한 바탕 놀라는 소리가 울렸다.
그것이 대사형의 강함에 놀란 것인지 둘째 사형이 부자의 부적이 새겨진 틀을 깨뜨릴 수 있음에 놀란 것인지, 또 부자가 매화떡을 더 이상 못 드시는 것에 놀란 것인지 알 수 없었다.

"그해 내가 산길을 걸을 때 일으켰던 소란은 물론 이놈보다
훨씬 컸다. 별이 떨어지고 운석이 날아와 내가 쓰러졌다. 허나,
이놈이…… 바다의 분노를 일으키는 것도 쉬운 일이 아니다."

누군가 감탄한 듯 대꾸했다.

> "고통을 견딜수록 더 큰 고통을 겪는다…… 그럼 그 녀석은
> 지금 큰일 난 것 아닌가요?"
> "너희들은 작은 사숙을 만난 적이 없을 것이다.
> 대사형과 나는 보았지."

둘째 사형은 마치 작은 사숙을 본 자체만으로 자랑스러워하는 것 같았다.

> "작은 사숙께서 이런 말씀을 하셨지. '운명은 아주 잔혹한 놈.
> 만약 운명이 널 선택해서 사명을 내린다면 네가 그것을 감당할 수
> 있을지 확신하기도 전에, 어떻게 해서든 너는 살점이 떼이고 뼈가
> 깎이는 극단적인 고통을 받게 된다. 이렇게 해야만 너의 의지가
> 운명에 의해 선택받을 수 있을 만큼 강해지기 때문이다.'"

다시 한번 짙은 안개 속이 술렁였다. 한 사람이 나지막이 입을 열었다.

> "역시 둘째 사형은 작은 사숙을 가장 존경하시네요."

＊＊

> "살점을 떼이면 어떤가? 뼈를 깎이면 어떤가? 세상에서 가장
> 극단적인 고통을 감수하면 또 어떤가? 민산에서, 초원에서 내가
> 살점을 떼인 적이 없었나. 뼈를 깎인 적인 없었나……."

녕결은 두 손으로 땅을 짚고 힘겹게 일어났다. 소매로 입가에 흐르는 피
를 닦으며 자신이 걸어온 산길을 향해 소리쳤다.

"작년 여름부터 구서루에서 당신들이 쓴 책을 봤다! 당신들이
책 속에 숨겨 놓은 쇠바늘도, 대나무 잎도, 빌어먹을 폭포도,
얄미운 바다도 봤다! 그런데 지금은? 난 여전히 여기 서 있다!
아무것도 몰랐던 하찮은 보통 사람이었던 나도 쓰러뜨리지
못했지! 하물며 지금 나는 수행의 길에 오른 천재야!"

놀라서 날아오른 새도 놀라서 머리를 든 벌레도 없었다. 외침의 메아리만
점점 멀어지다 사라지면서 모든 것이 다시 조용해졌다.

'첨벙.'

물고기가 꼬리를 흔들며 바위 틈 사이로 나와 하늘빛을 받으며 유유히 호
수 속으로 헤엄쳐 들어갔다. 녕결은 햇볕이 내리쬐는 짙푸른 하늘을 올려
다보며 중얼거렸다.

"호천께서 그동안 날 고생만 시키더니
여기서 다 보상해 주실 건가?"

그는 고개를 숙여 코와 입 주위에 흘러내리는 피를 닦으며 앞을 향해 힘
차게 나아갔다. 동작이 더디고, 힘겹고도 고통스러워 보였지만 얼굴에는
진지한 웃음이 가득했다. 순간 그는 걸음을 멈추며 다시 중얼거렸다.

"내가 하늘에 왜 감사해야 하지? 나 자신에게 감사해야지.
내가 그렇게 고생하고 잘 견뎌 왔는데, 이건 나에게
받아야 하는 보상이지."

★★

짙은 안개로 둘러싸인 어느 깊은 곳. 둘째 사형이 깊은 한숨을 내쉬며 말했다.

　　"이놈이 비록 수행의 경지는 형편없지만 그 오만함은 정말
　　　피피에 못지않군. 둘이 닮았네."

이때 또 다른 목소리가 나지막이 울렸다.

　　"둘째 사형, 제가 볼 때 이놈의 오만한 기질은……
　　　둘째 사형과 닮은 것 같은데요?"

해가 점점 서쪽으로 기울며 온도가 조금 내려갔다. 녕결은 여전히 땀을 닦고 피를 훔치며 힘겹게 걷고 있었다. 그는 네 살 때 피난을 떠났고, 특히 상상을 업고 민산을 넘는 세월을 통해 한 가지 진리를 깨달았다.

　　'천천히 걸어도 돼. 꾸준히 걷기만 하면 언젠가
　　　가고 싶은 곳까지 갈 수 있어. 그리고 더 이상 걸을
　　　용기도 없는 사람을 추월할 수도 있어.'

드디어 동행자 한 명이 눈에 띄었다. 그리고 그의 허리춤에 있는 검으로 시선이 떨어지며 서원 동창들의 대화가 떠올랐다. 남진에서 온 검객, 사승운 집안과는 적대적인 관계. 물론 그가 검성 류백과 관계가 있는지는 알 수 없었다.
　　남진 검객의 얼굴에는 괴로움과 함께 두려움이 가득했다. 길가에 주저앉아 두 손으로 작은 나무를 붙들고 있는 모습이 마치 바다에 빠진 사람이 마지막 나무판을 안고 있는 것 같았다. 그는 녕결이 지나가는 것

을 보자 무의식적으로 이를 악물며 일어나려고 시도했다.

넝결은 발걸음을 멈추지 않고 걸었다. 그런데 오늘 받은 정신적 충격이 너무 큰 탓인지 아니면 뼛속에 새겨진 오래된 습관 때문인지, 무엇인가 가슴속에 발작을 일으키기 시작했다.

'만일 이놈이 나의 도움으로 다시 일어날 수 있다면?
만일 이놈이 나로 인해 정신적 충격을 견뎌낼 수 있다면?
이놈이 나처럼 고통 속에서 깨달음을 얻으며 수행의 경지를
돌파할 수 있다면? 만일 서원의 뒷산이 그에게 기적의
장소가 된다면?'

넝결은 저도 모르게 천천히 걸음을 멈추고 진지한 표정으로 말했다.

"못 버틸 거면 그만해. 밑에서 들것에 실려 내려온 사람을
많이 봤어. 서원 교관이 말하길 그중 두 사람은 충격이 너무
커서 훗날 수행에 있어서도 영향을 끼칠 수 있다더군. 계속할 수
있다면 정말 대단하지만 진지하게 생각해 보길 바라."

이 말이 그가 잡은 나무판을 휩쓸고 내려가는 마지막 물보라가 되었다. 그는 잠시 머뭇거렸지만 이내 작은 나무를 움켜쥔 손을 풀며 고개를 숙였다.

★ ★

넝결이 산길에서 마주친 두 번째 사람은 젊은 승려. 그는 산을 오르는 게 아니라 내려가고 있었다. 그는 남진의 청년 검객처럼 낭패라고 생각하지 않았다. 오히려 얼굴에 담긴 희미한 미소는 평온해 보이기까지 했다.

'아직 여력이 있어 보이는데 왜 포기하는 거지?'
"더 안 가세요?"
"저 안개는 좋지 않아 보입니다."

승려는 녕결 얼굴에 묻은 핏자국을 보며 물었다.

"당신은 왜 이렇게 엉망인가요?"
"전 당신이 왜 저처럼 엉망이 아닌지를 묻고 싶네요."

젊은 승려는 그를 물끄러미 바라보다 문득 입을 열었다.

"당신이 나중에 저를 위협할지도 모르겠군요. 더 강해지기 전에
   당신을 없애고 싶네요."

녕결은 고개를 저으며 산길의 끝을 가리켰다.

"여기는 서원의 뒷산. 당신이 감히 절 죽이지는 못할 걸요?
   그리고 알려줘서 고맙네요. 다음에 또 만날 기회가 있다면
   제가 먼저 죽여 드리지요."
"서로 죽이려면 통성명이라도 해야 하는 것 아닌가요?"

젊은 승려는 미소를 지으며 말을 이었다.

"제 이름은 오도(悟道). 황원에서 왔습니다."
"월륜국에서 온 승려인줄 알았더니……."
"당신의 이름은?"

녕결은 옷깃을 정리하고 공손히 예를 올리며 진지하게 말했다.

"서원, 종대준!"

승려를 지나친 후 얼마 지나지 않아 세 번째 사람을 마주쳤다. 그는 이미 혼수 상태에 빠진 임천 왕영. 녕결은 근처 얕은 물가에서 물 한 움큼을 퍼서 왕영의 얼굴에 뿌려준 후 고개를 돌려 산길 아래를 바라봤다.

　　'저놈은 이곳을 지나가며 혼수상태에 빠진 왕영을 보았을 텐데
　　구하지도 않다니……'
　　"짐꾼 넷은 도대체 어디 있는 거야?!"
　　'두두두두두두……'

어디선가 집사 넷이 들것을 들고 헐레벌떡 뛰어왔다.

　　"잠시 쉬느라 발견하지 못했네. 그리고 우리는 서원 구서루의
　　집사이지 짐꾼이……."

집사 하나가 진지하게 설명하다 녕결의 얼굴을 알아보고 아연실색하여 소리쳤다.

　　"또 자넨가?!"
　　"그 말은 아까 산 아래서 제가 먼저 했어요."

집사는 녕결을 보며 기가 차다는 듯 말했다.

　　"다행히 산을 오르는 건 한 번이네. 작년 구서루에서처럼 하면
　　자네 하나 때문에 우리가 먼저 지쳐 죽겠다."
　　"푸!"

녕결은 웃음을 터트렸다. 웃음과 함께 다시 한번 피를 토했다.

"피가 나네."

"별일 아니에요."

녕결은 아무렇지 않게 턱에 흐르는 핏물을 닦아냈다. 그러다가 순간 강한 의혹의 눈빛을 띠며 다급하게 물었다.

"그런데 당신들은 어떻게 산길을 오를 수 있는 거죠?"

"우리는 수행자가 아니니까."

'아, 그런 거였구나……'

"더 올라가도 좋은 일은 없을 거네. 앞길은
지금까지 올라온 길과 비교도 안 돼."

녕결은 웃으며 왕영을 가리켰다.

"이 아이 잘 부탁해요. 저 먼저 갑니다."

이 말과 함께 녕결은 익숙한 집사 넷에게 손을 흔들고는 뒷짐을 지고 콧노래를 부르며 걸음을 재촉했다. 그의 뒷모습을 보며 집사 하나가 감탄하며 말했다.

"말하는 게 참 어른스럽네. 사실 그도 어린아이 아닌가? 그런데
저놈은 어떤 행운을 만났기에 수행을 할 수 있게 된 건지."

다른 집사 하나가 대답했다.

"작년 그가 매일같이 구서루를 오르던 장면을 잊었는가? 그렇게
고생한 아이가 수행을 못한다면 호천께서 너무 불공평한 거지."

이때 간단히 치료를 받은 왕영이 깨어났고, 산길 위에 흐릿한 그림자를

보고 저도 모르게 눈을 비볐다. 다시 한번 똑똑히 보았지만, 여전히 자신의 눈을 믿을 수 없었다.

"녕결? 어떻게 그가…… 저놈이 어떻게 산에 올라왔지?
그리고 왜 저놈이…… 노래를 부르는 건가?"
"나에게는 칼 한 자루가 있어, 산중의 풀을 다 베어 버리네……."
"나에게는 칼 두 자루가 있어, 원수의 목을 다 베어 버리네……."
"나에게는 칼 세 자루가 있어, 불쾌한 일을 다 베어 버리네……."
"나는 한 칼에 너를 베어 죽이네……."
"나는 두 칼에 너를 베어 죽이네……."
"나는 칼 하나하나에 너를 베어 죽이네."

　　　★★

천 년 전 대당 제국이 건국되었다. 호천도의 묵인 하에 천하 열일곱 국가 연합군이 당을 정벌하려 했지만 처참하게 패했다. 이 전쟁을 통해 대당 제국은 세상에서 웅주(雄主)의 지위를 가지게 되었다. 신의 이름으로 세상을 비추었던 호천도문도 더러운 천 한 조각으로 자신의 눈을 가려 달갑지 않게 이 사실을 인정했다.

오늘날 호천도는 대당 제국 내에 널리 퍼져 있지만 대당에서만큼은 서릉 신전이 신성한 지위에 있다고 할 수는 없었다. 왜냐하면 대당 사람들의 인식 속에 대당 영토에서 하늘의 뜻을 전달할 자격이 있는 종교 기구는 호천도 남문뿐이었는데, 호천도 남문은 바로 그 전쟁이 낳은 기형적인 산물이었기 때문이다.

명목상 대당 제국 호천도 남문은 서릉 신전이 직접 관리하는 기구. 남문의 장교(掌敎, 종교 지도자), 신관, 도사가 수행하는 것은 모두 호천도 법. 하지만 실질적으로는 호천도 남문은 대당 제국의 일부분이었다. 역사상 제국과 신전 사이의 다툼이 일 때 호천도 남문의 입장은 매우 일관되게 뚜렷했기 때문이다.

그들은 언제나 단호하게 제국의 편에 섰다. 이런 이유에서 서릉 신전의 일부 보수파 장로들은 줄곧 호천도 남문 무리들을 마종의 잔당보다 더 괘씸한 반역자라 여겼다. 또 같은 이유로 대당 제국은 시종일관 호천도 남문에 대한 믿음을 가지고 있었다.

호천도 남문 신관 이청산은 대당 황제로부터 정식으로 대당 제국 국사(國師)로 책봉되었다. 동시에 호천도 남문은 대당 강역 내의 모든 수행자를 관리하는 기구인 천추처(天樞處)에 속해 있었다. 이는 제국과 남문의 진정한 관계를 대변하고 있는 현실.

호천도 남문의 본부 도관은 바로 남문 근처에 있었는데, 장안성의 남문인 주작 남문이 아니라 황성의 남문 밖에 있었다. 흑백으로 이루어진 도관은 무수한 푸른 나무들에 둘러싸여 황성과 서로 마주보고 있었다. 도관은 고요하고 평온했지만 상대적으로 작은 탓에 신성하고 엄숙한 느낌은 별로 없었다.

도관 깊은 곳 별전(別殿) 안, 짙은 무광의 나무 바닥 끝에 두 명의 도인이 앉아 있었다. 그중 한 사람은 짙은 색 도포를 걸치고 허리에 황제가 하사한 밝은 황색 띠를 차고 있었다. 바로 대당 국사 이청산이었다.

맞은편에는 마르고 키가 큰 도인이 더러운 도포를 걸치고 앉아 있었다. 도포에 묻은 기름때가 비열한 느낌을 주는 세모난 눈과 찰떡궁합이었다. 하지만 숭고한 지위의 대당 국사를 마주하고 있으면서도 다리를 꼬고 다른 곳을 바라보는 노인의 눈에서 경외감과 존중의 마음은 찾아볼 수 없었다.

이청산은 탁자 위에 있는 찻잔을 보며 생각에 잠긴 듯 입을 열었다.

"오늘 서원 이층루가 열렸습니다."
"응."

너무 건성인 대답에 이상한 낌새를 눈치챈 이청산이 고개를 들었다. 늙은 도사는 음탕한 눈빛으로 문밖을 지나던 수려한 중년 여성 도인을 바라보고 있었고, 그녀도 수줍은 듯 웃고 있었다.

"사형(師兄), 부도(符道)의 길에 들어가면서 평생 여색을 가까이하지
않겠다고 한 맹세는 어디 간 것입니까? 매일 밤 기방이나
돌아다니며 내보이는 호색한의 모습은 도대체 무엇입니까?"

옹졸해 보이는 늙은 도사는 호천도 남문의 유일한 신부사 안슬 대사.

"사제(師弟), 네 말은 틀렸어. 그때 내가 부도에 들어갈 마음이
급해 그 잘못된 맹세를 했지. 그리고 반평생을 후회했어.
물론 그 맹세를 깨며 여색을 가까이하지는 못하겠지만 최소한
눈짓으로라도 방탕하게 살아야 하지 않겠나?"

이청산은 어쩔 수 없다는 듯 웃음을 날렸다. 그리고 이내 그 웃음을 거두
며 다소 어두운 표정으로 진지하게 말했다.

"융경 황자가 이층루에 들어가면 자연히 서원에서 그를
지켜볼 테니 그에 대한 우리의 영향력도 작아지겠지요?"
"젊은 나이에 재결사의 이인자가 되었으니 신전에 큰 배후가
있겠지. 그러니 우리는 최대한 손을 대지 않는 것이 좋아."

이청산은 굳은 표정으로 안슬 대사를 보며 말했다.

"공손(公孫) 사제는 부적술과 진법을 하나로 합치는 방법을
연구하느라 심혈 소모가 심해져, 이제는 산속에 은둔하며 조용히
수행을 할 수밖에 없는 지경에 이르렀습니다. 그렇다면 남문에는
신부사가 사형 하나만 남은 셈인데…… 마땅한 후계자도 없는
상황에서 후일을 어떻게 대처해야 할지 모르겠습니다."

지명의 경지에 오른 수행의 강자는 대수행자라 불리며, 지명 상(上) 경지에 오른 부사는 신(神)과 가까운 힘을 가진다는 의미에서 신부사라 불린다. 신부사라 하여 다른 대수행자보다 강력하고 신묘한 수단을 가지고 있지는 않지만, 부적술 자체가 수행을 돕기도 한다. 병갑(兵甲)을 강력하게 만들고 진(陳)을 치는 등 군대를 도울 수도 있고, 심지어 구름과 비까지 동원할 수 있었다. 그래서 부적술이 모든 수행의 법문에서 가장 어려운 수행법이었고, 수행자의 이해력과 자질이 매우 중요했다.

이런 것들은 천부적으로 태어난 민감성과 자질에서 판가름 났다. 다시 말해 후천적인 감지로는 이룰 수 없는 수행법. 남진 검성 류백도 부적술을 시도한 적이 있었지만, 그 뛰어난 수행 천재도 부도의 길에서는 한 발짝도 나아가지 못했다.

대당 제국은 천하를 제패했으나 신부사는 열 명을 넘지 못했다. 그 중 대다수는 부적술에 심취하여 속세를 등지고 산에 은거하며 밖으로 나오지 않기에 세상에 돌아다니는 사람은 극히 적었다. 세상에서 가장 많은 수행자를 보유한 서릉 신전도 속세에 있는 신부사는 손에 꼽을 정도였다.

호천도 남문 공봉 안슬 대사가 바로 이런 신부사였다. 그는 자신이 죽고 나면 남문에 신부사가 더 이상 존재하지 않는다는 슬픔에 잠겼다. 그는 탁자 위에 놓은 찻잔을 마치 술잔처럼 단숨에 비웠다.

"서원은 속세에 관여하지 않는다지만 암암리에 세상만사를
  제어해 왔다. 그럴 만한 저력이 있기 때문이지. 내가 아는 것만
  해도 세 놈이 서원에 숨어 있다."
'세 놈'은 당연히 신부사를 가리켰다.
"오늘 서원 이층루 개루식을 주관한 사람도 신부사라던데
  누군지도 파악하지 못했습니다."
"황학(黃鶴)."

안슬은 망설임 없이 말을 이었다.

"서원에 오랜 세월 은거했지만 속세에서 완전히 벗어나지 않은
서원 신부사는 그자밖에 없을 것이야."

이청산이 갑자기 화제를 돌렸다.

"융경 황자가 엊그제 득승거에서 낭패를 당했다고 들었습니다."
"신전은 융경이 연국 황위를 계승하기를 원합니다. 그날
공주 전하께서 연국 태자의 귀국을 배웅하는 자리였는데,
이런 기회를 막리 신관뿐 아니라 융경 자신도 놓칠 리
없었겠지요. 심지어 그날 증정 대학사도 동행했다고 들었습니다.
다만 융경 황자가 자신이 자랑하던 유창한 말솜씨에서 눌려
남에서 놀림을 당할 것이라고는 생각지도 못했을 겁니다."

안슬은 증정 대학사 이야기가 나오자 더욱 주목하며 탄식했다.

"황후와 공주가 이제는 정말 불과 물처럼 대립하는 것인가?
폐하께서 아직 한창인데 벌써 그 의자를 탐내기 시작하다니
너무 이른 것이 아닌가?"
"물과 불 정도는 아닙니다. 흠천감 사건 이후로 황후 마마께서는
계속 침묵하셨는데 공주 전하께서 너무 어려 분수를 지키지
못하실 뿐. 허나 우리 도문과는 전혀 상관없는 일입니다."
"둘 모두 천자의 총애를 받는 몸이지만 황후 뒤에는 친왕도 있고
하후 대장군도 있지. 이어가 아무리 젊고 수완이 좋아도 쉽지는
않을 거야."
"맞습니다. 그날 득승거에서 융경 황자를 제압한 서원 학생도
공주와 친하다고 들었습니다. 하지만 그도 수행을 하지는
못한답니다. 이름은 녕결이라고 하더군요."
'녕결?'
"나도 그 이름은 들었고 심지어 알아보기도 했지. 수행에

자질이 없는 것이 확실하더군. 안 그랬으면 내 후계자로
삼았을 텐데……."

이청산의 표정이 엄중해졌다. 그는 신부사가 후계자를 찾는 것이 얼마나
어려운지 사형의 눈이 얼마나 까다로운지 알았기 때문에 놀랐다. 안슬 대
사는 그의 표정을 힐끔 보고 작은 한숨을 내쉬며 소매에서 말려 있는 종
이 뭉치를 하나 꺼내 탁자에 펼쳐놓았다.

"그가 술에 취에 쓴 글씨인데 엄중한 법도 규칙도 없네.
나뭇가지처럼 제멋대로 뻗은 것처럼 보이네. 하지만 자세히 보면
필의가 넘치고 필획 사이에 그 뜻이 들어가 있다. 심지어 숨결도
발산하고 있어. 글씨는 형체를 갖추었으나 그 뜻은 또 사라져
있지. 이런 필법을 본 적이 있나?"

신부사 안슬은 잠시 침묵한 뒤 다시 입을 열었다.

"하지만 안타깝게도 원기 파동이 전혀 느껴지지 않아."
"대당과 신전 사이에 끼어 있을수록 남문에는 힘이 필요합니다.
이제 저와 사형만 남았습니다. 만약 사형의 말이 사실이라면
녕결이라는 학생이 수행이 가능한지 한 번 더 확인할 필요가
있습니다."

안슬 대사는 푸른 하늘에서 흘러가는 구름을 보며 고개를 저었다.

"확인할 것 없다. 그 녀석은 천부적으로 부적술과 통하지만
확실히 수행의 자질은 없어. 정말 안타깝다네."
"그래도 중요한 일이니 한 번 더 보지요."
"군부가 확인했고 남문의 소여(小呂)도 확인했어. 서원 교관들이
봤고 네 제자도 봤는데, 모두 안 된다 했어."

안슬은 잠시 멈칫한 뒤 다시 말했다.

　"사실은 나도 너무 안타까워 몰래 찾아가 봤는데……
　　결과는 마찬가지였어."

이청산은 한참 동안 침묵을 지키다 소매를 살짝 흔들며 말했다.

　"그래도 마지막으로 한 번 더 봅시다, 사형."

겨드랑이에 황색 종이우산을 낀 젊은 도사가 두 사람 앞으로 다가와 공손히 무릎을 꿇었다. 젊은 도사는 종이우산을 옆에 두고 천추처 문건 하나를 꺼내며 낮은 목소리로 보고했다.

　"작년 여름, 남성 어느 도박장에 수행자가 나타났다는 보고가
　　있었습니다. 조사해 보니 그자의 이름이 녕결이었습니다."

잠시의 침묵.

　'탁!'

안슬은 몇 가닥 없는 턱수염이 날릴 정도로 마치 늙고 미친 맹호처럼 탁자를 세게 치며 꾸짖었다.

　"그날 밤 네가 너에게 알아보라 했을 때 네가 뭐라 보고했었지?"
　"사백(師伯, 스승의 형뻘 되는 인물을 칭하는 말)……."

젊은 도사는 억울한 듯 조용히 대답했다.

　"그날 밤 알아봤을 때에는 녕결의 모든 혈이 통하지 않았고

확실히 수행을 할 수 없는 몸이었습니다."

이청산은 제자를 차갑게 바라보며 물었다.

"그런데 왜 훗날 천추처에서 보고가 들어왔는데도
　사형께 알려드리지 않았나?"
"그 젊은이의 신분이 좀 특이해서……."
"뭐가 특이하다는 건가?"
"그 녕결이라는 자는 어룡방 방주 넷째 제 씨와
　아는 사이인 것 같았습니다."
"그리고?"
"넷째 제 씨는 조소수의 사람입니다."
"그리고?"
"조소수는 폐하의 사람입니다."

젊은 도사는 고개를 들고 최대한 목소리를 낮춰 이야기했다.

"만약 녕결이 폐하께서 몰래 심어둔 인물이라면
　천추처는 침묵해야 합니다."

안슬은 그의 말에 전혀 관심이 없는 듯 그냥 멍하니 탁자 위 문건을 응시
했다. 그러다가 갑자기 주름진 입술을 움직이며 우물쭈물 말했다.

"그놈이 정말 수행을 할 수 있게 되었다고? 어떻게 그럴 수가
　있지? 그놈은 분명 모든 혈이 통하지 않았는데……."

이 말을 하는 안슬 대사의 오른손에 핏줄이 드러나며 미세하게 떨렸다.
이청산은 그 모습을 보며 사형의 감정이 솟구쳐 오르는 것을 알아차렸다.

"사형!"

"응?"

호천도 남문의 거물 두 명의 눈이 서로 마주쳤다. 그리고 동시에 고개를 끄덕였다. 이청산은 최대한 흥분을 자제하며 나지막이 말했다.

"녕결이라는 자가 사형의 후계자가 될 자격이 있다면 그가 공주의 사람이든 폐하의 사람이든…… 반드시 그를 잡아야 합니다."

'펑!'

노필재의 대문이 세차게 부서졌다. 놀라서 밖으로 나온 이웃들은 노필재 앞의 아리들과 관원들을 보며 무의식적으로 침묵을 지켰다. 이청산이 안슬 대사와 함께 노필재로 뛰어 들어갔다. 하지만 그들은 녕결 대신 벽에 걸려 있는 두 폭의 글씨만 볼 수 있었다.

'낙관인 녕결.'

"좋은 글씨야."

안슬은 간결하고 명료하게 자신의 생각을 밝혔다.

"이전에 6할의 확신이 있었다면 지금은 8할이야. 만약 그의 필묵에 대한 탐욕과 갈증을 볼 수 있다면 10할의 확신을 가질 수 있을 거야!"

"어떤 확신 말씀이십니까?"

"그의 글씨에 담긴 갈증만 볼 수 있다면 십 년 후 우리 호천도 남문에 신부사 한 명이 더 나온다는 확신!"

녕결이 없는 것을 알고 노필재를 나오던 안슬은 가게 안에 초라하게 진열된 글씨를 보며 탄식을 했다.

"이런 외진 골목 작은 서화점에 부적술의 천재인 서예 대가가
  숨어 있을 줄을 누가 알았겠나?"

이청산의 얼굴이 다시 심각해졌다. 그리고 몸을 돌려 다시 노필재 벽에
걸려 있는 두 폭의 글씨를 바라보며 저도 모르게 미간을 찌푸렸다.

        ＊＊

황궁의 어서방 문 밖. 이청산과 안슬이 서 있었다. 어린 태감 녹길이 공손
하게 예를 올리며 말을 전했다.

    "국사님, 폐하께서는 대신들과 연국과의 담판에 대해 논의하고
    계십니다. 폐하께서 말씀하시길, 국사님께서 모처럼 글씨를 보고
    싶다 하시면 어서방에 들어가도 좋다 하셨습니다. 다만 서가를
    어지럽히지는 말라고 당부하셨습니다."

이청산은 주저없이 어서방의 문을 열었다.

    '끼익.'

안슬의 늙은 얼굴에 찬탄의 빛이 떠올랐다.

    '피안의 하늘에 꽃이 피다.'

이청산은 그를 보며 진지하게 물었다.

    "사형, 갈증이 보이시나요?"
    "닭백숙첩과 뜻은 완전히 다르지만 같은 사람의 것이 틀림없다.

갈증이라…… 그놈이 이 글씨를 썼을 때…… 8백 년 동안
닭고기를 먹어본 적 없는 여우같은 탐욕이 보이는구나!"

수행을 하던 젊은 도사가 의혹에 찬 눈빛으로 물었다.

"제가 제주 대인의 댁에서 쌍구 모사본을 봤을 때
제주 대인께서는 이 글씨의 기세와 정신이 충만하며 세상에서
보기 드문 걸작이라고 평하셨는데, 어찌하여 사백님은 갈증이
보인다고 평하시는 겁니까?"
"네가 뭘 알아?!"

안슬은 버럭 하며 욕설을 퍼부었다.

"참을 수 없을 정도로 목이 말라야 붓을 쥐고 마음껏 쓸 수
있는 법. 그렇지 않고서 어떻게 기세와 정신이 충만하게 글씨를
쓸 수 있겠느냐?!"

이청산은 안슬의 눈을 보고 나지막이 물었다.

"10할?"
"10할!"

이청산이 소매를 가볍게 흔들고 웃음을 지었다. 어화원(御花園, 황제의 화원
이라는 뜻으로 어서방 앞에 위치함)에서 푸른 잎이 봄바람에 날렸다. 안슬 대사
가 몇 가닥 없는 턱수염을 쓰다듬으며 마음이 취한 듯 웃음을 짓자, 어서
방에서 종이와 붓이 미세하게 흔들렸다.

"그를 찾아라."
"집에 없는데 어디로 갔을까요?"

"서원 학생이니 당연히 서원에 있겠지."

"수행도 못하는데 이층루와……."

"어허, 이제는 수행을 할 수 있다니까 그러네. 그래서 우리가
빨리 찾아야 한다."

"일리가 있는 말씀입니다."

"네가 갈래, 아니면 내가 갈까?'

"국사 신분인 제가 가면 너무 일이 커 보이니, 만일 서원에서
녕결의 재주를 알아차렸다면 오히려 안 좋을 것 같습니다."

"그럼 내가 간다."

이청산과 안슬은 대화를 할수록 즐거워했다. 젊은 도사는 두 어른의 흥분
된 모습에 잠자코 있다가 안슬 대사가 서원으로 간다는 말에 어쩔 수 없
이 어렵게 말을 꺼냈다.

"스승님, 사백님. 녕결이 수행을 할 수 있다면 이층루에 들어갈
시도를 했을 텐데…… 만약 그가 이층루에 들어가기라도
하면……."

이청산과 안슬은 갑자기 표정이 굳었다. 이청산은 제자를 노려보며 꾸짖
었다.

"어리석은 놈! 수행을 할 수 있다 해도 설마 융경 황자를 이길 수
있겠느냐? 이층루는 당연히 들어가지 못할 것이다."

안슬은 감탄했다.

"방금 전까지 서릉의 그놈 때문에 골치가 아팠는데 그놈이 녕결이
이층루에 들어가는 것을 막아주는 꼴이 되었으니 오히려
고마워해야 할 판이네."

이청산은 황색 허리띠에서 요패를 하나 꺼내 안슬에게 건네며 말했다.

> "서원의 그 늙은이들에게는 들키지 마십시오.
> 그리고 혹시 서원 외에 누가 감히 사형을 막아서면 이 요패로
> 바로 혼쭐을 내주십시오. 호천도 남문의 이름으로!"
> "어떻게 혼내주지?"
> "사형 마음 가시는 대로."
> "막리와 융경까지?"
> "당연하죠."

젊은 도사는 쓴웃음을 지으며 다시 용기를 내어 끼어들었다.

> "스승님, 사백님. 그 두 분은 서릉 신전에서 파견한 사람들입니다.
> 남문이 협조하지 않는 것까지는 괜찮겠지만, 그들과 대립하는
> 모양새는 말이 안 될 것 같습니다."
> "왜 말이 안 돼?"

안슬은 그를 한번 매섭게 노려보더니 낡고 냄새나는 도포를 흔들며 호되게 꾸짖었다.

> "내가 80년 만에 겨우 후계자를 찾았는데, 누가 감히 날 막아!"
> "사형, 이번에 가서 꼭 데려오셔야 합니다. 호천도 남문의 희망이
> 바로 눈앞에 있습니다. 그래도 누가 막으려 하면……
> 그냥 죽이세요!"

★★

그 시각 어서방 밖. 태감 녹길은 귀를 쫑긋 세우고 도사들의 격앙된 대화를 계속 훔쳐 듣고 있었다. 그는 어서방의 굳게 닫힌 문과 황제가 있는 의정전을 번갈아 보며 생각했다.

'그놈의 정체가 곧 드러난다. 기회다. 서 부통령이나 나에게
마지막 기회야!'

생각이 정해지니 무엇을 신경 쓰겠는가. 그는 재빨리 의정전을 향해 달렸다.

'국사님보다 내가 먼저 폐하께 알려드려야 해. 그런데 폐하께
어떻게 아뢰어야 내 죄를 벗어날 수 있지…… ?'
"폐하, 경하드리옵니다!"
"글씨의 주인을 드디어 찾았습니다!"
"그의 이름은…… 녕결이라 합니다!"

★★

녕결은 자신이 호천도 남문의 유일한 희망이 된 사실도 자신이 어서방에서 쓴 글씨가 곧 바다 밖으로 뛰쳐나와 꽃을 피우려 하는 것도 알지 못했다. 그는 여전히 힘겹게 서원 뒷산을 오르고 있었다.

'이런 망할 놈의 산길은 어찌 점점 더 어려워지는 거야?
저 앞의 나무다리 끝에 서 있는 사람들은 또 누구지?'

다른 끝에 서 있는 몇 명의 얼굴에 피곤한 기색이 가득했다. 그중 한 명은 마치 끝이 없을 것 같은 산길을 망연자실한 얼굴로 바라보다 결국 땅바닥

에 주저앉았다. 그 창백한 얼굴에 절망감이 차올라 있었다. 그는 바로 사승운이었다.

산길 양쪽 절벽에 새겨진 석각 부적은 가상의 자연을 만들어 녕결의 몸과 정신에 큰 손상을 입혔다. 더구나 그가 저항할수록 위력이 더해지는 부적. 그는 아직 쓰러지지 않았지만 그의 몸은 이미 극도로 쇠약해져 있었다. 하지만 작은 다리에 들어서자 곳곳에서 존재하던 압박감이 순식간에 사라졌다.

'첫 관문을 통과한 건가?'

그는 고개를 들어 다리 끝을 보았다. 두 명의 젊은 수행자와 사승운. 그들의 얼굴은 어둡고 절망적이었고 녕결의 인기척에 고개를 들지도 않았다. 마치 그들에게 이 세상은 더 이상 아무런 의미가 없다는 듯.

"포기해야 할 것을 포기하는 것은 부끄러운 일이 아니야."

녕결은 이 한 마디를 던져 놓은 채 발걸음을 멈추지 않고 그들을 지나쳤다. 사승운의 시선이 그의 뒷모습을 바라봤고 눈가에 옅은 망연자실함이 스쳐갔다. 낯익은 뒷모습이었지만 단지 어떤 일들은 도무지 이해할 수 없다고 생각했다.

굽이진 산길은 끝이 보이지 않았다. 여러 개의 호수와 꽃밭을 지났다. 약간 가파른 암벽을 넘으니 비스듬히 올라가던 산길이 갑자기 아래로 기울어졌다. 또 몇 개의 꽃밭을 지나고 또 여러 개의 호수를 지나고 또 굽이진 산길을 지났다. 그리고 녕결이 고개를 들자 눈앞에 나무다리와 그 다리 끝에 있는 나무, 그리고 그 세 명의 의기소침한 젊은 수행자들이 있었다. 구불구불한 산길을 따라 분명히 위로 올라갔는데 결국 제자리로 돌아왔다.

다리 끝 숲에는 찬바람이 불기 시작했고 황혼이 지며 음산한 냄새가 났다. 하지만 녕결은 놀라거나 두려워하는 기색이 없었다. 그는 그저 말없이 눈을 감았다.

'다리 뒤편 산길이 왜 사람을 제자리로 돌아오게 하는가?'

녕결은 눈을 감은 채 소매 밖으로 손을 내밀고 바람의 기운을 느껴 보았다. 젊은 수행자 둘의 얼굴에 동정과 함께 조롱의 기색이 내비쳤다. 하지만 사승운의 얼굴에는 동정이나 비아냥거림이 없었고 그저 놀라움만 있었다.

학기 시험 이후로 그에게 녕결은 잊힌 존재. 서원 이층루 시험에서도 그의 목표는 융경 황자였다. 그는 자신이 이미 녕결은 이겼다고 생각했기에 더 관심을 쏟을 필요가 없다고 생각했다.

'설마 나는 그를 이긴 적이 없었던 건가?'

사승운은 눈을 감은 채 생각에 잠겨 있는 녕결을 보며 나무를 짚고 간신히 일어나 나지막이 말했다.

"산길은 가짜야. 원기는 자연스럽게 흐르고 있어서 진짜처럼
보이지만 통로를 찾을 수가 없어. 지나가지 못할 거야."

녕결은 고개를 돌리지도 말을 하지도 않고 앞에 뻗어 있는 산길만 바라봤다. 일 년 동안 구서루에서 수행 서적을 본 녕결. 시야로 따지면 사승운을 비롯한 어떤 이들과도 비교가 안 될 정도로 넓었다.

그는 첫 바퀴에서 이 산길에 진법(陣法)이 깔려 있다는 것을 알아차렸다. 그리고 그 진법이 암석과 절벽에 밀접하게 결합되어 있고 자연과 조화를 이루고 있어 강할 뿐이라고 생각했다. 진법은 부적술과 마찬가지로 수행 세계에서도 가장 복잡한 법술. 그저 책 몇 권 읽은 녕결이 진법을 깨뜨리는 것은 불가능에 가까웠다.

녕결은 말없이 뻗은 두 손을 가슴 앞으로 모아 손끝을 서로 닿게

만들었다. 그리고 염력을 설산기해를 통해 내보내고 산길 주위의 천지 원기 파동을 감지하며 천천히 발걸음을 내디뎠다.

얼마나 지났을까.

다시 눈앞에 나무다리, 나무 한 그루, 절망에 빠진 수행자 셋이 보였다. 녕결은 아무런 표정 없이 다리 끝에 이르러서 사방을 살피며 굽이진 산길을 멍하게 바라봤다. 그가 염력을 내보내며 산길을 걸은 가장 큰 목적은 천지 원기의 파동을 감지하여 진법의 통로를 찾으려는 데 있었다.

그는 진법이 매우 신기하게 펼쳐져 있음을 알 수 있었다. 만약 누군가 염력으로 천지 원기를 제어해 진법의 통로를 감지하려고 하면, 그에 의해 동원된 진기가 진법에 닿으며 미세한 변화가 일어났다. 이 미세한 변화가 마치 절벽과 같았다. 더 신기한 것은 염력이 강할수록 천지 원기가 풍부할수록, 일단 진법을 건드리면 원기가 일으키는 파동이 더 커져서 방금 감지한 통로를 파괴해 버렸다.

다시 말해 염력이 강할수록 제어할 수 있는 천지 원기가 풍부할수록 진법 속에 숨어 있는 통로를 발견하기 쉬웠다. 하지만 발견과 동시에 진법이 더 빠르게 바뀌며 진실의 통로를 다시 감춘다.

그렇다면 어떻게 해야 진법이 펼쳐진 산길을 통과할 수 있을까. 오직 세 가지 방법이 있었다. 첫째, 몸이 충분히 빨라야 한다. 통로를 발견하자마자 진법이 바뀌기 전에 날아가듯 통과한다. 둘째, 수행 경지가 충분히 높아야 한다. 천지 원기를 움직여 감지할 필요가 없고, 단지 본인의 염력만으로 진법을 간파해 원기의 흐름을 보고 통로를 찾아낸다. 마지막 셋째, 염력이 충분히 강해야 한다. 천지 원기를 충분히 제어해 통로를 정확히 찾아내는 동시에, 풍부한 원기가 진법으로 하여금 감지되어 변화를 일으키지 않게 만들 정도의 풍부하고도 부드러운 염력이 있어야 한다.

충분히 빠른 수행자는 분명히 있다. 예를 들면 전설 속 무거의 경지에 오른 성인(聖人)들. 하지만 녕결이 그런 사람일 리 없었다. 경지가 높아 염력만으로 진법을 간파할 수 있는 수행자도 분명히 있다. 예를 들어 이미 안개 속으로 들어간 융경 황자. 하지만 녕결이 그럴 리는 만무했다.

녕결에게 그리고 다리 끝에 있는 몇 명의 수행자들에게 사실상 남아 있는 선택지는 세 번째 방법. 하지만 자세히 뜯어보면 이 세 번째 방법은 모순 같다. 경지가 충분히 높지 않은 이들은 맹인과 같다. 그리고 진법을 이루고 있는 원기 파동은 매우 부드러운 액체로 만들어진 미로와 같다. 맹인은 손으로 미끈미끈한 벽을 만질 수밖에 없다. 또 매우 자세히 만져야 통로를 찾을 수 있다. 그런데 동시에 그 벽에 약간의 변형도 주어서는 안 된다.

　'세상에서 가장 부드러운 손을 가진 맹인?'

부드러운 손으로 숲의 바람을 잡지만 바람이 알아채서는 안 되고, 잠든 여인의 옷을 벗겨도 여자가 깨서는 안 되고, 먹물에 스쳐도 먹물을 묻히면 안 된다?
　수행자에게 '부드러운 손'은 염력으로 제어하는 천지 원기. 그들이 제어하는 천지 원기가 충분히 풍부하지만 동시에 충분히 부드러워야 한다. 부드럽게 바늘을 제어해 수를 놓고 수놓은 꽃에 꿀벌이 달라붙고 꿀벌이 수놓는 바늘 끝에서 춤을 출 수 있어야만 최소한 시도는 할 수 있을 터. 명상으로 강한 염력을 길러내 더 많은 천지 원기를 제어하게 되었는데 이 모든 고생을 헛되게 만들며 다시 천지 원기를 미약하고 부드럽게 만들어 수놓는 솜씨를 연마한다?

　'진법을 펼친 사람은 틀림없이 변태 늙은이일 거야.'

녕결은 자신의 판단에 확신을 가지고 손을 품속으로 넣어 아주 얇은 그리고 조금은 차가운 물건을 만지작거리며 묵묵히 생각했다.

　'하지만 나도 만만치 않은 변태지.'

오랜 명상을 통해 강한 염력을 가지게 된 수행자가 자신이 움직일 수 있는 천지 원기를 약하고 부드럽게 만들 리 없다. 녕결 또한 그렇게 하지 않을 것이다.

하지만 그는 다른 수행자들과 달리 처음부터 수행을 할 수 있었던 것이 아니었고, 역천개명을 했다지만 결국 기해설산 열일곱 개 중 열 개만 뚫렸다. 그래서 그가 감지할 수 있는 천지의 원기는 극히 적었다.

적기 때문에 부드럽다. 천지 원기를 조절하여 수를 놓는 것 같은 이상하고 재미없는 행동은 사실 녕결이 반년 동안 노필재에서 밤마다 한 일이었다. 그가 동원할 수 있는 천지 원기가 너무 적었고 그 적은 원기를 실전에 적용하기 어렵다는 것을 알고 더 꼼꼼하게 세밀하게 조종하고 싶었다. 나뭇잎을 제어하고, 대야의 물을 제어하고, 촛불을 제어하고, 필묵을 제어하고, 벼루를 제어하고, 변기를 제어하고, 도박장 주사위를 제어하고…… 모든 사물을 제어하려 노력했다.

불혹의 경지, 아직 본명물을 찾지도 못한 그는 여전히 검사(劍師)처럼 비검을 날려 사람을 죽이지 못했다. 하지만 노필재 정원 나무 아래 낙엽을 쌓아 작은 산을 만들 수 있었고, 붓을 종이 위로 올려 처음 공부하는 아이처럼 서툰 글씨를 쓰게 할 수 있었다. 녕결은 마치 민산에서 처음 짐승 사냥을 배우듯 묵묵히 수행했다. 수만 번 칼을 휘두르듯 천지 원기를 통제하려고 노력했다. 정원에 가득한 낙엽, 바닥에 엎어진 발 씻은 물, 책상과 벽에 쏟아진 먹물, 변기가 넘치며 역류한 악취, 그리고 이 모든 사태를 수습하느라 흘린 상상의 땀이 그 증거였다.

이런 수행 방법은 매우 힘들었다. 고행이라는 것이 바로 이런 것을 가리키는 것이었다. 이런 방법은 서툴렀지만 근면은 서투름을 보충한다는 것이 바로 이런 것이었다. 이런 방법은 변태적이었다. 그래서 보통 사람은 해내지도 못하고 심지어 생각해내지도 못한다.

그래서 하늘도 감동하는 것이다.

＊＊

사승운은 녕결을 보며 씁쓸하게 말했다.

> "녕결, 네가 왜 실력을 숨겼는지 모르겠지만 보니까 너도 나처럼
> 불혹의 경지일 뿐이야. 동현의 경지여야만 천지 원기 파동의
> 법칙을 파악할 수 있다."
> "홍수초 간 대가께서 서원은 기적을 이루는 곳이라 말씀하셨지."
> '휘리릭.'

녕결은 품에서 얇은 은박지를 꺼내 무수한 조각으로 찢어 산길에 흩뿌렸
다. 산바람이 나무다리 밑 계곡에서 불어와 산길 사이로 지나가자 마치
무게가 없는 듯한 은박 조각들이 사방으로 흩날렸다. 수없이 많은 은빛
나뭇잎처럼 흩날리다 소리 없이 산길에 내려앉았다. 녕결은 그 은빛을 집
중하여 바라보았다. 마치 모든 은빛을 머릿속 기억에 심어 은빛 길을 만
들고자 하는 듯이.

> "내가 살아남은 것 자체가 기적이니까, 내가 살아가는 모든 날을
> 기적으로 만들 거야."

이 말과 함께 머릿속에 선명하게 남은 은빛 큰길을 떠올리며 힘차게 걸음
을 옮겼다. 하지만 처음에 의기양양하던 모습이 갑자기 둔해지더니 이내
동작마저 기괴해졌다. 녕결은 몸을 숙인 채 느릿느릿 나무를 짚고 쪼그려
앉더니 다시 조심스럽게 앞으로 두 걸음 옮겼다. 그리고 오른손을 절벽에
붙인 후 몸을 뒤로 간신히 돌려 한 걸음 더 나아갔다.

　　　　★★

서원 아래에 있던 사람들이 기울어진 산길을 바라보다 누군가 깜짝 놀라
소리쳤다.

　　"보인다! 넝결이다!"

또 다른 이가 비아냥거렸다.

　　"저게 뭐 하는 짓이야? 다리를 들었다가 바닥에 엎드렸다가……
　　개구멍이라도 파고 들어가는 건가?"

종대준이 맞장구쳤다.

　　"개구멍을 파고 도망가는 일은 확실히 그놈이 잘하지."

넝결이 이렇게 오래 버틴 것 자체가 예상을 완전히 뛰어넘는 일이었다.
서원 동창들은 감탄과 부러움 그리고 질투심 등 복잡한 감정에 휩싸였다.
넝결처럼 군부 추천으로 들어온 상정명이 지난해 넝결과 나눈 대화를 떠
올리며 중얼거렸다.

　　"얼마나 더 버틸 수 있을지 모르겠네."

종대준은 부채를 탁 치며 사납게 대꾸했다.

　　"그냥 무모한 놈일 뿐이야."

사도의란은 참지 못하고 동창들을 싸늘하게 바라보며 말했다.

"그는 이미 술과 학생 여섯을 모두 추월했어. 이제 녕결이
  당당하게 우리들 중 최고가 되었는데 아직도 인정하지
  않는 거야?"

아무도 그녀의 말에 대꾸하지 못했다.

  ★★

굽이진 산길에서 녕결은 염력을 몸 밖으로 내보냈다. 희박한 천지 원기를
동원해 산길 위에 흩어진 은박 조각을 감지하고 무게가 없는 듯한 은박
조각을 빌려 가장 부드럽게 진법의 통로를 찾았다. 아직 그의 본명물은
확정되지 않았지만 이 세상에서 상상을 제외하고 그의 염력과 가장 잘 공
감할 수 있는 것은 의심할 여지없이 은(銀)이었다.

      은박의 도움을 받아 우둔하고 또 한편으로 우스꽝스러울 정도로
쪼그려 앉아 산길을 올랐다. 하지만 적어도 이번에는 그 산길이 그를 다
시 제자리로 돌려보내지는 않았다. 사승운은 더욱 망연자실한 표정으로
산길을 바라봤다. 또 한 번 그가 아무리 이해하려 해도 알 수 없는 일이
벌어지고 있었다. 그는 가슴을 움켜쥔 채 산길 끝의 녕결의 뒷모습을 바
라보며 달갑지 않게 외쳤다.

  "녕결! 그래도 융경 황자를 추월하지는 못할 거다. 그는
    안개 속으로 들어간 지 이미 오래야!"

이 소리와 함께 녕결의 그림자가 산길 모퉁이에서 사라졌다. 사승운은 여
전히 멍하니 그곳을 바라보았다. 그리고 길모퉁이에서 난 소리를 들었다.

  "적어도 나는 널 추월했어!"
  "푸!"

사승운은 가슴을 움켜쥐고 나무 밑에 주저앉아 결국 피를 토했다.

★★

운무로 가려진 산 정상의 어느 깊은 곳.

"둘째 사형, 녕결이 안개 속으로 들어갔어요."
"사립문은 지나갔어?"
"아니요."
"사립문 위의 글자는 그에게 쉽지 않을 거야. 동현 상(上)의 경지가
 아니면 그 글자를 기억하지 못해. 그 일은 운을 바랄 수도 없지."
"구서루에서 일 년 동안 책을 읽기도 했잖아요?"
"돌에 새겨진 글자는 종이에 쓰인 붓글씨보다 더욱 깊이가 있고
 한 층 깊어질수록 한 층의 세계가 더 많아지는 셈이지. 그가 설령
 그만의 독창적인 방법으로 책의 글자를 기억했다 하더라도,
 돌에 새겨진 글자를 기억할 수는 없을 것이다."
"아…… 둘째 사형, 사립문에 혹시…… 뒷문이 있나요?"
"피피!"
"죄송합니다……."
"융경 황자는 안개 속 계단을 얼마나 올라왔지?"
"이미 4102개의 돌계단을 올랐어요."
"한 번도 안 쉬었나?"
"네."
"벌써 열두 살까지 올라왔다니…… 서릉의 늙은이들에게 역시
 비법이 있었군."

　　　　★★

녕결은 굽이진 산길을 지나 마침내 발아래에서 가장 멀리 날아간 얇은 은
박 조각을 주었다. 고개를 들어보니 앞에 펼쳐진 또 다른 산길은 산허리
에 자욱한 운무에 둘러싸여 그 끝이 보이지 않았다.

　　운무 앞에 사립문이 하나 있었다. 사립문 위 나무로 된 현판에 세
글자가 쓰여 있었다.

　　"군자불(君子不)……."

녕결은 불(不)자 뒤의 여백을 보고, 또 현판 밑에 놓인 분필을 보며 마지막
한 글자를 채우라는 뜻을 단번에 깨달았다.

　　'네 번째 글자는 뭐지?'

주위를 살펴보니 멀지 않은 길가에 큰 돌 하나가 보였다. 돌 위에 깊이 새
겨진 글자 네 개가 보였다.

　　'군자불기(君子不器, 군자는 도의 형태를 따지지 않는다).'
　　"이렇게 쉽다고?"

그는 고개를 갸웃하며 재빨리 사립문으로 향했다. 하지만 분필을 들고 네
번째 글자를 채우려는 순간 머릿속이 하얗게 변했다. 붓을 드니 글을 잊
었다. 분필을 쥔 손가락이 멈칫 했다. 다시 글자가 새겨진 돌로 돌아가 그
글자들을 유심히 바라보았다. 이 사립문이 무엇을 검증하려 하는지 단번
에 짐작했다. 이 세상에서 이런 상황에 그보다 더 익숙한 사람은 없을 것
이다.

　　"나의 위대한 영자필법을 보여주리라."

녕결은 길가에서 마른 나뭇가지를 주워 기(羈)자 필획을 따라 늘어놓고 천천히 눈을 감고 무표정한 얼굴로 머릿속에서 글자를 분해하기 시작했다. 갑자기 그가 눈을 떴다.

　　"너 정말 백치구나……."

조소를 띠고 말을 뱉은 후 그는 돌을 향해 손을 뻗었다.

　　★ ★

또 다시 운무로 가려진 산 정상의 어느 깊은 곳.

　　"둘째 사형, 녕결이 사립문을 통과했어요."
　　"허튼 소리! 설마 그 백치 같은 영자필법으로 사립문을 열었다고?"
　　"그는 그 방법이 안 통한다는 것을 알았어요."
　　"그럼 그 글자를 어떻게 외웠다는 거야?"
　　"그는 외우지 않았어요."
　　"뭐라고?"
　　"그는 그 돌을 파서 옮기려 했어요."
　　"진짜 백치 같은 놈이네. 그 돌은 산과 한 몸이라 파내지
　　　못 했을 텐데?"
　　"파낼 수 없다는 것을 발견하고…… 돌에 손바닥을 대고 글자를
　　　손바닥에 찍었어요."
　　"뭐라고?"
　　"그리고 사립문으로 가서 손바닥의 글자 자국을 보고 그대로
　　　베꼈어요."
　　"……."

안개로 둘러싸인 산 정상에 침묵이 흘렀고 잠시 후 어떤 이의 감탄 소리가 그 침묵을 깼다.

　　"와…… 그 방법은 참…… 독특하네요."
　　"둘째 사형도 그때 산길을 걸을 때 그런 방법을 쓰셨어요?"
　　"뭐가 독특해? 교활한 거지! 그리고 내가 그렇게 뻔뻔해 보이나?"
　　"녕결이 서원 역사상 처음으로 그런 방법으로 사립문을 연
　　　사람 아닌가요?"

둘째 사형은 잠시 침묵하다 나지막이 대답했다.

　　"아니다."
　　"그럼 누가 또 그런 방법을?"
　　"대사형."
　　"네?"
　　"대사형은 열세 살에 깨달음을 얻고 서른 살에 불혹에 들어갔고
　　　그 뒤 바로 하루 만에 동현과 지명 두 경지를 돌파했지.
　　　하지만 불혹에 들어가기 전 17년 동안 경지가 낮아 그 사립문을
　　　열지 못했다. 그 17년 동안 대사형은 산을 오르내릴 때마다
　　　그 방법으로 사립문을 열었다."

　　★ ★

녕결은 왼손을 펴서 손바닥에 찍힌 붉은 자국을 보며 사립문 현판에 마지막 글자를 한 치의 소홀함도 없이 쓰기 시작했다. 비록 돌에 새겨진 글씨가 손바닥에 찍히며 좌우가 뒤집혔지만 서예에 정통한 그에게는 문제가 되지 않았다.

　　기(器). 글자의 마지막 필획이 그어지자, '군자불기' 네 글자가 쓰

여진 현판에서 한 줄기 푸른 연기가 피어올랐다.

'피식.'

다시 마지막 기(噐)자가 사라졌다.

'끼익.'

동시에 사립문이 천천히 열렸다. 문 뒤편의 산길은 이전보다 훨씬 가파르게 보였다. 모두 돌계단으로 이루어져 있었는데, 산 정상까지 돌계단이 얼마나 있는지 짐작할 수조차 없었다. 넝결은 문턱을 넘기 전에 호기심에 글자가 새겨진 그 돌을 힐끔 봤는데 역시나 그 글자는 변해 있었다.

군자불혹(君子不惑, 군자는 의혹이 없다).

"융경 황자가 본 네 글자는 무엇이었을까?"

그는 호기심을 품으며 사립문을 지나 산허리의 짙은 안개 속으로 사라졌다.

**

서원 아래에서는 새소리도 사람 소리도 들리지 않았다. 이때 서원 학생 하나가 창백한 얼굴로 산을 바라보며 혼잣말처럼 중얼거렸다.

"운이야, 운이라고……."

종대준은 부채 자루를 꽉 쥐며 쉰 목소리로 약간 넋을 잃은 채 말했다.

"이놈이…… 도대체 뭘 얼마나 숨기고 있는 건지……

참으로 음흉해."

이전과 달리 그에게 신경을 기울이는 사람은 아무도 없었다. 그저 모든 사람들의 시선이 이 산에서 운무로 둘러싸인 저 산으로 움직였다. '그 학생'은 운무에 가려 더 이상 모습을 보이지 않았지만 아무도 그 시선을 거두지 않았다. 안개 속으로 들어간 두 번째 사람. 심지어 어떤 사람들은 그놈이 융경 황자보다 먼저 정상에 오를 수도 있지 않을까 하는 조심스러운 추측을 하기 시작했다.

2

은자와 요패

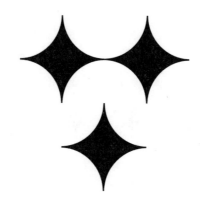

1

녕결의 선택

2

'다그닥 다그닥 다그닥.'

산허리 운무 속으로 들어서자 뒤편에서 비 오듯 다급한 말발굽 소리가 들려왔다. 그동안 마음속 깊은 곳에 숨겨왔던 두려운 기억들이 이 익숙한 말발굽 소리와 함께 다시 살아나 걷잡을 수 없이 범람하기 시작했다. 기억들은 순식간에 그의 온몸으로 번지며 그의 몸을 경직시켰다.

녕결은 이를 악물고 공포에서 벗어나려 몸부림치며 몸을 돌려 그 소리가 나는 곳을 바라보았다. 짙은 황혼 속에 있어야 할 산길, 산허리를 감싸던 운무는 어디로 갔는지 알 수 없었다. 대신 웅장한 성 하나가 우뚝 서 있고 거대한 그림자 하나가 북쪽으로 향하는 관도를 끊고 있었다.

관도에서 검은 갑옷을 입은 기병 수십 명이 달려오고 천둥 같은 말발굽 소리가 만들어내는 진동에 행인들이 재빨리 피했다. 녕결은 차를 마시는 탁자 뒤에 숨어 망연자실한 눈빛으로 기병들을 바라보았다.

문득 자신이 그 기병들보다 또 길 위의 행인들보다 훨씬 왜소하다는 것을 깨달았다. 고개를 숙여 발을 보니 작은 신 하나가 그의 작아진 발을 감싸고 있었다. 왼발은 언제 돌에 찔렸는지 피가 흐르고 있었다.

그는 장안성을 떠나 망연자실한 눈빛으로 행인들을 따라 북쪽으로 향했다. 호기심이 많은 이들의 질문을 몇 차례 받은 후 위험을 직감하고 밤의 어둠을 틈타 사람들과 몰래 빠져나가는 것이었다.

다행히 아직 들짐승을 마주치지 않았다. 길가에 떨어진 열매로 허기는 채웠다. 늘 굶주림에 시달리고, 노랗게 뜬 얼굴로 숲을 빠져나오니 하북도에 거의 다다른 것 같았다. 이제는 신분을 들킬 걱정은 안 해도 되었다. 왜냐하면 길 양쪽이 온통 굶주림에 시달려 얼굴이 누렇게 뜬 아이들로 가득 차 있었기 때문에.

황원에 큰 가뭄이 들고, 하북도에도 큰 가뭄이 들고 대당 제국은 천계 원년에 보기 드문 천재지변을 맞이했다. 새 황제가 즉위한 후 맞는 첫 번째 시련. 장안으로 급히 돌아온 황제는 이재민 구제 정책을 내놓았다.

황원의 유목민은 이미 하북도로 왔고 하북도의 이재민은 남쪽으로 이동했다. 운 좋게 먼저 이동한 이들은 조정의 구제를 받았지만 아직도 하북도와 민산 주변에 머무는 이들은 더 가혹한 시련에 직면해 있었다.

관도 주변. 제국 관원들과 아리들이 이재민의 수를 점검하고 죽과 음식을 나누어주고 있었다. 이재민의 수는 갈수록 늘어나고 더 많은 이들이 남으로 이동했다.

북쪽은 인간 세상의 명계(冥界), 공포 그 자체였다. 모두가 남으로 향할 때 녕결은 계속 북으로 향했다. 하북도에 진입해 민산 자락을 힘겹게 걸었다. 간혹 도적떼를 만나 풀숲에 몸을 숨기고 또 그 풀숲에서 수많은 시체들을 보았다.

굶주린 사람들에 의해 나무껍질이 다 벗겨진 숲. 그는 뼈만 앙상한 굶주린 사람들에게 둘러싸였다. 복장으로 보아 그들은 연국 북쪽에서 온 이들. 연국 황실은 구제할 여력이 없으니 굶주린 백성들은 자연스럽게 대당으로 넘어온다.

"아쉽게도 어린아이네. 몸에 살점이 별로 없어."

굶주린 사람들이 온몸에 흙이 묻은 남자아이를 보고 아쉬워했다. 우두머리로 보이는 남자는 마치 늑대와 같아 보였다. 매우 마르고 털가죽이 심하게 벗겨져 있는 늑대.

"우리 힘도 다 빠졌으니 너 스스로 옷을 벗고 솥으로 들어가라."

굶주린 늑대 같은 우두머리는 살 몇 점이라도 먹으려는 눈치였다. 남자아이를 둘러싼 굶주린 사람들 일고여덟이 천천히 고개를 끄덕였다. 녕결은 그들을 노려보며 말했다.

"너희는 힘이 없지만 난 아직 힘이 있다."

우두머리는 마른 나뭇가지 같은 손가락을 내밀어 그를 가리켰다.

"아직 힘이 있으면 왜 도망을 안 가?"

녕결은 등에 멘 장작칼을 꺼내 우두머리의 코를 베기 위해 내질렀다. 길에서 주워먹은 열매, 들풀, 그리고 좋은 사람이 준 쌀 한 움큼으로 모은 모든 힘을 다 쏟았다. 그는 나이가 너무 어리고 몸통이 너무 작고 힘이 너무 약해 높이 뛸 수가 없었다. 하지만 둘러싼 사람들도 너무 오래 굶주려 피할 힘이 없었다.

'슥!'

칼이 빗나갔다. 코를 베려던 칼이 눈을 찔렀다. 살점이 없어 뼈가 드러나 있어 상대방의 눈가는 또렷하게 보였다. 장작칼이 박혀 들어가는 것도 박히는 소리도 뚜렷했다. 녹슨 장작칼이 우두머리의 눈동자를 뚫고 뇌 속으로 파고들었다.

우두머리는 앓는 소리도 내지 못하고 나무토막처럼 뻣뻣하게 쓰러졌다. 녕결은 헐떡이며 다가가 작은 발로 그의 목을 밟아 장작칼을 뽑아냈다. 그 동작에 따라 푸르고 노란 액체가 공중으로 솟구쳤지만 왠지 피가 아닌 것 같았다.

"사람을 먹고 싶으면 너희들 자신을 먹어!
난 너희들에게 먹히지 않아!"

* *

'까악 까악!'

기괴한 새의 울음소리에 정신이 번쩍 들었다. 산 중턱을 감싼 안개가 갈수록 짙어졌다. 바깥 세상의 마지막 황혼도 삼켜 버렸다. 녕결은 여전히 비탈진 돌계단을 오르고 있고 한 계단을 오를 때마다 몸이 점점 굳어지는 듯했다.

안개 속에 들어온 지 오래.

천 개가 넘는 계단을 올랐지만 정상까지 얼마나 더 남았는지 짐작할 길이 없었다. 누군가 그를 가까이서 봤다면 초점이 맞지 않는 공허한 눈빛을 볼 수 있었을 것이다. 그 시선은 발아래가 아닌 더 먼 곳을 바라보고 있었다. 어떤 장면, 아주 오래 전의 어떤 시간을 바라보는 것 같았다.

* *

북쪽으로 민산을 따라 하북도 깊숙이 들어갔다. 십실구공(十室九空, 열 집 중 아홉 집이 비었다는 뜻으로, 전쟁이나 병 따위의 재난으로 죽어 없어진 사람이 많음)의 들판은 연국에서 몰려온 굶주린 백성들에게 완전히 점령당했다. 서로 먹고 먹히던 굶주린 백성들은 대부분 길가의 차가운 시체가 되거나 민산 들짐승의 먹잇감으로 변해 있었다.

'뚝, 뚝, 뚝뚝…….'

오랫동안 오지 않던 비. 초가집에서 몇 사람이 기어 나와 호천의 동정에 필사적으로 머리를 조아리며 감사를 표했다. 하지만 더 많은 사람들은 이미 감사를 표할 힘이 없을 정도로 굶주렸다.

수많은 이재민이 위험을 무릅쓰고 민산에 들어갔다. 산속에는 사나운 들짐승이 많지만 배를 채울 먹이도 많았다. 하지만 녕결은 산에 들어가지 않았다. 왜냐하면 자신이 아직 너무 약하다는 것을 잘 알고 있었기 때문이다.

몰래 숨겨둔 육포를 꺼내 몇 줄 뜯은 후, 머리를 들어 빗물을 몇 모금 먹고 뱃속으로 밀어 넣었다. 며칠 동안의 고생이 장군 집안 사내아이의 하얗던 피부를 더럽고 말라비틀어지게 만들었다. 입술은 이미 다 부르터 육포를 씹을 때마다 피가 배어나왔다.

비가 잦아들었다. 녕결은 등에 멘 장작칼을 점검했다. 옆에 있는 나무 막대 하나를 주워 북쪽으로 이동했다. 비가 내리면 생명이 살아나는 법. 조금이라도 건강해진 어른 사내가 언제라도 그의 적수가 될 수 있다는 생각뿐이었다.

길 양쪽에 시체가 쌓여 있었다. 비쩍 말라 버린 시체들은 이미 부패되어 빗물과 섞여 지독한 악취를 풍겼다. 뼈만 앙상한 들개 몇 마리가 시체 더미 옆에서 시체를 뜯고 있었다. 녕결의 발자국 소리에 들개 몇 마리가 동작을 멈추었다. 경계심 가득한 눈빛으로 사내아이를 노려보며 으르렁거렸다.

녕결은 손에 들고 있던 나무막대를 바닥에 세차게 내리친 후, 등 뒤 장작칼을 꺼내들었다. 약간 붓고 피가 배어 있는 이를 드러내며 들개를 향해 크게 소리쳤다. 이 어린 남자 아이의 몸에서 피비린내를 맡아서일까. 다가오던 들개가 뒷걸음질 치고 시체를 뜯고 있던 몇 마리도 시체 더미에서 떨어져 사방으로 흩어졌다. 집을 지켜야 할 집개가 썩은 시체를 뜯는 들개가 되었다.

녕결은 이 모습이 너무 익숙해 아무 느낌이 없었다. 하지만 빨리 떠나야 한다는 생각이 더욱 강해졌다. 들개들과 이렇게 싸우다간 자신도 언젠간 부패한 시체 더미에 파묻히게 될지도 모르는 일이었다.

"으……웅……."

아주 약한 소리. 그는 빗물에 잠긴 시체 더미를 돌아봤지만 별다른 움직임이 느껴지지 않았다. 그는 다시 발걸음을 돌렸다.

"응…… 응애……."

이번에는 그 소리가 또렷하게 들렸다. 울음소리.

　　그는 비에 젖은 부패한 시체 더미로 돌아와 들개들을 쫓은 후, 장작칼로 시체의 허벅지를 하나 잘라 빗물이 고인 풀밭에 던졌다. 들개들은 재빨리 그곳으로 달려가 허벅지를 뜯기 시작했다.

"응애…… 응애."

시체 더미 밑에서 들려오는 가냘프지만 또렷한 울음소리. 녕결은 작은 두 손으로 썩은 살점과 빗물이 섞여 미끈미끈한 기름 같은 시체를 옮겼다. 그리고 희미한 울음소리의 주인을 보게 되었다.

　　쓰러진 시체는 유모 복장을 입고 있었다. 녕결이 그 시체를 뒤집자 빗물과 시체에서 나온 정체불명의 액체에 담긴 어린 아기가 모습을 드러냈다. 갓난아기의 얼굴은 창백했다. 입술은 새파랗고 눈을 질끈 감은 채 가느다란 숨을 몰아쉬었다. 그 어린것이 어떻게 살 수 있었는지, 그리고 어떻게 그 울음소리를 낼 수 있었는지 상상도 할 수 없었다. 녕결은 손에 묻은 썩은 살점을 바지에 닦고 아기를 조심스럽게 안았다.

"너 내가 이곳을 떠나는 게 싫어서 운거지?"

그는 아기를 안고 부패한 시체 더미에서 뛰어내렸다. 그리고 먼 곳을 향해 걸었다. 그곳을 한참을 응시하던 들개 몇 마리가 시체 더미 속으로 뛰어 들어갔다.

　　소리도 없이 또 큰비가 내렸다.

　　녕결은 먼 곳의 민산을 바라보다가 고개를 숙여 얼굴이 창백한 갓난아기를 쳐다보았다. 비를 맞으면 이 아기가 더 이상 울지도 못할 거라는 생각이 들었다. 비를 가릴 무언가를 찾으려 하는 순간 길옆에 버려진 검은 우산이 눈에 들어왔다.

매우 크고, 낡고, 더러운 검은 우산.

산길 위에 안개는 여전했다.

녕결은 고개를 숙인 채 그 돌계단에서 한참 동안 움직이지 못했다.

＊＊

'휙!'

화살 하나가 정확하게 토끼 한 마리에 명중했다. 녕결은 기쁘게 토끼를 주워 들고 토끼 목뼈를 비틀어 끊고 자루에 던져 넣었다. 자루가 제법 무거워 보였다. 그는 나무 뒤에서 칡넝쿨을 몇 개 뽑고 나서 가파른 오솔길을 따라 절벽 방향으로 기어 올라갔다.

절벽 위 샘터 가까운 풀밭에서 그는 3일 중 가장 큰 성과를 만났다. 산양 한 마리가 고통스럽게 울고 있고, 새끼 양 두 마리가 막막하게 어미 양을 바라보기만 했다. 녕결이 소리 없이 그곳으로 다가가 풀숲에 있던 밧줄을 세게 잡아당기자 숨겨 놓은 올가미가 끌어올려졌다. 어미가 필사적으로 몸부림을 치며 애타게 울부짖었다.

"너희들은 팔자가 좋네. 적어도 걱정해 줄 어미가 있잖아."

녕결은 새끼 양 두 마리를 보며 고개를 저은 뒤 허리춤에서 칼을 뽑아 어미 양의 목을 무심히 찔렀다. 무거운 자루를 메고 산양과 새끼 양 두 마리를 끌고 숲속 허름한 엽호(獵戶)로 돌아왔다. 네다섯 살 정도 되어 보이는 짐승 가죽 옷을 걸친 여자아이가 뛰어나와 그를 맞이했다. 아이의 피부색은 거무스름했다. 낡고 어두운 엽호 안. 구리 화로 옆에서 늙은 사냥꾼은 담뱃대를 내려놓고 바닥에 가래침을 뱉으며 말했다.

"오늘 수확은 어떠냐?"

"괜찮아요."

주름이 자글자글한 늙은 사냥꾼의 얼굴에는 어떤 자애로움도 찾아볼 수 없고 탐욕과 냉혹함만 차 있었다.

"밥 먹자."

늙은 사냥꾼은 고기 한 조각을 입에 집에 넣자마자 심하게 욕을 퍼부었다.

"이 죽일 놈의 계집! 소금을 조금만 넣으라고 그렇게 말했건만.
소금이 얼마나 비싼지 알아! 이 방탕한 계집 같으니라고.
2년쯤 후에는 널 기방에다 팔든가 해야지."

여자아이의 눈에 두려움이 가득 찼다. 고구마죽에 반사된 녕결의 눈빛에 어렴풋이 불꽃이 보였다. 익숙한 풍경이지만 여전히 익숙해지지 않는 풍경. 어린 상상이 작은 두 손으로 죽 그릇을 들고 부들부들 떨다가 기침을 하기 시작했다. 녕결이 손을 내밀어 그녀의 손을 잡아주었다.

"역시 네가 철이 들었어. 그릇이 깨지면 내가 가만있지 않겠지."

녕결은 늙은 사냥꾼만 먹을 수 있는 고기를 한번 보고, 자리에서 일어나 다가가며 간절하게 말했다.

"어제 저녁 상상이 또 아팠는데, 고기를 좀 먹이면 안 될까요?"
'픽!'

말라비틀어진 손바닥이 녕결의 머리로 날아왔다.

"이걸 네놈들이 먹으면 소금과 어떻게 바꾸나? 이런 대접이
싫으면 그냥 꺼져! 아니지, 네가 호랑이를 잡아오면 요 몇 년
동안의 밥값을 갚은 걸로 치고 보내주지."

녕결은 아무 대구를 하지 못하고 물러났다. 늙은 사냥꾼은 독한 술을 다
마시고 집밖으로 나가 녕결이 가져온 사냥감을 살폈다.

'철썩, 철썩!'

채찍질이 시작되었다. 녕결의 얼굴에 핏자국이 가득하지만 피하지 않았
다. 피하는 것이 무의미하다는 것을 알기 때문이다.

"이 방탕한 새끼! 몇 번이나 말했어? 큰 놈은 끌고 온 다음에
죽이라고!"
"저 산양은 너무 무거워서 먼저 죽이지 않으면 끌고 올 수
없었어요. 조심해서 끌고 왔으니 가죽을 온전하게 벗기는 데
문제없을 거예요."
"저것도 못 끌고 오는 놈이 무슨 쓸모가 있을까…… 그리고
가죽만 알고 피는 몰라? 산양의 피도 팔 수 있단 말이다!"

늙은 사냥꾼은 잔뜩 성을 내고 집을 다시 나서며 외쳤다.

"못난 놈!"

녕결은 얼굴의 핏물을 닦아내고 상상을 보며 환하게 웃었다.

"착하지. 앞으로는 나대신 채찍 맞을 생각도 하지 마. 한 번 맞으면
저 늙은이가 더 신나게 때릴 거야."

상상은 죽 그릇을 들고 힘차게 고개를 끄덕였다.

"망할 계집애! 목욕물 빨리 끓이지 않고 뭐 해!"

집밖에서 늙은 사냥꾼의 난폭한 욕설이 들려왔다. 상상은 잔뜩 긴장해서 안절부절못하며 녕결을 바라보았다. 녕결은 사냥꾼이 먹다 남긴 고기를 먹다 잠시 침묵한 후 고개를 끄덕였다.

　　　* *

망망한 민산의 안과 밖은 완전히 다른 두 개의 세계. 산 밖의 세계는 이미 대당 제국 천계 5년. 하지만 산속의 사람에게는 하루하루가 단조로운 반복일 뿐.

　　그 해 녕결은 열 살, 이미 소년. 상상은 다섯 살. 상상이 물통에 뜨거운 물을 붓자 물안개가 피어올랐다. 나무통 속에서 벌거벗은 늙은 사냥꾼이 상상을 보며 욕설을 퍼부었다.

"이 죽일 놈의 더러운 계집애! 너도 빨리 씻어."

상상은 고개를 끄덕이고 나갔다. 그리고 녕결의 손에서 뜨거운 물을 받아 힘겹게 다시 나무통으로 향했다. 방금 끓인 물. 상상이 의자에 올라서며 끓인 물을 늙은 사냥꾼의 머리부터 발끝까지 부었다.

"으아아아아악!"

늙은 사냥꾼이 알몸으로 뛰쳐나왔다. 온몸에 뜨거운 물에 덴 물집이 생겨났다. 눈도 쉽게 뜰 수 없는지 한 번도 몸에서 떨어뜨려놓은 적 없는 사냥용 칼을 들고 미치광이처럼 사방을 향해 휘둘렀다.

‘철컥!’
“악!”
‘쿵!’

금속 조각이 부딪히는 소리, 처절한 비명 소리, 무거운 몸이 바닥에 떨어지는 소리. 그의 오른쪽 다리는 호랑이를 사냥하는 데 쓰이는 강철 덫에 끼워져 있었다. 넝결과 상상이 걸어와 피바다 속에 쓰러진 늙은 사냥꾼을 무심히 바라보았다. 늙은 사냥꾼은 이 상황에서도 흉악함을 잃지 않고 눈을 부라리며 곧 숨이 끊어질 듯 욕을 해댔다.

“이 못난 새끼! 배은망덕한 놈! 넌 오늘 죽었다!
　내 손에 죽을 것이야.”

넝결은 담담하게 말했다.

“은혜는 이 몇 년 동안 이미 충분히 보답했고
　지금은 원한을 갚아줄 때야. 원래 며칠 더 참으려고 했는데,
　네놈이 참을 기회를 안 주네.”

늙은 사냥꾼은 입을 열지 못했다.

“네가 만약 상상을 기방에 팔려하지 않았다면
　널 죽이진 않았을지 몰라.”
“……”
“네가 목욕을 하지 않았으면 널 죽이지 않았을지 몰라.”
“……”
“사실…… 만약 네가 상상에게 고기를 먹였다면 내가 널
　죽이지는 않았을 거야. 그냥 몰래 도망갔겠지.”

사냥꾼이 숨을 헐떡이며 망연자실하게 녕결을 보았다.

'스윽!'

녕결이 사냥칼을 쥐고 힘차게 내리쳤다.

'툭.'

사냥꾼의 머리가 떨어졌다.

잠시 후 녕결은 황양목 활과 화살통을 메고 엽호를 나섰다. 발걸음에 맞춰 허리에 찬 사냥칼이 흔들렸다. 상상은 낡고 커다란 검은 우산을 안고 그를 뒤따랐다.

"힘들면 등에 업혀."

그렇게 두 사람은 망망한 민산 속으로 사라졌다.

★★

밤이 깊어졌다. 서원 뒷산의 짙은 안개는 마치 갓 짜낸 젖처럼 부드럽고 걸쭉했다. 한참 동안 고개를 숙인 채 움직이지 못하던 녕결이 천천히 두 손을 들어올렸다. 그리고 손바닥 중간에 공간을 두고 주먹을 쥐었다. 마치 손에 무형의 칼이 들려 있는 듯했다.

'휘이익.'

산길에 밤바람이 불어왔다.

'슥!'
'슥!'

그는 힘차게 무형의 칼을 내리치며 밤의 어둠과 산길의 안개를 베었다.
　　한 칼에 돌계단 하나.

＊ ＊

산 정상의 짙은 안개 속에서 연민의 목소리가 울려 퍼졌다.

　　"녕결이 평생 어떤 고난을 겪었는지는 구서루에서도 말한 적이
　　없어요. 이 돌계단이 그에게…… 이렇게 힘들구나."
　　"산길은 멀고 지나간 기억과 감정들이 모두 다시 현실로 변해
　　앞을 가로막는다. 그 마음을 간파하여 가볍게 넘길 수 있으면
　　수월하겠지만 후회하는 마음이 생겨버리면 정상에 오를
　　가망성은 영원히 없을 것이야."

둘째 사형의 목소리에 엄숙한 경의가 배어 있었다.

　　"산을 오르는 두 사람 모두 재미있구나. 특히 녕결.
　　가슴속 깊이 새겨진 기억과 상처들, 구체적으로
　　무슨 일이었는지는 모르겠지만 그는 뜻밖에도 그것들을
　　잊고 싶지 않아 하는구나. 더군다나 일말의 후회도, 또 간파할
　　필요도 없다고 생각하는군. 그는 그저 가슴 속 깊은 곳에
　　숨겨둔 어둠과 고통스러운 기억을 직면할 뿐.
　　지금 그의 선택은 그때 그가 한 선택과 여전히 똑같아."
　　"마음을 간파하지 못하면 어떻게 그가 본심을 지킬 수 있나요?"
　　"간파하기 싫으니, 살파(殺破, 죽여 격파하다)할 수밖에."

둘째 사형은 의연한 눈빛으로 나지막이 말을 이었다.

"그는 지금 이 산길을 살파하려 한다."

＊＊

녕결은 상상을 업고 민산의 엽호 사이를 돌아다니고, 때때로 들짐승과 싸우고, 사냥꾼들과도 싸우고, 그러다 도살당한 연국 변경 마을의 악취를 맡고, 어린 탁이가 수행자를 따라 유유히 떠나는 것을 보고, 마침내 상상을 데리고 위성으로 가 변군에 들어가서 군적을 얻었다.

아름답고 고요한 소벽호 호수. 그는 전우들과 함성을 지르며 돌진하고, 토끼처럼 이리저리 뛰어다니는 마적들을 베고, 마적들에게서 금과 은을 강탈해 전리품을 가지고 위성으로 돌아왔다. 그해 겨울 위성에서 돼지 멱을 따고, 돼지 목덜미에서 뿜어져 나오는 피를 보며 선배 군인이 가르쳐준 대로 대나무 관으로 돼지 껍질 밑에 바람을 불어 넣으며 밤을 새웠다.

"그때 그 늙은 사냥꾼을 죽이는 것 같지 않니?"
"돼지는 먼저 죽이고 그 다음에 끓는 물을 데우는데, 그놈을
죽일 때는 끓는 물을 데워서 죽였어."

녕결은 이 차이가 정말 크다고 생각했다. 늙은 사냥꾼을 죽인 그날 밤, 녕결은 상상의 바람대로 그 두 마리의 새끼 양을 풀어주었다.

＊＊

녕결은 산길 위에 서 있고 밤안개 속에 서 있고 자신의 지난 세월 속에 서 있었다.

돌계단 하나가 지난 세월의 하루. 그가 돌계단을 오르는 것은 자신의 인생을 다시 되돌아보는 것과 같았다.

꿈이 아니라 진실의 재현.

그의 인생에 즐거움은 너무 적고 피와 죽음은 너무 많았다.

'휘청.'

그는 무거운 정신적 충격에 자주 방향을 잃었고, 이따금씩 지금 산을 오르고 있다는 사실 자체를 잊어버렸다. 그의 얼굴은 점점 더 일그러졌고 어디를 보는지 모르는 눈빛은 먼 곳을 바라보기만 했다.

그는 갑자기 걸음을 멈췄다. 그리고 눈동자가 점차 정상으로 돌아오더니 밤안개를 향해 나지막하게 말을 뱉었다.

"내가 죽이는 것을 너희에게 보여주지."

그는 한 발을 다음 돌계단에 올리고 오른손을 천천히 공중으로 뻗었다.

그리고 무형의 긴 칼자루를 잡은 후, 허무(虛無) 사이로 칼을 뽑아 자신의 눈앞에 있는 허무함을 베었다. 칼날 앞에 수많은 마적들의 머리가 떨어지고 소벽호는 다시 붉게 물들고 수많은 만족 첩자들이 말에서 떨어졌다. 가을 풀에 붉은 서리가 내리고 익숙하고 낯선 얼굴들이 피범벅이 되어 사라졌다.

그는 밤안개 속에서 살육을 계속했다. 민산에서 초원으로 갔다가 다시 장안성으로 돌아왔다. 그는 뚱뚱한 어사를 죽이고 호숫가 작은 저택에서 검사(劍師)를 죽이고 대장간에 있는 늙은 대장장이를 죽였다. 그는 앞을 가로막고 있던 모든 물체를 단칼에 잘라버렸다. 뼈아픈 기억을 안겨준 원수들이든 예전에 생사를 같이한 군인이었지만 전쟁터에서 도망치려 했던 동료든, 그와 함께 초원 팔백 리 안으로 들어가 자신의 목숨을 구했던 군마(軍馬)든.

춘풍정에 비가 내리고 그는 침묵하며 칼을 휘둘러 죽였다. 47번 골목에 비가 내리고, 그는 까만 얼굴의 그 녀석이 회색의 담벼락 아래 앉아 있는 것을 보았다.

녕결은 마침내 피곤함을 느꼈다. 손에 쥔 무형의 긴 칼을 천천히 내려놓고 산길 끝의 밤안개를 보며 중얼거렸다.

"사람 사는 게 다 쉽지 않아. 한 번 사는 것도 힘든데, 굳이 한 번 더 살게 할 필요가 있어?"

그는 고개를 숙여 옆에 있는 상상을 바라보며 고통스럽게 말했다.

"이 모든 것은 환각이겠지. 환각은 나에게 겁을 주지 못해. 하지만 난 이것들이 다 환각인 것을 증명할 수가 없어. 그래서 정말 고통스럽고 우리가 옛날에 그랬던 것처럼…… 진짜 고통스러워."

★ ★

융경 황자는 침착하게 돌계단을 올라갔지만 얼굴에는 피곤한 기색이 드러났다. 첫 번째 돌계단부터 그는 이 모든 것이 환각인 것을 알아차렸다. 그리고 맑은 도심(道心)으로 이 모든 것을 간파하고 쉽게 산을 오를 수 있다 생각했다.

하지만 막상 걸어보니 이층루의 난이도를 과소평가했다는 것을 깨달았다. 아무리 도심이 맑아도, 마음을 간파하기에 충분하지 않다면 환각은 현실이 된다.

융경 황자가 유년 시절로 돌아갔다. 총애를 받으며 황궁에서 마음껏 뛰노는 어린 황자. 그는 자신의 부모가 세상에서 가장 권력이 세다 생각했는데, 어느 해 무심코 듣게 된 대화가 그의 아름다운 상상을 찢어 버렸다.

그해 대륙 북방에 뜻하지 않게 큰 가뭄이 들었다. 연국에 주재하는 당국 사신이 대당 황제 조서를 가지고 입궁하여 부황과 대화를 나누었다.

> "연왕(燕王), 연국이 제대로 좀 하길 바랍니다! 당신들의 약한
> 군대가 연국 백성들이 대당으로 오는 것을 막아 주거나, 가뭄에
> 굶주린 연국 백성들의 문제를 해결할 것이라 바라지 않습니다.
> 하지만 적어도 우리 대당의 위대한 황제 폐하께서 구휼 정책을
> 펴실 때, 당신들은 굶주린 연국 백성이 얼마나 되는지는 어림잡아
> 보아야 하는 것 아닙니까?!"

당국 사신의 수염은 매우 길어 분노의 발언을 할 때마다 날뛰고 있는 듯
보였다.

> "우리 대당 제국이 지원하는 식량은 열흘 정도면 성경에
> 도착할 수 있습니다. 연국 사람들이 모두 죽는 것을 바라지
> 않는다면 스스로도 방법을 강구하는 것이 좋을 것입니다.
> 제발 우리 대당 제국이 모든 문제를 해결해줄 것이라 기대하지
> 마십시오!"

대당 사신은 말을 마치자마자 대답도 듣지 않고 자리를 떠났다. 어린 융
경 황자는 망연자실한 표정으로 그 뒷모습을 바라보았다.

> '부황은 가장 권력 있는 남자가 아니구나…… 당이라는
> 나라에서는 아무렇지 않는 사신 따위를 보내 부황에게 가차 없이
> 호통을 칠 수 있구나…….'

융경 황자는 뛰쳐나오며 앳된 목소리로 물었다.

> "부황 마마, 왜 갑사(甲士)를 시켜 그 사신을 죽이지 않으십니까?"
> '철썩!'

연국 황제는 생애 처음이자 마지막으로 그의 따귀를 때렸다.

★★

융경 황자는 사립문 옆 길가 돌 위에 새겨져 있던 네 글자를 떠올렸다.

"군자불쟁(君子不爭, 군자는 다투지 않는다)? 군자가 어떻게 다투지
않을 수 있지? 다투지 않는 사람들은 이미 모두 죽었는데
누가 군자가 될 수 있다는 것이지?"

기나긴 돌계단은 기나긴 인생을 상징했다. 그는 부황의 따귀 때문인지 그
후의 경험 때문인지 더 이상 그때처럼 장난스럽고 귀여운 황자가 아니었
다. 침묵하고, 검소해졌다. 그리고 어떤 것을 보더라도 자신의 마음을 드
러내지 않는 방법을 배우게 되었다.

　　모후가 키우던 고양이가 떡 한 조각을 훔쳐 먹었는데 이상하게 죽
어 버렸다. 이 일로 궁녀가 모두 곤장을 맞고 죽었다. 그는 모후의 품에
조용히 안겨 후원에서 들려오는 곤장과 통곡 소리를 들으며, 손을 뻗어
접시에 있는 해바라기씨 하나를 조그만 입으로 가져다 넣었다.

'그 떡은 원래 내가 먹어야 할 떡이었나?'

그 후로도 황궁에서 많은 사람이 죽었다. 그의 형인 태자 곁의 유모와 시
녀가 몇 차례나 바뀌었는지 또 궁에 있는 고양이들이 얼마나 죽었는지,
그의 시녀가 얼마나 살해당했는지 다른 사람의 시녀가 모후에게 얼마나
죽임을 당했는지…… 하지만 이 모든 일은 그와 무관한 것 같았다.

　　그가 수행의 자질을 뽐내기 시작하자 연국 성경 주재 신관들이 그
를 서릉 천유원으로 데려가 공부를 시키기로 결심했다. 서릉으로 가는 길
에 월륜국과 남진에 들러 많은 것을 보고 배웠다.

월륜국 황궁에서 실수로 백합꽃에 끓는 물을 주어 타 죽게 만든 시녀 하나가 펄펄 끓는 솥 안으로 던져졌다. 남진 검성 류백의 제자 하나가 문파에서 쫓겨나 거리에서 할복하자 창자가 와르르 길거리에 쏟아졌다. 융경 황자는 이 모든 장면을 감정을 드러내지 않고 담담히 바라보았다.

그에게 이런 태도는 냉담도 아니고 냉혈은 더더욱 아니었다. 단지 하늘로 통하는 길을 가기 위해 마음을 충분히 맑게 유지하는 것이었다.

★★

밤안개 속에서 융경 황자는 점점 가까워지는 산 정상을 보며 비아냥거리는 웃음을 띠고 거만하게 말했다.

"호천 외에는 아무도 나를 두렵게 하지 못하고 아무도 나의
마음에 연민을 생기게 할 수 없지. 이 산길 따위가 어찌 나를
막을 수 있겠는가."

융경 황자는 천천히 돌계단을 오르며 자신의 인생을 반복하고 있었다.

★★

천유원에 들어가자마자 자신을 이끌어 주던 신관이 세력 다툼에서 져 실각하는 바람에 그는 반년 동안 천대를 받았다. 그때도 억누를 수 있었던 분노, 그리고 천유원 첫 시험에서 냉정하게 돌려준 모욕.

그 후로 재결사에 들어가 문파를 반역한 이단자들을 죽였다. 가시가 붙어 있는 채찍으로 소녀의 매끈하고 부드러운 등을 후려쳤다. 처참한 상처가 보이고 상처 사이로 선혈이 낭자해도 그는 감옥 밖에 서서 조용히 바라보기만 하고 감정은 드러내지 않았다.

천유원 학생 하나가 호천도 장교에게 불경스러운 말을 했다는 이유로 대죄를 선고받고 어둠의 감옥에 영원히 감금되었다. 그와 친하게 지내던 천유원 동창. 그는 직접 친구의 머리를 물속으로 밀어 넣은 후 끊임없는 비명 소리와 원망을 들었지만 유유히 고개를 돌려 담담하게 옥외의 햇살을 바라보았다.

어떤 늙은 마종 잔당이 산골 마을에 은둔한 지 60년 만에 신전 재결사에 체포되었다. 융경 황자는 그를 직접 나무 기둥에 묶고 그 아래 장작에 불을 붙였다. 활활 타오르는 화염 너머, 재결사 부하 하나가 젊은 엄마의 품 안에 안겨 있는 아기를 빼앗고 그녀를 칼로 난자해 숨지게 했다. 그리고 빼앗은 아기를 바닥에 던져 으깨진 고깃덩어리로 만들어 버렸다. 융경은 이 장면을 아무 감정 없는 눈빛으로 담담히 지켜보았다.

수도(修道). 세상 밖의 도를 수행하는 것.

'나는 세상 밖에 서서 세상 안의 일을 들여다보는데 세속의
　하찮은 일들이 어찌 나의 마음을 어지럽힐 수 있겠는가.'

그가 모시는 것은 호천, 그가 징벌하는 것은 세상 사람들의 죄악. 그는 자신이 죽인 사람들은 모두 죄를 받아 마땅한 사람들이라 굳게 믿었다. 그래서 연민 따위 감정이 생길 리 없었다.

＊＊

밤이 깊어지자 서원 앞에서 이층루 개루식에 참석했던 사람들도 하나둘씩 자리를 떴다. 친왕이나 공주, 막리 신관과 같은 거물들은 여전히 침묵하며 마지막 결과를 기다렸지만 마지막 남은 두 사람과 별 관계가 없는 사람들은 애타게 기다릴 필요가 없었기 때문이다.

서원 학생들은 당연히 자리를 뜰 수 없었다. 종대준은 김무채의 부축을 받고 있는 사승운을 보며 탄식했다.

"승운, 우리는 돌아가자. 더 이상 볼 것도 없어. 설마 녕결 그놈이
  융경 황자를 이기겠어?"

사승운은 고개를 가로저었다.

"결과를 보고 싶어."
"저기 봐!"

그때 누군가 소리를 질렀고, 그 소리에 따라 모두의 시선이 산길로 향했
다. 밤바람이 한 번 거세게 불자 산 중턱을 감싸고 있던 구름과 안개가 순
간 흩어졌다. 별빛에 돌계단이 선명하게 보였다. 물론 돌계단은 곧바로
구름과 안개가 모여 그 산길을 가렸지만, 그 짧은 순간에도 두 사람의 모
습을 볼 수 있었다.

한 명은 이미 정상까지 접근했고 그 뒤로 다른 한 명의 그림자가
뒤따르고 있었다. 전자는 당연히 융경 황자였다.

녕결은 아직 중간쯤에서 힘겹게 계단을 오르고 있었고 정상과는
제법 거리가 있어 보였다. 사람의 심리는 참 오묘한 것. 많은 수의 서원
학생들은 마치 근심 걱정이 사라지기라도 한 듯 얼굴이 밝아지며 수군거
렸다.

"다행이야. 역시 녕결이 융경 황자만 못하네."

상정명은 차가운 눈빛으로 말을 꺼낸 이를 보고 말했다.

"내가 우림군에 계속 있지 않고 서원에서 너희들과 공부한 것이
  잘못된 선택은 아닌지 의심이 되네. 그래. 나도 예전에는
  녕결의 품성에 문제가 있다 생각했지만, 지금의 난 너희들처럼
  자신의 모욕을 덜기 위해 그의 실패를 바라는 부끄러운 일 따위는
  하고 싶지 않아."

그는 차갑게 말을 이었다.

　"녕결도 당국 사람이야. 그리고 그는 우리 서원의 일원이지.
　융경은 연국 사람이고 서릉의 일원이야. 그런데도 너희들은
　부끄러운 줄도 모르니 내가 다 창피하네."

별빛이 산길을 잠시 밝게 비추는 장면은 막리 신관과 서원 교관들도 보았
다. 원래 자신만만하고 교만하던 막리 신관이 무슨 이유에선지 짜증을 내
며 입을 열었다.

　"녕결이란 놈은 그 속도로 보름을 더 올라도 정상에 못 갈 것
　같은데 이쯤에서 그만하고 융경 황자의 승리를 선포해도
　되지 않나? 우리보고 언제까지 기다리라는 건가?"

이어는 그를 쳐다보지도 않고 비아냥거렸다.

　"못 기다리겠으면 융경 황자에게 정상으로 날아가라 하세요.
　하지만 융경 황자도 정상에 오르지 않았다면 녕결이 기어가든
　뛰어가든 아직 승부는 끝난 게 아니지요."

　　　★★

별빛이 쏟아지는 잔디밭. 상상은 커다란 대흑산을 들고 쭈그리고 앉아 무
료한 듯 우산 손잡이만 살살 굴리고 있었다. 그때 오도라 불리는 젊은 승
려가 걸어 나오다가 그녀를 보고 눈을 번쩍 떴다. 그는 순식간에 석상으
로 변한 듯이 한 걸음도 나아가지 못하고 넋을 잃은 채 그녀를 바라보기
만 했다.
　　오랜 시간이 흐르고.

그는 상상의 거무스름한 얼굴을 보고 그녀의 이마에 흩날리는 가늘고 누런 머리카락을 보며 합장을 하고 가장 부드러운 말투로, 가장 성실한 태도로 말했다.

　　"낭자, 정말 아름답네요."

상상은 저도 모르게 자신의 주변을 둘러보았다.

　　'나?'

그녀는 실눈을 뜨고 그를 노려보며 말했다.

　　"욕하지 마세요."

오도는 환하게 미소를 지으며 공손히 말했다.

　　"저는 혜안이 있어, 옥석을 가려낼 수 있지요.
　　낭자께서 오해하셨습니다."
　　"설령 당신의 눈에 제가 아름답다 하더라도 앞으로
　　그런 칭찬은 하지 마세요. 그 말은 이미 장안성에서
　　사람을 욕하는 말이에요."
　　"왜 그렇죠?"

상상은 설명하기도 귀찮아 더 이상 대꾸하지 않았다.

　　"낭자, 누굴 기다리고 있나요?"
　　"우리 도련님."
　　"낭자, 저 외에 낭자 같은 여자를 기다리게 할 수 있는 사람은
　　세상에 없습니다."

"당신은 이미 하산했고, 우리 도련님은 아직 산에 있어요.
그러니 당신은 도련님보다 못해요."
"저는 그 안개 속으로 들어가고 싶지 않을 뿐이었어요.
잠깐, 당신이 기다리는 도련님이 혹시…… 종대준이라는
서원 학생인가요?"

상상은 그를 보며 잠시 침묵하다가 갑자기 입을 열었다.

"맞아요."
"그렇군요. 산에서 마주쳤을 때 그를 언젠가 죽이겠다고 했는데
그를 죽일 이유가 하나 더 생겼네요."

상상은 고개를 돌리고 다시는 그를 상대하지 않았다.

"낭자, 이 밤처럼 아름다운 당신의 모습을 보니 시가 하나
떠오르네요."

오도는 더 이상 자신에게 관심을 보이지 않는 상상의 옆모습을 보며 시를
하나 천천히 읊기 시작했다.

"내 마음에 드는 여자여, 네가 불종을 수행하고 싶다면 내가 다시
소년이 되어, 산 위 허공에 떠 있는 현공사에 가서 한 번 더
삭발을 할 것이네. 내 마음에 드는 여자여, 네가 도종을 수행하고
싶다면 내가 다시 소년이 되어, 도화산 뒤에 있는 지수관으로 가
목검을 멘 거만한 자의 신발을 대신 닦아주겠네."
'뭐라는 거야?'

상상은 승려의 말을 전혀 이해하지 못한 채 서원 뒷산만 바라보고 있었
다. 그녀는 지금 녕결이 겪고 있는 고통과 슬픔을 생각하면서 얼굴을 잔

뜩 찌푸리고 있었다.

"낭자, 더 이상 낭자와 함께 기다릴 수 없어요. 또 당신이 이렇게 고통스럽게 기다리는 것을 지켜볼 수도 없어요. 난 당신을 하늘 끝까지 바다 끝까지 데려가고 싶네요. 어때요?"

그는 숙연한 표정으로 상상이 대답하기도 반응하기도 전에 손바닥을 그녀의 목으로 내밀었다. 손가락 끝으로 스쳐가는 날카로운 바람이 사람을 해할 마음은 없지만 혼절시킬 의도를 드러내고 있었다.

'촤르르르르······.'

그가 내민 팔을 감싸던 승복의 소매가 타오르며 순식간에 회색 나비로 변해 바람을 타고 사라졌다.

"으아악!"

오도는 괴성을 지르며 순식간에 10여 장 뒤로 물러나 사납게 외쳤다.

"누구야?!"
'다그닥 다그닥 다그닥.'

다급한 말발굽 소리가 서원 풀밭의 밤하늘을 찢었다. 검은색 마차. 마차에는 각양각색의 번잡한 문양이 새겨져 있었다. 말발굽 아래는 조금의 흙바람도 일어나지 않아 마치 말들이 공중에 떠 있는 것 같았다. 신부사 안슬 대사가 마차 밖으로 뻗었던 손을 거두어 들였지만 허공에 그린 부적의 여운이 아직 남아 길옆 푸른 숲이 눈에 보이는 속도로 누르스름하게 말라갔다.

"음탕한 승려 오도! 네놈이 대당 경내에 더 머문다면 내가
우물 정(井)자 부적으로 널 능지처참시켜도 원망하지 말 것이다!"

오도는 마차에 타고 있는 사람의 신분을 짐작하고 공손히 말했다.

"저를 어찌 음탕한 승려라 부르십니까? 대사께서 연장자의
신분으로 저를 억압하시는 건 아니신지요."
"넌 황원의 그 깊은 곳에서 왔는데, 세상에 연장자라는 이유로
널 억압할 수 있는 수행자가 몇이나 되지?"

안슬은 느릿느릿 마차에서 내리며 차갑게 말을 이었다.

"넌 아마 정통 문파도 없을 터. 하지만 네가 머무는 절에서는
최소한의 규칙도 알려주지 않았나 보군. 명심하거라.
여기는 대당의 장안이야. 네가 감히 서원 앞에서 소란을
피우려 하면 내가 당장 널 죽여도 그 절에서 감히 나설 사람은
아무도 없다."

안슬은 이 말을 마치고 대흑산을 든 상상을 보며 물었다.

"네가 바로 녕결의 시녀인가?"

상상은 고개를 끄덕였다.

"그런데 왜 밖에서 기다리나, 날 따라 들어가자."
"안 된다고 들었는데……."

안슬은 녕결이 아직 서원 뒷산에 있다는 소식을 이미 들은 터 마음이 매
우 조급하고 짜증이 솟구치는 바람에 저도 모르게 소리를 질렀다.

"네가 날 따라 들어가는데 부자(夫子)와 첫째도 모두 없는
이 낡은 서원에서 누가 감히 널 막아?!"

＊＊

융경 황자는 드디어 산안개를 벗어났다. 고개를 들어보니 평평한 숲 사이
에 우뚝 솟은 암석 하나가 있었다.

'저 암석을 올라가면 정상인가?'

그가 한 발을 내딛다 무엇인가 느끼고 돌아섰다. 그는 옷깃을 여미고 먼
발치의 큰 나무를 향해 예를 올렸다. 별빛 아래 낮처럼 밝은 정상에서 운
무가 끊임없이 아래로 흐르고 있었다.

푸른 나무 밑에 앉아 있는 한 사람. 너무 멀리 떨어져 있어서 용모
가 잘 보이지 않았지만 고풍스러운 두루마기를 걸치고 머리에 아주 높은
관모를 쓰고 있는 모습이 매우 장엄해 보였다. 융경 황자는 그가 누구인
지 몰랐다. 다만 서릉 신전을 떠날 때 호천도 장교가 서원 뒷산에 있는 이
들은 보통 수행자가 아니니 신중히 대해야 한다는 말을 일러줬을 뿐이다.
나무 아래 그 사람은 정상에서 굽어볼 수 있을 만큼 신분이 존귀한 사람
일 터.

"난 둘째 제자다."

이 말을 듣고 융경 황자의 안색은 변하지 않았지만 마음속은 요동치기 시
작했다. '그 여자'가 말했던 어떤 전설, 전설 속에서 교만함과 강대함이 극
에 달했던 부자의 둘째 제자. 그는 다시 한번 공손하게 예를 올렸고 허리
를 이전보다 더 낮게 숙였다.

"넌 서원 뒷산에 들어갈 자격이 충분해 보인다."

천성적으로 교만한 융경 황자도 둘째 사형의 호평에 저도 모르게 마음속
에서 기쁨이 솟구쳤다.

"저 큰 바위를 올라가면 정상이다. 아직 안개 속에 산을 오르는
사람이 있는데 너 스스로 먼저 바위를 오를 수도 있고, 그를
기다려 같이 올라도 된다. 기다리는 것이 불공평해 보일 수도
있지만 한 가지는 명심하는 것이 좋다. 저 바위를 오르는 것은
매우 어렵다. 지금 올라온 돌계단 보다 더 어렵다. 그러니 먼저
휴식을 취하는 것도 괜찮을 것이다."
'산을 오르는 사람이 하나 더 있다고?'
"선택은 네가 하는 것."

융경 황자는 다시 한번 공손히 예를 올린 후 가부좌를 틀고 앉으며 자신
의 대답을 대신했다.

　　　★★

밤안개가 자욱한 돌계단.
　　넝결은 회색 담벼락 아래 고통스럽게 가슴을 움직이며 숨을 내뱉
고 있는 탁이를 보며 죽음의 기운을 느끼고 있었다. 아주 긴 시간의 침묵
이 지난 후 그가 입을 열었다.

"난 한 칼에 널 베어버릴 수 있어. 하지만 꼭 베어야 하겠니?
평생 하나밖에 없는 형제인데, 네가 죽어서도 다시 날 찾아와
내 길을 막아야겠어? 내가 올라가야 네가 남긴 그 귀찮은 일들을
내가 처리할 거 아니야?"

탁이는 참담하게 웃었고 가슴의 기복이 더욱 심해졌다.

"가짜야, 이건 다 가짜야. 그런데 어떻게 가짜라는 것을
증명해야 해?"

녕결은 고개를 숙인 채 돌계단에 서 있었고 밤안개 사이에 서 있었고 또
47번 골목의 봄비 아래 서 있었다.

"상상, 너 어디 있어?"

상상은 그의 옆에 서서 까만 얼굴을 들고 대답했다.

"도련님, 무슨 일이세요?"
"상상, 집에 있는 은전을 모조리 줘. 탁이에게 좋은 묘지를
찾아주고, 나무로 된 관도 해주자. 죽음을 아름답게 해줘야지."
"좋아요. 근데 도련님…… 탁이 도련님은 이미 죽었는데,
죽음을 아름답게 해 줄 수 없어요."
"그가 다시 살아났으니 한 번 더 죽어도 상관없겠지."

이 말을 마치고 그는 성큼성큼 회색 담벼락으로 다가갔다.

'슥슥!'

탁이의 머리가 칼에 떨어지고, 다시 비에 젖은 회색 담이 잘리고……. 녕
결이 환각을 모조리 베어 버리고 나니 산 정상으로 향하는 가파른 '진실
의 산길'이 나타났다. 그는 재빨리 고개를 돌려 사방을 살폈지만 상상은
더 이상 보이지 않았다.

"이 모든 게 다 환각이야. 나를 놀라게 할 수 없어."

그는 눈앞에 펼쳐진 가파른 산길을 둘러싼 밤안개를 보며 말했다.

"내 기억 속의 상상은 완벽히 시녀야. 하지만 진짜 상상은
절대 그런 모습이 아니야. 너희들이 내 뇌를 자극해 진실을
혼동하게 만들 환경을 만들어낼 수는 있겠지. 하지만 내 머릿속에
존재하는 모든 것이 진실이 아니라는 것은 알 수 없었을 거야."

안개 속에서 의혹에 가득 찬 목소리가 울려 퍼졌다.

"네가 방금 무슨 생각을 했는지 모르겠지만 그것이 진짜 상상이
아니라는 것을 어떻게 알았는가?"
"진짜 상상은 착한 마음씨를 가졌지만 그녀는 결코 죽은 사람을
위해 집안의 모든 돈을 다 쓸 리 없어. 탁이도 안 되고 그녀
자신도 안 되고, 심지어 내 죽음이라도 마찬가지로 안 돼."

녕결은 미소를 지으며 소매를 들어 입가에 흘러내리는 피를 닦고 산 정상
으로 걸음을 옮겼다.

＊＊

은빛으로 뒤덮인 산 정상. 동쪽에 있는 나무 한 그루, 또 서쪽에 있는 나
무 한 그루. 그 나무들은 모두 추위에 강한 침엽수지 진피피가 좋아하는
대추나무가 아니었다. 융경 황자는 풀밭에 앉아 마음을 달래고 있었는데,
그와 멀리 떨어진 푸른 나무 뒤편에서 미세한 소리가 났다.

"사형, 감사합니다."

나무 밑에 앉아 있는 둘째 사형은 평온한 눈빛으로 담담하게 말했다.

"크게 문제 될 것 없는 작은 '뒷문'을 열어준 것일 뿐. 융경은
원래 녕결보다 한발 앞서 출발했으니, 융경이 기다려 주는 것이
더욱 공평하다."
'서원의 규칙은 누구의 힘이 더 센지에 달려 있다는 것.'

서원 이층루 시험이 공평하다는 것도 어찌 보면 '어떤 사람'들 자신만의
소견일 뿐. 융경 황자는 녕결보다 먼저 산에 올랐지만 정상을 앞에 두고
한참을 기다렸다.

　　　밤하늘의 별들이 움직이며 1분 1초가 흐른다. 얼마나 지났을까,
산길 아래 짙은 안개가 한바탕 흐트려졌다. 융경 황자가 눈을 번쩍 뜨며
그곳을 바라봤다. 옷이 남루한 녕결이, 마치 사나운 개에게 몇 번이나 쫓
긴 듯한 낭패스러운 모습으로 얼굴이 시퍼렇게 질린 채 안개를 헤치며 나
오고 있었다.

　　　융경 황자는 그가 누군지 알아보고는 천천히 일어나 소매 안의 오
른손에 살짝 힘을 주었다. 녕결은 손수건에 싸인 떡을 품에서 꺼내 체력
을 보충했고, 산 정상으로 걸어가며 푸른 나무 아래에 있는 사람에게 모
호하게 인사했다.

　　　"송구합니다. 늦었네요, 늦었어."

그리고 융경 황자를 보고서 놀라움와 함께 기쁨을 숨기지 않고 말했다.

　　　"너무 잘 되었네. 너도 아직 여기 있었구나."

녕결은 그에게 떡을 건넸다.

　　　"한 조각 먹을래?"

융경 황자는 손수건 안에서 이미 형체를 알아볼 수 없을 정도로 뭉개진

떡을 보고 차마 말을 잇지 못했다.

＊＊

융경 황자는 녕결이 누구인지 똑똑히 기억했다. 그의 일생에서 모욕을 당할 기회는 매우 드물었기 때문이다. 그것이 모욕인지는 불분명했지만 적어도 그는 모욕이라 느꼈기에 상대방을 잊을 수가 없었다.

싫어하니, 재결사 부하에게 조사를 시켰다. 하지만 조사 결과에 실망했다. 언변만 번지르르한 수행 폐물은 자신의 적수가 될 수 없다 생각했기 때문이다. 자신의 적수가 될 자격이 없으면, 그에게 관심을 보일 필요가 없었다.

그는 산을 오르기 전 자신의 적수가 누구인지 생각했었다. 불가지지에서 온 젊은 승려? 남진에서 온 검객? 자신이 알지 못하지만 어딘가 있을 서원의 숨은 고수? 하지만 안개를 헤치며 나오는 사람이 녕결일 줄은 전혀 생각도 못했다.

그는 녕결이 건네는 뭉개진 떡을 보고 침묵하며 미소 지었다. 녕결은 그가 떡을 먹을 의향이 없어 보이자 손을 거두며 웃었다.

"너무 놀라지 마. 환각은 아니야."

이때 청록색 대나무 조각 두 개가 별빛을 타고 천천히 날아와 마치 생명이 실려 있는 듯 그들의 앞에서 멈췄다. 그리고 서원 둘째 사형의 목소리가 푸른 나무 아래서부터 울려 퍼졌다.

"산길 끝 돌덩이가 있는 곳이 산 정상이다. 그곳에 먼저 올라가는
사람이 서원 이층루에 들어갈 수 있다. 하지만 둘 다 꼭 명심해라.
앞에 보이는 짧은 10여 개의 돌계단은 이전에 겪었던 어떤
시련보다도 훨씬 힘들다. 만약 억지로 버티려 한다면, 너희들의
신체와 정신에 돌이킬 수 없는 심각한 영향을 끼칠 수 있다."

잠시의 침묵 후 다시 한번 목소리가 들렸다.

"각자 대나무 조각을 하나씩 손에 들어라. 중도에 못 버틸 것
같으면 그것을 부수어라."

두 사람은 동시에 푸른 나무를 향해 예를 올리고, 손을 허공으로 뻗어 푸
른 대나무 조각을 손에 넣고 앞을 향해 걸어갔다. 두 사람은 어깨를 나란
히 하고 걸었다. 의외로 융경 황자의 발걸음이 빨라지지 않았다. 그는 결
국 녕결이 자신과 어깨를 나란히 할 자격이 있다는 것을 인정한 셈이었다.
　　먼저 입을 연 사람은 녕결이었다.

"사실 난 네가 부러워. 넌 출신도 좋고, 천부적 재능도 뛰어나고,
운도 좋고, 세상 사람들이 부러워할 만한 반려자 화치도 있지.
난 출신도 엉망이고, 천부적 재능도 없고, 운도 극악이고,
옆에는 작은 숯덩이 같은 시녀 하나 있으니…… 내가 너 같은
위치에 오르려면 너무 힘들어."
"넌 이미 나에게 많은 놀라움을 줬다. 이럴 줄 알았다면
기다리지 않았을 텐데."

간단한 말을 마친 융경 황자는 앞섶을 젖히며 망설임 없이 돌길을 올랐
다. 녕결은 의외의 대답을 듣고 멍하니 그의 뒷모습을 바라보았다.

'이 교만한 놈이 그런 말을 할 때는 정말 무서울 때일 텐데…….'

　　★★

마지막 남은 두 명이 서원 뒷산 정상에 있는 암석을 오르기 시작하더니
갑자기 자취를 감추었다.

잠시 후 먼발치 푸른 나무 아래에 갑자기 많은 수의 그림자가 나타나 그 암석을 가리키며 나지막이 토론하기 시작했다. 남자와 여자, 앉은 사람도 있고 선 사람도 있고…… 딱 열두 명. 어떤 이는 삼현고금(三弦古琴)을 메고 있었고, 어떤 이는 겨드랑이에 바둑판을 끼고 있었다. 어떤 이는 무릎 앞에 고상한 분위기의 통소를 두고 있었고, 또 어떤 이의 손에는 수놓는 천과 잘 보이지 않는 바늘이 들려 있었다. 또 건장한 남자 하나는 나무 뒤에서 무거운 망치를 들고 있었는데, 토론이 시작되었지만 그는 둘째 사형의 높고 기괴한 고관(古冠, 오래된 모자)만을 주시하며 뜨거운 눈빛을 보내고 있었다.

'저 높고 기괴한 모자를 한번만 내려치고 싶다.'

진피피는 그 눈빛을 보고 재빨리 가로막으며 말했다.

"여섯째 사형, 망치로 내려치면 저 모자가 납작해지긴 하겠지만 여섯째 사형의 머리도 똑같이 납작해질 가능성이 커요."

가부좌를 틀고 있는 둘째 사형은 말을 하지는 않았지만 콧방귀를 한 번 뀌고 천천히 고개를 돌렸다. 여섯째 제자는 가장 빠른 속도로 망치를 거두며 해명했다.

"사형, 아시잖아요. 저는 하루라도 철을 때리지 않으면 손과 마음이 근질근질합니다. 사형 모자를 볼 때마다 쇠붙이로 된 화로가 떠올라서…… 늘 한번은 때려 보고 싶었어요."

뜬금없고 황당무계한 변명을 듣고 둘째 사형은 뜻밖에도 고개를 끄덕이며 담담하게 말했다.

"얼마 안 남았어. 결과가 곧 나올 거야."

서원 구서루 여교수 여렴도 산 정상에 있었다. 그녀는 나머지 열한 명과 애써 거리를 두고 나무 뒤 꽃밭에 서서, 미소를 지으며 동문들의 토론을 지켜만 보았다.

무릎 앞에 통소를 둔 남자가, 절벽 위에 있어 곧 무너질 것 같았지만 천만 년 동안의 풍파에도 떨어지지 않은 그 거대한 바위를 보며 입을 먼저 열었다.

"융경 황자 실력이 역시 소문대로 좋군. 서릉 신전 재결사의
이인자가 역시 만만치 않네. 특별한 일 없으면 그가 우리의
막내 사제가 되겠네."

서릉 신전 재결사라는 말에 모든 사람들의 시선이 진피피에게로 향했다. 진피피의 통통한 얼굴에 모처럼 난감한 표정이 드러났다.

"전 신전에 가본 적도 없고 제가 엽홍어를 알았을 때에는 그녀가
갓 재결사에 들어갔을 때예요. 그리고 제가 보기엔 그 여자가
융경보다 훨씬 강해요."

수를 놓는 사저가 미소를 지으며 말했다.

"천하 삼치 중 하나인 도치는 당연히 만만하지 않겠지."

둘째 사형이 엄숙하게 말했다.

"명문 종파들이 오랜 세월 쌓아온 역사는 모두 범상치 않다.
그들의 수법을 좋아하지 않지만 또 우리 서원에 비하면 티끌 같은
존재들이지만 세상에 내세우기는 충분하지."

나무 밑의 모든 이들이 감탄했지만 속으로는 다른 생각을 했다.

'대사형이셨으면 이런 거만하고 자아도취적인 평가를 하지 않고, 그저 담담하게 서릉 신전 도법의 장단점만 평가하셨겠지?'

"융경 황자의 뒤를 쫓아 최종 시험을 치르는 사람이 녕결일 줄은 정말 몰랐네."

누군가의 이 말에 모두의 시선이 다시 한번 그에게로 쏠리자 진피피는 한숨을 내쉬며 말했다.

"또 저예요?"

수놓는 사저가 웃으며 물었다.

"네 친구 아니니?"

"저도 녕결이 여기까지 올 줄 몰랐어요. 제가 아는 건 이놈이 정말 고생을 잘 견디고 몸과 정신이 변태처럼 강하게 다듬어져 있고, 또 수행할 때 밥도 안 먹는 사람이라는 것 정도예요. 그래서 첫 산길이야 그를 막을 수 없었을 것이고, 사립문도 구서루에서 책을 일 년 동안 읽었으니 그럴 수 있고……

하지만 운무 속 돌계단을 통과할 수 있었다는 건 저도 영문을 모르겠네요."

"지금 그의 경지가 어떻게 되지?"

"불혹이요."

"오!"

질문을 한 이가 가볍게 놀라며 불가사의한 눈빛으로 말했다.

"융경 황자는 이미 동현 상(上)의 경지. 심지어 지명까지 한 걸음만 남았지. 그래서 그가 이곳에 온 것은 놀랄 일도 아니지만 그놈은 불혹의 경지인데 여기를 어떻게 올라왔지?"

둘째 사형은 그를 힐끗 보더니 낮은 목소리로 꾸짖었다.

"쓸데없는 소리, 당연히 걸어 올라왔지."

이 말이야말로 쓸데없는 소리. 하지만 누가 감히 지적하겠는가.

"스승님께서 그렇게 오래 가르쳤는데 이런 도리조차 깨닫지
못한 건가! 세상에 고정된 규칙이 어디 있어? 만약 모든 규칙이
이미 정해져 있다면, 우리는 왜 수행을 하며 도를 탐구하는가?
만약 모든 규칙을 바꿀 수 없다면, 우리는 왜 밥을 먹고 물을
마시는가? 그냥 절벽에서 뛰어내려야지."

나무 아래 사람들은 아무 소리도 못한 채 숙연하게 경청했다.

"녕결은 불혹에 불과하지만 불혹의 경지이면 정상에 못 오른다고
누가 말했나? 융경 같은 사람만 정상에 오를 수 있다면 이층루
시험이 왜 필요하나?"

둘째 사형은 냉담한 표정으로 진지하게 말을 이었다.

"불혹이면 정상에 오르지 못한다? 대사형도 불혹 이하 경지에서
17년이나 머물며 산을 몇 번이나 오르내렸다."

누군가 망설이다 조심스럽게 물었다.

"그래도 녕결과 대사형을 비교하는 것은…… 사형이 그를 너무
과대평가하시는 것 아닌가요?"
"오늘 녕결이 산 정상에 오른다면 대사형에 이어 두 번째로
불혹 이하의 경지로 뒷산을 완주하는 사람이 되는 것이다."

진피피의 달갑지 않은 중얼거림이 모호하게 들렸다.

  "대사형은 불혹에 들어가기 전 일이고 녕결은 석 달 전에
    이미 불혹에 들어갔으니 그 차이는 엄청 크지……."

수놓는 사저가 진피피의 통통한 얼굴을 보며 생글생글 웃었다.

  "사실 녕결이 막내 사제가 되어도 괜찮을 텐데. 물론 볼을
    꼬집을 때 느낌은 피피보다 안 좋겠지만, 그 애의 얼굴에
    보조개가 있어 꽤나 귀엽더라고."

진피피는 무의식적으로 몸을 떨며 둘째 사형 뒤로 숨어 고개만 살짝 내밀
고서 소리를 질렀다.

  "일곱째 사저, 꿈을 너무 아름답게 꾸시는 거 아닌가요?
    마지막 관문이 그렇게 쉬운 게 아니잖아요. 전 융경이 먼저
    올라간다고 내기도 할 수 있어요."

일곱째 사저는 실눈을 뜨고 웃으며 놀리듯 말했다.

  "진짜 융경이 먼저 올라가면 네가 실망해서 펑펑 울까 걱정이네."

진피피는 저도 모르게 헤헤 웃었다. 둘째 사형이 다시 진지하게 입을 열
었다.

  "기나긴 산길은 먼저 의지를 시험하고 깨달음의 본성을 비교하고,
    경지를 시험하고 또 운무 속에서 본심을 보는 것이지.
    마지막 이 암석은 그들의 선택을 볼 뿐. 융경이나 녕결 모두에게
    그리 어렵지 않을 것이다."

둘째 사형은 '선택'이라는 말에 힘을 주었다. 그의 목소리는 점점 느려졌지만 더욱 또렷해졌다.

> "어렵지 않기에, 결국 결단력을 겨루는 것이다. 신전 재결사 같은
> 진흙탕에 오래 머무르며 부녀와 어린 아이를 죽여도 눈 하나
> 깜빡하지 않는 융경이 결단을 내리는 속도가 더 빠르지 않을까
> 생각이 드네."

한 차례 산바람이 스쳐 가고 푸른 나무 끝자락이 가볍게 울리고, 풀들이 몸을 가로로 눕히며 절벽 아래 은빛 구름이 한 차례 흔들렸다. 절벽 가까이 있던 여렴이 구름과 안개를 보며 미간에 주름을 세웠다. 푸른 나무 아래에서 둘째 사형이 굳은 표정으로 벌떡 일어났다.

> "호연검의(浩然劍意)…… 스승님께서 마지막 관문을
> 바꾸신 건가……?"

★ ★

"왜 또 너야? 네가 널 두 번 죽였는데도 다시 살아나면
내가 널 또 죽여야 해? 진짜 이해가 안 되네. 네가 도대체 뭘
하고 싶은 건데? 하후에게 학살당한 마을 사람들을 잊지 말라고
일깨워주고 싶어서? 아니면 네가 얼마나 비참하게 죽었는지 잊지
말라고? 걱정하지 마. 난 네가 남긴 일들을 절대 안 잊어."
"……."
"근데 하후가 그렇게 쉽게 죽겠냐? 그러니까 빨리 길을
비켜줘. 그래야 내가 융경보다 빨리 올라가서 서원 이층루에
들어가 부자(夫子)가 가장 아끼는 착한 학생이 되고, 서원
뒷산에서 신묘한 수행 방법을 익히고…… 혹시 네가 또 누굴

죽여야 하는데 잊은 사람이 있으면 아무 때나 꿈에 나타나서
알려줘. 그럼 내가 바로 죽여줄게."

"……."

"그래도 안 비켜? 내 검술을 연습시키려는 거야? 그럼 다른 시간을
좀 골라주면 안 되겠니? 지금은 좀 바쁜데."

녕결은 이 말을 하며, 그 빗속의 회색 담장으로 다가가, 담 아래서 숨 죽
이고 기괴한 웃음을 머금고 있는 친구를 보며, 속절없는 한숨을 내쉬고,
손을 뻗어 허무(虛無)의 검을 꺼내 친구와 회색 담을 허무로 베어 버렸다.

"이것 봐. 똑같잖아. 서원 뒷산 사람들도 참 재미없게……
좀 새로운 걸 하면 안 되나?"

그는 검을 검집에 넣지도 않고 어깨에 멘 채 걸어갔다. 어차피 잠시 후 또
'그 사람들'을 베게 될 터.

'오랫동안 꿈에서도 보지 못한 아버지? 어머니? 또는 상상?'

지금 그는 이 모든 것이 환각이고 가짜임을 확신하고 있었기에 아무런 심
리적 장애가 없었다.

그의 발걸음이 갑자기 멈추었다. 무표정한 두 사람. 녕결은 무표
정한 얼굴로 무표정한 두 얼굴을 보며 무심하게 말했다.

"드디어 왔군."

＊＊

융경 황자는 두려움에 떨고 있다. 이런 두려움 앞에서 어떻게 선택해야
할지 막막했다. 그가 가장 사랑하는 여인은 꽃나무 아래 쓰러져 피눈물을
흘리고 있었다. 그녀의 시선은 그녀가 가장 사랑하는 해당화 대신 자신에
게 향해 있었다.

　　그러나 융경은 그녀를 볼 수 없고, 또 다른 여인을 보고 있었다.
호천을 제외하고는 아무도 자신에게 두려움을 느끼게 할 수 없다고 생각
한 그였지만 지금 이 순간 성스러운 신휘 속에 있는 여인을 보고, 선홍빛
바람에 펄럭이는 붉은 옷을 보고, 여전히 자신의 마음 깊은 곳에서 이 여
인에 대한 두려움을 지우지 못했다는 것을 깨달았다.

　　온 세상이 성스러운 신휘로 가득 찼다. 그 여인의 얼굴을 똑바로
쳐다볼 수 없을 정도로 밝았고, 그녀의 붉은 치맛자락만 그녀의 붉은 소
매만 그녀의 양쪽 귀밑머리에 꽂혀 있는 선명한 붉은색의 꽃만 보일 뿐이
었다.

　　"융경, 서원 이층루에 들어가고 싶다던데, 그곳에 가면 나를
　　이길 수 있을 것 같아?"

융경 황자는 공손하게 몸을 낮추며 말했다.

　　"융경은 감히 그렇게 할 수 없습니다."

그녀 뒤로 펼쳐진 꽃밭에 쓰러져 있는 화치 육신가의 두 눈에서 더 많은
피눈물이 흘렀다.

　　"감히 못한다? 정말 그래?"

융경 황자는 신휘 속에 있는 여인의 보석 같은 두 눈을 똑바로 쳐다보았

다. 그가 생애 처음으로 용감한 결정을 내리려는 찰나, 그는 그녀 뒤에서 어떤 이의 그림자를 보았다.

한 남자의 그림자. 그 남자는 그렇게 침묵하며 여자 뒤에 서 있었다. 마치 수만 년이 지나도 입을 열 것 같지 않았다. 신휘가 그의 뺨을 스치고, 보석 같은 바람도 스쳤다. 호천도 소리 없이 그를 높게 평가하는 것 같았다.

융경 황자는 그 남자 어깨 위로 올라온 목검을 바라보고는 몸이 주체할 수 없이 떨렸다. 그리고 망설임 없이 결정을 내렸다. 그는 뒤로 돌아가 꽃나무 앞으로 걸어갔다. 허리춤에서 허무의 검을 꺼내 자신이 가장 사랑하는 여인의 가슴을 천천히 찔렀다.

검날이 여인의 가슴에 한 치 한 치 들어갔다. 하지만 화치 육신가는 조금의 아픔도 느끼지 못하는 듯 사랑하는 남자를 바라보았다. 그녀의 눈에서 더 이상 피눈물이 흐르지 않았다. 그녀의 눈길에는 한 치의 원망도 없고 평온함과 은은한 연민만 남아 있었다.

융경 황자가 천천히 고개를 숙여 자신의 가슴을 바라보았다. 가슴에는 어느새 투명한 구멍이 뚫려 있었다.

＊＊

무표정한 두 얼굴. 하나는 매우 늙고, 하나는 매우 어렸다. 녕결은 늙은 집사와 어린 시절 단짝을 보며 한참 침묵한 뒤 말했다.

"너희들을 다시 죽여야 하는구나. 어쩐지 뭔가 잘못되었다고
생각했었지. 아직까지 너희들이 나타나지 않아서 그런 거였어."

그는 어깨에 멘 긴 검을 양손으로 꽉 쥐었지만 바로 휘두르지는 못했다. 왜냐하면 자신이 서 있는 큰 바위 아래 좁은 돌계단이 흑황색의 흙으로 변하기 시작했기 때문이다.

황원에서 수많은 사람들이 하늘을 우러러보고 있었다. 저 멀리 하

늘 끝에서 어둠이 번져오고, 사람들의 얼굴에는 절망과 공포의 감정이 가득 찼다. 세상은 온통 어둠이고 구름 뒤 어디서부터인가 몇 줄기 빛만 내려왔다.

　　　모두가 하늘을 쳐다보는 것은 아니었다. 적어도 그의 앞에 있는 늙은 집사와 어린 시절 단짝은 무표정한 얼굴로 그를 바라보고 있다. 그가 어디로 움직이든 그들은 침묵하며 따라오고 시선은 영원히 그의 얼굴로 향해 있는 듯했다. 녕결은 하늘을 가리키며 늙은 집사에게 말했다.

　　"지난번에 꿈을 꿨을 때에는 하늘에서 빛의 문이 열렸는데,
　　오늘은 그렇지 않은 이유가 혹시 너희들 때문이야?"

그는 또 자기 키 절반밖에 되지 않는 어린 시절 단짝을 내려다보며 말했다.

　　"지난번에는 그 빛의 문에서 아주 거대한 황금빛 용머리 하나가
　　나왔어. 그런데 사실 그 광경은 너무 멍청했어. 왜냐하면
　　우리가 어렸을 때 만안탑 밑에 가서 보던 거북이 같았거든.
　　만 마리쯤 되는 거북이의 머리를 한데 모아 용머리를 만든 것
　　같았어."

늙은 집사와 어린 시절 단짝의 얼굴에는 여전히 표정이 없었다.

　　"꿈이면 다 가짜지."
　　"……."
　　"가짜라면 이미 발생했던 이야기가 아니야."
　　"……."
　　"이야기가 아니면, 당연히 연속성이 없지."

그때 황원에서 희끗희끗한 머리카락을 어깨에 늘어뜨린 키가 크고 거대한 남자 하나가 나타났다. 녕결이 이 남자를 본 것은 처음이 아니었다. 녕

결은 다가가서 남자의 얼굴을 보려 했다. 하지만 아무리 애를 써도 남자의 얼굴을 볼 수 없었다.

녕결이 남자 주위를 빙글빙글 돌자 늙은 집사와 어린 시절 단짝이 그를 따라 빙글빙글 돌았다. 우스꽝스러워 보이기도 했고 또 말로 표현할 수 없이 처량하고 비참해 보이기도 했다. 키 큰 남자가 밤하늘을 점령하고 있는 어두움을 가리켰다.

"보라, 검은 밤이 내려와 깔린다."
"봤어요."

키 큰 남자는 다시 구름 뒤 내려오는 몇 줄기 빛을 가리켰다.

"하지만 아직 빛은 있다. 빛과 어둠 중 무엇을 선택하겠나?"

녕결은 망설임 없이 대답했다.

"제가 왜 선택해야 해요?"

키 큰 남자는 대답 대신 옆에 있는 술꾼의 손에서 술 주머니를 빼앗아 단숨에 비웠다. 또 백정의 등에 있는 돼지 뒷다리를 빼앗아 쭈그리고 앉아 먹기 시작했다. 돼지기름이 그의 수염을 타고 뚝뚝 떨어졌다.

★★

"사랑하는 여인을 왜 죽였지?"
"정도(正道)를 걸어야 도심(道心)을 지킬 수 있습니다."
"내가 말하는 것이 모두 정도인가?"
"그렇습니다."

융경 황자는 성스러운 신휘 속으로 그 붉은 치마를 입은 여인을 따라나섰다. 오랜 시간 동안 그녀를 따라 많은 사람들을 죽였고 죽일수록 그의 마음은 점점 평온해졌다. 예전처럼 감정을 억누르는 것이 아니라 마음에서 우러나오는 진정한 냉정함을 찾았던 것이다.

"만약 호천이 네가 나를 죽여야 한다고 하면
너는 어떤 선택을 할 것이냐?"

융경 황자는 그녀에 대한 타고난 두려움이 있었고, 그녀의 뒤에 영원히 침묵할 것 같은 그 목검을 진 남자에 대한 두려움은 더 컸다. 하지만 그는 이 질문을 듣고 잠시 침묵하다가 덤덤히 손에 들고 있던 검을 들고 그녀를 찔렀다.

'뚝뚝.'

검이 그녀의 몸을 관통하며 피가 떨어졌다. 여인은 미소를 짓고 그를 보며 칭찬했다.

"융경, 이제 너의 마음은 진정한 강함을 찾았다."

융경 자신의 가슴에 뚫린 투명한 구멍을 가리키며 말했다.

"보십시오. 전 이미 마음이 없습니다."

＊＊

황원에서 거대한 남자가 녕결을 등지고 서서 물었다.

　"이전에는 어떻게 선택했나?"
　"몸은 어둠 속에 있지만 마음은 광명으로 향한다."

키 큰 남자는 껄껄거리며 웃는다.

　"이 위에서 바람에 흔들리는 야생 잡초를 다시 보게 될 줄은
　생각지도 못했다."

녕결도 즐겁게 웃었다.

　"보세요. 꼭 선택해야 하는 건 아니라고 했잖아요."

키 큰 남자는 웃음을 거두며 하늘에 움직이는 구름을 보며 물었다.

　"하늘이 무너지면 어떻게 할 것이냐?"
　"하늘이 어떻게 무너져요?"
　"만약에 그렇다면?"
　"그럼 당연히 키가 큰 사람이 떠받쳐야죠…… 예를 들어 당신?"
　"키가 커도 못 막으면 어떻게 하나?"
　"그럼 도망가면 되죠."
　"만약 하늘이 무너진다면 어디로 도망을 갈 수 있겠나?"
　"만약, 만약, 만약…… 세상에 그렇게 많은 만약이 어디 있어요?"
　"어차피 만약인데 마음대로 대답해도 되지 않겠나?"

그 남자가 마음대로 대답하라 했지만 녕결은 왠지 모르게 함부로 대답하

면 안 될 것 같은 느낌이 들었다. 그리고 갈수록 어두워지는 하늘을 보며 저도 모르게 엄청난 공포심을 느끼기 시작했다. 황혼의 기온이 갑자기 떨어지며 그가 입은 옷에 서리가 내렸다. 키 큰 남자가 탄식하며 물었다.

"아니면 처음의 선택으로 돌아가겠나?"

＊＊

마음마저 없으니 자연히 더 이상 두려움은 없을 터. 융경 황자는 자신이 죽인 붉은 치마를 입은 여인의 자리를 대신하여 성스러운 신휘 속에 몸을 맡겼다. 호천의 위대한 의지를 받아 천하를 걸으며 곳곳의 어둠을 몰아냈다.

황금빛 모래로 이루어진 사막 한가운데. 그 여인 뒤에 서 있던 남자가 드디어 나타났다. 그의 등 뒤의 목검이 뜨거운 황금빛 모래바람 속에서 가볍게 떨렸다. 융경 황자는 그를 보며 입을 열었다.

"제가 첫 선택을 했을 때부터 제 운명은 호천과 연결되어
   있었습니다. 당신이 세상에서 가장 강한 사람이라고 해도
   호천을 이길 수는 없습니다."
'휘이익!'

한 차례의 황금빛 모래 바람이 휘몰아치고 어느새 목검이 융경 황자의 가슴을 찔렀다. 융경 황자는 덤덤히 고개를 숙여 가슴에 난 투명한 구멍을 보았다. 세상의 모든 것을 뚫을 수 있는 목검이지만 목검은 융경 황자의 가슴에 난 구멍을 통과하여 그의 몸에 조금의 손상도 주지 못했다.

융경 황자의 가슴에 난 구멍에서 황금빛 꽃이 피어나 순식간에 목검을 삼켰다. 그는 고개를 들어 황금빛 모래 바람 속으로 점점 흐려져 가는 남자의 그림자를 보며 말했다.

"이것을 보세요. 이것이 바로 우리들의 '진리'입니다."

이 말과 함께 융경 황자는 몸을 돌려 떠났다. 그가 가장 두려워하는 사람을 하나하나 죽였다. 그리고 그는 황금빛 모래사막을 자랑스럽게 걸었다.

마음은 없지만 그는 여전히 교만했다. 호천의 광명 세계에서 자신이 가장 강하고, 모든 어둠은 자신의 빛을 보며 멀리 피할 것이다. 아니, 모든 어둠을 갈기갈기 찢어 없애야 한다. 세상의 모든 어둠이 그에 의해 소멸될 것이다.

주변에 더 이상 적도 죄악도 없고, 오직 가장 순결한 광명만 남을 것이다.

끝도 없는 넓은 들판을 뒤덮고 있는 호천의 광명. 그의 가슴에 핀 황금빛 꽃이 거대하게 변해 그의 얼굴마저 가렸다. 이미 그 무게가 부담스러웠지만 그의 몸은 이 황금 꽃과 뗄 수 없는 존재가 되어 있었다. 갑자기 그의 마음 깊은 곳에서 아득한 소리가 울려 퍼졌다.

"절대적인 광명은 곧 절대적인 어둠이다."

융경 황자는 오랫동안 침묵하다가 손으로 자신의 가슴에 핀 거대한 황금 꽃을 손으로 눌렀다. 찰나에 거대한 황금 꽃이 빠르게 작아지며 황금빛 검으로 변했다. 그는 고통스럽게 울부짖으며 황금빛 검을 가슴에서 힘겹게 뽑아냈다. 그는 망연자실한 표정으로 주변을 두리번거렸고, 하늘 끝자락에 허무한 얼굴 몇이 떠 있는 게 보였다.

목검을 메고 있는 그 남자.

붉은 치마를 입은 그 여자.

꽃나무 아래 쓰러진 그가 가장 사랑하는 그 여자.

허무한 얼굴이 냉담하게 그를 보고 있고 그의 선택을 기다렸다. 도처가 광명이고 또 도처가 어둠이었다. 광명으로 한 걸음 들어가 계속해서 싸우고 죽일 수 있었다. 하지만 그것은 '광명' 아닌가……

융경 황자는 온몸을 벌벌 떨며 황금빛 모래사막에 서 있었다. 얼굴이 고통스럽게 일그러지고 식은땀이 온몸을 흠뻑 적셨다. 그는 고개를 숙이고 자신의 왼손을 바라보았다. 생명의 원천과 같은 푸른 대나무 조각이 손에 쥐어져 있었다.

＊ ＊

황원에 있던 많은 사람들이 갑자기 사라졌다.

넝결은 눈앞에 있는 늙은 집사와 어린 시절 친구를 보고 또 고개를 들어 키가 큰 거대한 남자를 향해 불만 가득한 목소리로 외쳤다.

"제가 왜 꼭 선택을 해야 하는 것인지 아직도 모르겠어요!"
"그냥 가볍게 토론하자고 한 것뿐인데 뭘 그렇게 심각하게
생각하나?"

넝결이 일어나자 몸에서 서리가 우수수 떨어졌다.

"전 선택하지 않아요."
"때로는 우리를 희생할 만한 가치가 있는 일이 있다.
희생도 하나의 선택이다."

넝결은 고개를 가로저었다.

"제가 잘못한 것이 없는데 왜 희생을 해야 하죠?"
"네가 기꺼이 너를 희생할 만한 사람이나 일이 없나?"

넝결은 오래 생각하다 다소 머뭇거리며 대답했다.

"없는 것 같아요."

"하지만 아주 오래 전 네가 선택한 적이 있다."

넝결은 늙은 집사와 어린 시절 친구를 보며 말했다.

"그것은 내가 아니라 다른 사람들을 희생시킨 거예요."
"타인을 희생시키는 것도 하나의 선택이다."

넝결은 인정했다.

"맞아요."

키가 큰 거대한 남자는 먹다 남은 돼지 뒷다리를 다시 그 백정의 등에 걸며 말했다.

"그럼 이제 다시 한번 선택해 봐라."

밤은 여전히 어두웠다.

온도는 점점 더 낮아지고 있었다.

넝결은 망연자실하게 점점 다가오는 어둠을 그리고 그 구름 뒤에서 비춰오는 빛 몇 줄기를 보았다. 안에서부터 전해오는 끝도 없는 위압감을 느끼며 온몸이 전에 없던 공포에 휩싸였다. 몸에 내린 서리가 점점 견고한 갑옷처럼 응결되었다.

그는 자신이 어떤 방향을 선택해야 할지 몰랐다. 그는 고독하게 천지 사이에 서 있고 또 그렇게 보잘 것 없어 보였다.

늙은 집사와 어린 시절 친구가 그의 앞에 서 있었다. 투명한 얼음을 사이에 두고 그들과 시선이 마주쳤다. 그는 손에 든 푸른 대나무 조각을 꽉 쥐었다.

＊＊

서원 앞에서 더 이상 녕결을 조롱하는 사람은 없었다. 그가 몸소 증명해
냈기 때문이다. 그래서 그저 고요함만 남았다.

　　'다그닥 다그닥 다그닥.'

억눌린 듯한 고요함이 소나기 같은 말발굽 소리에 깨졌다. 안슬이 상상을
데리고 마차에서 내려오자 그의 신분을 눈치 챈 사람들이 벌떡 일어나 예
를 올렸다.

　　'이런 대인물이 이 늦은 시각에 왜 갑자기 서원에 나타났지?'

친왕 이패언과 공주 이어를 포함한 누구도 안슬 대사의 목적을 알지 못했
다. 물론 안슬도 그 이유를 설명할 만큼 우둔하지는 않았다. 그는 인사만
받을 뿐 침묵하며 의자에 앉아 눈을 감고 마음을 진정시켰다.

　　'설마 녕결 그놈이 이층루에 들어가기야 하겠어?'

막리 신관이 담담하게 입을 열었다.

　　"우리 서릉은 융경 황자가 패배하리라 생각한 적이 없습니다."

서릉 신전에서도 전유 좌석이 있을 만큼 신분이 존귀한 안슬 대사가 말을
받았다.

　　"녕결 그 녀석에 대해 내가 좀 알지. 잔재주가 있긴 하지만
　　이층루에 들어가려면……."
　　'탁!'

안슬은 갑자기 세차게 탁자를 내리치며 버럭 화를 냈다.

"안 돼!"

크게 놀란 사람들의 눈빛에 의혹이 가득 찼다.

    '호천도 남문은 겉으로 서릉 신전과 화목해 보이지만, 그 마음도
    신념도 다른데…… 오늘 안슬 대사가 왜 서릉 편에 서지?'

친왕 이패언은 안슬을 바라보며 생각했다.

    '황형께서 오늘 녕결이라는 변수가 생긴 것을 알고 태도를
    밝히기 위해 안슬 대사를 보낸 것인가?'

    '다그닥 다그닥 다그닥.'

이때 또 한 대의 마차가 질주해 들어왔다. 마차에서 내린 사람을 보며 사람들은 또 한번 수군거리기 시작했다. 이어는 자상한 눈매를 가진 수령 태감을 보며 물었다.

    "임 공공, 어인 일로 오셨나요?"
    "전하께 아뢰옵니다. 폐하의 성지를 받고 왔습니다."

이어는 그에게 앞으로 오라 손짓하며 목소리를 낮춰 물었다.

    "이게 대체 무슨 상황인가요?"
    "폐하께서 이곳에 있는 한 분을 만나고 싶다 하셔서 종(奴)을
    이곳에 보내신 것입니다."
    "부황께서 누구를?"

"서원의 학생입니다."

이 말을 마친 임 공공은 옆에 있는 안슬 대사를 보고 표정이 살짝 굳어지며 물었다.

"안 대사, 여기는 어떻게 오신 겁니까?"

안슬은 퉁명스럽게 대답했다.

"내가 어디 가면 자네에게 보고해야 하나?"
"종은 그저 태감일 뿐인데 어찌 신부사께서 하시는 일에
간섭할 자격이 있겠습니까. 다만 폐하께서 대사께 전하실 말씀이
있다 하셨습니다. 폐하께서 좋아하시는 인재를 국사님께서
숨기고 보고를 하지 않았다는데, 이 일에 대해서 폐하께서는
호천도 남문의 해명을 기다리고 계십니다."
'설마 폐하께서도 녕결 그놈의 재주를 알게 된 건가?
어떻게 해야 하지? 서원에서 그놈을 빼가는 것도 골치 아픈데
설마 대당 천자와도 한바탕 해야 한다는 거야?
사제가 마음대로 혼내라 했는데 그중에 설마……
폐하도 포함될 수 있는 건가?'

사람들은 갑자기 찾아온 두 대인물을 보고 생각했다.

'신부사 안슬, 폐하께서 가장 신뢰하는 수령 태감 임 공공……
대체 무슨 일인 거야?'

**

두 대인물의 그림자에 가려 안슬과 같이 서원에 들어간 상상은 아무도 눈치 못 채게 평지를 떠나 서원 건물 사이 골목을 따라 뒤쪽으로 걸어갔다. 호수를 지나고 등불이 다 꺼진 구서루를 지나고 무성한 숲을 지나고…… 또 사람이 드물게 다니는 풀밭을 지나며 평소 녕결이 이야기한 것과 풍경을 대조하고 있었다.

검림에서 그녀는 매끈한 나무줄기를 만지며 깨끗한 바닥을 골라 앉았다. 그리고 대흑산을 안고 고개를 들어 서원 뒷산을 바라봤다. 산 정상은 여전히 운무가 잘 보이지 않았다. 하지만 상상은 대흑산을 품에 안고 여전히 그곳을 바라보았다. 지금 도련님이 그곳에 있고 또 중요한 시련을 겪고 있는 것을 알고 있었기 때문이다.

'휘익…… 타타타타…….'

검림 밖에서 한 차례 광풍이 불고 무수한 풀잎과 자갈이 나무줄기에 부딪쳐 소리를 냈다.

'촤악.'

상상은 놀라 나무 뒤로 숨으며 대흑산을 펴서 자신의 왜소한 몸을 가렸다.

'둥둥둥둥…….'

자갈들이 마치 화살처럼 더러운 대흑산의 표면을 때리며 북을 치는 듯한 소리가 났다. 동시에 상상의 가슴도 요동치기 시작했다. 광풍은 더욱 거세졌다. 심지어 몇 그루의 나무들은 뿌리째 뽑혀 흑황색 진흙을 뒤집어쓴 채 멀고 깊은 밤하늘로 날아갔다.

몇 개의 검이 밤하늘을 찌르는 것 같았다.

새까만 핏물이 튀면서…….

＊＊

장안성 만안탑 꼭대기 층. 국사 이청산은 황양 대사를 보고 웃었다.

"오늘은 서쪽에서 승려 하나가 왔습니다……."
"오도가 당신을 그렇게 기쁘게 했나요?
 오늘 기분이 좋아 보이십니다."
"오늘밤이 지나면 우리 호천도 남문은 젊은 천재 하나를
 가지게 될 것입니다. 십여 년이 지나면 신부사가 하나
 나올 것이고. 하하하…… 기뻐할 만한 일이 아닙니까?"
"그렇군요. 정말 기분 좋은 일입니다."

그때 이청산의 눈썹 끝이 올라갔다. 그는 다급한 발걸음으로 탑 가장자리로 걸어가 남쪽의 평온한 밤하늘을 보았다. 그의 오른손은 떨리기 시작했고 손가락을 수차례 굽혔다 펴며 무언가를 계산했다. 황양 대사는 그의 시선이 향한 곳을 바라보며 물었다.

"이번 이층루 시험이 어찌 이렇게 큰 풍파를 일으킨 것입니까?"

이청산은 갑자기 긴장하면서 어두운 표정으로 말했다.

"빼앗지 못하겠다…… 부자(夫子)께서는 정말 높은 곳에
 계시는구나……."

　　　　★★

　서원의 검림을 휩쓸고 있는 광풍은 매우 거셌지만 신기하게 아주 작은 범
위 안에만 국한되어 주위의 환경에는 영향을 주지 않았다. 산 정상에 있
는 둘째 사형과 서원 앞에 있는 신부사 안슬을 비롯하여 국사 이청산, 황
양 대사와 같은 지명 상(上)의 경지에 오른 대수행자들만이 감지할 수 있
었다.
　　장안성 백성들은 이에 대해 전혀 알지 못했다. 더구나 대부분의
사람들은 이미 깊은 잠에 빠져있을 시간.
　　오랜 세월 동안 묻혀 있던 장안성 곳곳의 핏자국이 서서히 떠오르
다 빠른 속도로 사라져 버렸다. 47번 골목 회색 담, 막 복구된 춘풍정 하
수구, 호숫가 작은 저택, 동성 대장간의 뒷마당, 옛 선위 장군 저택 밖의
부서진 돌사자 아래, 증정 대학사 저택 땔감 창고에서……

　　　　★★

　끝없는 광명의 위압이 다가오기 전에 융경 황자는 푸른 대나무 조각을 부
러뜨려 버렸다. 그리고 무표정한 얼굴로 고개를 들었다. 자신은 여전히
서원의 뒷산 정상 근처 절벽 옆에 있는 바위 아래에 서 있었다. 그는 그제
야 자신이 한 걸음도 앞으로 나가지 못했음을 발견했다.
　　밤바람이 그의 옷을 스치고 가며 전신의 땀을 빠르게 날려 버렸
다. 그는 오랫동안 그곳에서 침묵을 지키다 뒤쪽 풀밭으로 몇 걸음 물러
섰다.
　　고개를 들어 절벽의 거대한 바위 위를 바라보았지만 아무도 보이
지 않았다.

＊＊

싸늘한 황원. 녕결은 무엇인가를 느꼈다.

"그런 선택은 내게 어렵지 않아!"
그는 큰 소리로 외쳤다. 키가 큰 거대한 남자에게 늙은 집사와 어린 시절 친구에게, 또 하늘의 광명과 어둠에게.

'툭툭.'

입을 움직이자 입술에서 얼음 서리가 깨지면서 바닥에 떨어졌다. 눈을 깜빡이자, 시야를 가렸던 투명한 얼음 조각이 깨졌다.

'투투투투툭툭…….'

손을 들자 더 많은 서리 조각이 옷에서 떨어졌다. 손에 든 푸른 대나무 조각을 버리고 다시 허무의 긴 칼자루를 움켜쥐고 힘차게 내리치며 허무를 베었다. 몇 년 만에 그는 다시 한번 그 늙은 집사와 어린 시절 친구를 죽였다.

"내 우산은 검다."

아무런 대답도 들려오지 않았다.

"그녀의 얼굴도 검다."

오직 녕결의 외침뿐이었다.

"어릴 적부터 지금까지 내가 한 모든 일은 검은색이다."

메아리도 들려오지 않았다.

"그렇다고 내가 잘못했다고 생각하지 않는다."

오직 침묵뿐이었다.

"내가 잘못한 것이 없으니 잘못을 인정할 필요가 없고
속죄할 필요는 더더욱 없다."

녕결은 구름 뒤로 비쳐오는 밝은 빛을 보고 또 점점 강해지는 광명의 위
압을 느끼며 말한다.

"너는 내가 잘못했다고 생각할 수 있겠지만 난 신경 안 써.
네 생각이 나와 무슨 상관이지?"
'퉷!'

그는 발밑에다 침을 한번 거칠게 뱉고, 긴 칼을 어깨에 메고, 한 치의 망
설임도 없이 황원 저편의 어두운 밤 속으로 걸어갔다. 거대한 남자는 그
의 뒷모습을 보며 침묵했다.

★ ★

어두운 밤 속으로 들어가는 것은 곧 별의 빛 속으로 들어가는 것. 녕결은
절벽의 큰 바위 위에 서서, 서원 뒷산의 가장 높은 곳에 서서 눈앞에 펼쳐
진 경치를 보고 있었다. 밤하늘에 떠있는 별에서 내려오는 빛이 하늘에서
천천히 흐르는 구름 위로 내려앉으며 주위를 대낮처럼 밝혔다.
비록 지금은 깊은 밤이지만…….
그는 멀리 바위 아래에 서 있는 융경 황자를 보았지만 아무 말도

하지 않았다. 그는 만년의 별과 절벽, 찰나의 별빛과 구름을 바라보며 봄밤의 산바람에 취하고 있었다. 정상에 올라야만 비로소 이와 같은 아름다운 경치를 볼 수 있었다.

"이 세계는 평평하구나!"

그는 시선을 저 멀리 두고 저 별 아래 세계의 가장자리를 바라보았다. 구름을 헤치고 드러난 산봉우리가 어렴풋이 보였다. 민산인지 아니면 또 무슨 산인지 알 수 없었다.

천만 가지 생각이 스쳐갔다.

찰나에 지난날의 기억이 지나가고 돌계단에서 이미 반복된 시간들이었지만 또 한번 지나가고, 감격스러움과 함께 감개무량함이 한 마디의 문구로 모여 갔다. 하지만 눈앞에 펼쳐진 절경은 말로 표현하기 힘들어 그저 웃었다. 그는 웃어서 몸이 떨렸고, 눈물이 흘렀고, 그 눈물과 웃음소리도 떨렸다. 그는 눈물과 콧물을 닦으며 진지하게 한 마디를 내뱉었다.

"젠장, 아름답네!"

　　　★★

푸른 나무 아래 사람들은 큰 바위 가장자리 옆에서 절경을 보며 바보처럼 웃고 있는 소년을 바라보았다.

둘째 사형은 여전히 가부좌를 틀고 있고, 머리가 희끗희끗한 늙은 서생 하나는 마치 주변에서 일어나는 모든 일이 자신과는 상관없다는 듯 낡은 책을 보고 있었다. 그때 그윽한 퉁소 소리가 울려 퍼지고 고풍스러운 삼현금 소리가 이어졌다. 일곱째 사저가 바늘을 깃털처럼 잡아 산바람에 수를 놓으니 청명한 소리가 나고, 장한(壯漢)이 악곡 중에 가장 장엄한 부분에 맞춰 무거운 쇠망치를 바닥에 힘차게 내리쳤다.

'쾅!'

통소 소리, 가야금 소리, 바늘 소리, 망치 소리가 한데 어우러져 꽤나 고풍스러운 연주를 만들어 냈고 유유히 퍼져 서원 뒷산 정상을 뒤덮었다. 절벽 사이로 떠 있는 구름을 흐르게 하고 소나무를 이리저리 흔들리게 만들었다.

넝결은 귓속으로 흘러드는 고풍스러운 곡을 들으며 푸른 나무 아래를 바라봤다. 용모는 제각각이었지만 하나같이 온화한 미소를 짓고 있는 남녀들. 그는 무리 중 진피피의 모습을 발견하고 그들이 서원 이층루의 사형과 사저들이라는 것을 알았다.

그를 환영하는 따뜻한 마음, 따스한 느낌이 넝결의 가슴속으로 들어와 뜨거움으로 변했고 그는 순간 눈앞이 깜깜해지며 그대로 바닥에 쓰러졌다.

바위 아래 침묵하며 서 있는 융경 황자의 귀에는 이 아름다운 선율이 흘러들어가지 않은 것 같았다. 얼굴은 봄에 핀 복숭아꽃처럼 여전히 아름답지만, 머리카락은 이미 땀에 젖어 흐트러지며 어수선하게 어깨로 늘어뜨려져 있었다.

"품격이 좀 떨어지지만, 난 승복을 못한다."

어느새 그에게 다가온 둘째 사형이 답했다.

"내가 당신이라도 승복하지 못한다."

융경 황자는 잠시 침묵한 뒤 진지하게 물었다.

"정을 없애고 심성을 버렸습니다. 그럼에도 '선택'을 간파하지
못 한다면 도대체 누가 간파할 수 있다는 것입니까?"
"정을 없애고 심성을 버렸다는 의미는, 본래 너의 심성 속에
선택이나 다른 것에 대한 두려움이 있었다는 것이다.

난 너희들이 무엇을 보고 또 무엇을 겪었는지 알지 못하지만 너와 녕결의 차이는 알 것 같다. 녕결의 심성에는 본래 두려움이 없으니 너처럼 힘겹게 본심을 지울 필요가 없다."

융경 황자의 눈에 강한 의혹이 떠올랐다.

"두려움은 본래 인간의 천성, 사람이라면 두려움을 느낄 수밖에 없습니다. 녕결도 사람인데 그의 심성에 어찌 두려움이 없을 수 있습니까?"

둘째 사형은 곤혹스러운 듯 오랜 시간 침묵을 지켰다. 한참 후 그는 고개를 가로저으며 입을 열었다.

"작은 두려움과 큰 두려움의 차이일지도, 너희들은 모두 본능적인 작은 두려움을 이겨냈다. 하지만 생사나 낮밤 사이 큰 두려움의 상황에 직면해서는 차이가 생겼다."

융경은 무언가 깨달은 듯 물었다.

"녕결은 신앙이 없다는 말씀이십니까?"
"아마도 그럴 것 같다."

융경 황자의 얼굴에 슬픔이 섞인 웃음이 피어올랐다.

"신앙이 확고한 사람이 신앙이 없는…… 그래서 모든 상황에서 자신을 우선적으로 생각하는 사람에게 패배했다는 것을 어떻게 승복할 수 있겠습니까?"
"어쩌면 녕결도 신앙이 있을지 모른다. 다만 그 신앙이 그의 마음속 너무 깊은 곳에 숨겨져 있어 돌계단도 그것을

불러일으키지 못했고 심지어 어쩌면 그 자신도 자신의 신앙이
무엇인지 모를 수도 있다."

이때 진피피는 혼수상태에 빠진 녕결을 들쳐 업고 숨을 헐떡거리며 바위
에서 내려왔다. 통통한 얼굴살이 떨리는 모습은 마치 호수의 물결과 같았
다. 융경 황자는 진피피의 뒷모습을 보며 호천도 장교 대인과 '그 여자'가
가끔씩 언급하는 누군가를 떠올리며 믿을 수 없다는 표정으로 물었다.

"그…… 그 사람입니까?"
"그 사람이다."

융경은 전설과 현실의 괴리에 힘들다는 표정이었다.

'장교 대인이 언급했던 그 사람보다 더 천재적인 재주가 있다는
지수관의 소년이 서원 이층루에서는 하찮은 막내일 뿐이다?'
"그와 같은 진정한 천재가 서원 이층루에서는 허드렛일을 하고
있군요……."
"진정한 천재는 어딜 가나 천재다."

둘째 사형은 푸른 나무쪽을 바라보며 말을 이었다.

"그는 지수관에서 천재였으니 우리 서원 뒷산에서도
당연히 천재다. 비록 나보다는 많이 부족하지만……
너도 너무 실망할 필요는 없다. 사실 오늘 네가 보여준 능력은
매우 대단했다. 녕결이 천(天), 지(地), 인(人)의 이로운 조건과
약간의 행운이 더 있었을 뿐."

융경은 길게 한숨을 내쉰 후 공손히 예를 올리고 산 아래로 발길을 돌렸다.

2

✦

신부사 대 서원

2

서원 앞의 고요함은 어느새 벌이 날아다는 듯 윙윙거리는 토론 소리로 바뀌어있었다.

'과연 누가 이층루에 들어가게 될 것인가?'

서원 이층루 개루식을 주관하는 교수가 느릿느릿 걸어 나왔다. 그는 위안을 얻은 듯, 놀란 듯, 웃고 싶지만 웃을 수 없는 듯 또 무언가 걱정이 된다는 듯 매우 복잡한 표정을 짓고 있었다. 존귀한 신분의 그가 돌계단 앞에 나타나자 사람들은 약속이나 한 듯 언쟁을 멈췄다. 그리고 교수의 복잡한 표정을 보며 뭔가 예상하지 못한 일이 일어날 수도 있겠다는 불길한 예감이 들었다.

"황학아, 뭘 꾸물거리고 있나? 황학아?"

그를 감히 이렇게 부를 수 있는 사람은 대당 호천도 남문의 신부사 안슬뿐이었다. 그는 수행의 경지, 항렬, 나이 어느 면에서나 황학 교수보다 위에 있기 때문이었다. 그는 매우 초초한 상태에서 황학의 주저하는 모습을 보자 짜증이 솟구쳤다.

"오늘 서원 이층루 시험 결과가 나왔습니다."

그때 안슬은 어떤 가능성을 떠올리며 벌떡 일어나 손을 내밀었다.

"잠깐! 급하게 말할 것 없다!"

하룻밤을 기다렸던 연극의 막이 내릴 때쯤 드디어 은빛 가면을 벗은 남자 주인공의 정체를 알 수 있게 되었는데 또다시 누군가에 의해 연극이 중단되었다. 사람들은 모두 신부사의 신분 때문에 조심스러웠지만 결국 참지 못하고 야유를 쏟아냈다.

　　'신부사가 아무리 대단해도 여기 모인 백 명을 다 죽일 수
　　있을쏘냐!'

황학은 기괴한 눈빛으로 안슬을 노려봤다.

　　'독촉할 때는 언제고 이제는 급하게 발표하지 마라?
　　당신은 무슨 꿍꿍이를 가지고 있는 것이오?'
　　"왜 그러십니까?"

안슬은 돌계단을 훌쩍 뛰어오르며 당당하게 말했다.

　　"서원 이층루 개루식이 얼마나 큰일이냐. 비록 부자(夫子)께서
　　천하 여행을 떠나셔서 이곳에 안 계시지만 이렇게 대충해서
　　끝내면 안 되지. 결과를 발표하기 전에 목욕도 하고, 옷도
　　갈아입고, 향을 피워 하늘에 제사라도 올려야 하지 않겠어?"

야유 소리가 더욱 거세졌다. 친왕도 이어도 참지 못하고 도사 늙은이를 쳐다봤다. 늙은 나무 껍데기처럼 두꺼운 안슬의 낯짝이 저도 모르게 뜨거워졌다. 하지만 후계자에 대한 갈증은 그의 얼마 되지 않는 수치심을 단번에 이겨냈다.

　　"누가 감히 내 말에 반기를 드나! 불만 있으면 나와 따로 논하라!"

모든 사람이 고개를 돌리며 딴청을 피우기 시작했다. 황학 교수는 답답한

듯 안슬 대사를 불쾌한 눈빛으로 바라보며 말했다.

"안 사숙(師叔), 도대체 무엇을 하고 싶으신 겁니까?"

안슬 대사가 말로 뱉지는 못했지만 사실 그의 생각은 명확했다.

'만약 결과를 발표했는데 그 주인공이 녕결이면 여기 있는
모든 이가 그 결과를 알게 될 것이고 또 세상에 공표되어
기정사실이 되겠지. 그렇다면 나와 사제가 무슨 수로 녕결을
빼앗아 가겠나?'

안슬은 황학을 낚아채듯 끌고 근처 서당으로 들어갔다. 그들과 함께 서당
으로 향한 이들은 모두 이 일에 참여할 자격이 있는 심지어 최종 결과를
바꿀 수도 있는 대인물들이었다.

＊＊

막리 신관은 자신이 방금 무언가를 잘못 들었다고 확신했다. 그리고 옆에
있는 친왕의 눈을 바라봤다. 친왕 이패언의 표정도 이상했다. 그는 황 교
수가 글자를 잘못 읽었다고 확신했다. 그리고 옆에 있는 조카를 바라봤다.
　이어의 청초한 얼굴에는 아무런 표정이 없었다. 담담히 결과를 받
아들인 것이 아니라 짧은 시간에 너무 큰 충격을 받았기 때문이었다.
　막리 신관의 눈빛이 몇몇 대인물의 얼굴을 스치고 난 후, 어쩔 수
없다는 듯이 일어나 황학 교수에게 의혹이 가득한 눈빛으로 물었다.

"산 정상에 오른 사람이…… 녕결이라고요?"

황학 교수는 가볍게 고개를 끄덕였다.

"넝결이 맞습니다."

막리 신관은 차마 대꾸하지 못하고 석상처럼 의자 옆에 서 있었다. 서릉 신전 천유원의 부원장의 신분으로 사절단을 이끌고 대당에 온 그의 목적은 융경 황자가 볼모로 붙잡히는 대신 그가 이층루에서 수학을 할 기회를 준다는 서릉과 대당의 비밀 협약을 이행하기 위함이었다. 서원에 대해 전혀 좋은 뜻이 없는 막리 신관은 원래 이 생각을 반대했었다. 하지만 신전의 결정이기에 거역하지 못했다.

　　지금은 이미 모든 세상이 융경 황자가 이층루에 들어간다고 생각하고 있었기에 융경 황자는 서원 이층루에 들어가는 것이 당연했다. 이것은 융경 개인의 문제를 넘어 서릉 신전의 자존심이요, 영광과 존엄을 뜻했다.

"말도 안 돼. 이건 말도 안 되는 일이야!"

그는 갑자기 분노하며 손을 내저으며 항의했다.

"평범한 서원 학생이 어떻게 융경 황자를 이길 수 있단 말입니까!
황자는 지명의 경지에 한 걸음만 앞두고 있는데, 그 학생은
도대체 무슨 경지입니까?! 서원이 농간을 부린 것이
확실합니다!"

그의 말은 거칠었다. 서당 밖의 사람들이 결과를 알았다면 모두 그처럼 생각했을 것이다.

　　들쥐가 참매를 이길 수 있다고? 개미가 수사자를 이길 수 있다고? 수놓는 규방 낭자가 하후 대장군을 이길 수 있다고? 넝결이 융경 황자를 이길 수 있다고?

　　참매의 날개와 부리가 부러지지 않는 한, 호천이 수사자를 썩은 고기 덩어리로 만들지 않는 한, 황후 마마가 수놓는 낭자를 하후 대장군

의 부인으로 만들지 않는 한, 서원이 암암리에 속임수를 쓰지 않는 한, 절대로 일어날 수 없는 실현 불가능한 일이었다!

　　서당 안의 대인들의 시선이 모두 황학 교수에게 쏠렸다.

　　"제가 듣기로 융경 황자도 매우 훌륭한 모습을 보였습니다.
　　예년 같으면 서원 이층루에 쉽게 들어갈 수 있었을 것입니다.
　　다만 올해는 아쉽게 이층루에서 한 사람만 뽑습니다. 녕결이
　　마지막 순간에 융경 황자를 추월해 정상에 먼저 올랐습니다."
　　'털썩.'

막리 신관이 넋을 잃고 의자에 주저앉았다. 그는 옆에 있는 친왕 이패언을 보며 마지막 지푸라기라도 잡는 심정으로 말했다.

　　"전하, 황자가 연국 태자를 대신하여 장안에 온 것은 모두 황자가
　　이층루에 들어가는 전제에서 이뤄진 합의입니다. 만약 황자가
　　부자의 직계 제자가 되는 것이 아니었다면, 서릉 신전이 어찌
　　그를 재결사에서 내보내 주었겠습니까? 서원이 어떤 명분을
　　만들어서라도 그를 안 받아준다면……."

이패언은 미간을 찌푸리며 난감한 표정을 지었다. 그도 이러한 상황은 생각해 본 적이 없었기 때문이다. 그는 주저하다가 황학 교수를 보며 겨우 입을 열었다.

　　"내가 보기에 이 상황은…… 좀 길게
　　논의해 봐야 할 것 같은데……."

황학 교수는 여전히 표정이 없었다. 이패언은 시선을 안슬 대사와 침묵으로 일관하고 있는 임 공공에게 돌렸다.

'폐하와 호천도 남문이 너희 둘을 보내서 결과를 지켜보게
하였으니 너희들도 감찰의 책임이 있는 것 아닌가!
이쯤 되면 너희들도 의견을 밝히고 입장을 정해야지!'

임 공공이 드디어 일어났다.

"폐하께서 저를 서원에 보내신 것은 사람 하나를 데려오라는
뜻이었습니다. 대인들이 의논하시는 일과는 무관합니다.
그러니 제가 여기서 황궁을 대표해서 발언하는 것은
적절하지 않습니다."
"그럼 내가 의견을 말하지. 나는 녕결이 이층루에 들어가는 것을
결단코 반대한다!"

안슬 대사는 눈을 부릅뜨며 말을 이었다.

"엉덩이로 생각해도 아는 사실인데 그놈이 어떻게 융경 황자보다
더 나을 수 있나? 그가 어떻게 황자보다 먼저 정상에 오를 수
있단 말인가! 서원 쪽에…… 확실히 문제가 있다."

황학 교수는 표정이 어두워졌다.

"사숙, 아무리 저희가 잘 아는 사이이지만 그래도 증거는
필요합니다."

안슬은 그를 노려봤다.

"서원에서 부정 행위를 하지 않았다는 증거는 있나?"
"사숙, 떼를 쓰시는 겁니까?"
"떼 좀 쓰면 어때?"

안슬은 옹졸해 보이는 삼각 눈을 찌푸리며 소리쳤다.

　　"어차피 부자께서 장안에 없어!"
　　'부자가 장안에 없으니 호천도 남문 공봉인 내가 두려울 것이
　　없다.'

신성하고 숭고한 신부사로서 거리낌 없이 대놓고 하는 참으로 광명정대
한 떼쓰기였다. 그는 사람들을 어리둥절하게 했다.

　　'호천도 남문에 도대체 무슨 일이 있었기에 이렇게까지
　　서릉 신전 측을 지지하는 건가?'

심지어 안슬 대사를 보는 막리 신관도 이상하다고 느꼈다.

　　'지난해 신전에서 천유원 원장에게도 한바탕 욕지거리를 한
　　노인네가 오늘 왜 이러는 거지? 설마 융경 황자의 재능을 아끼는
　　마음에······?'

안슬은 인재를 아끼는 마음에서 하는 말이었지만 '그 인재'가 '그 인재'가
아님을 막리 신관이 알 길은 없었다.

　　"사숙, 사숙의 신분과 지위가 높으시지만 그래도 서원의 일입니다.
　　사숙께서 목이 쉬도록 소리 지르고 반대를 해도 소용이
　　없습니다."

안슬의 목은 곧 터져서 찢어질 것 같았다.

　　"서원은 곧 천하의 서원! 천하의 모든 사람들이 의견을 제시할 수
　　있다! 서원은 곧 대당의 서원! 난 대당 사람이니 더 반대 의견을

제시할 자격이 있다! 네가 뭐라고 해도, 난 반대할 거야! 녕결은
절대로 이층루에 들어가지 못해!"

＊＊

이어는 넋이 나간 채 서당을 나와 서원 앞 평지로 걸어갔다. 뒤따르는 관
원 하나는 작년에 자신이 '녕결은 수행의 자질이 없으니 키울 필요가 없
다'고 했던 간언을 떠올리며 후회하고 있었다.

　　"오늘밤이 지나면 수많은 사람들이 녕결의 신상을 캘 것이고,
　　지난해 전하를 호위해서 장안으로 온 것도 알아낼 것입니다."

관원은 과거의 잘못을 보완하기 위해 대책을 세우기 시작했다.

　　"녕결은 어쨌든 전하와 친하니 전하께서는 그가 이층루에
　　들어갈 수 있도록 서당에 계시면서 그를 지지하셔야 합니다."

이어는 담담하게 답했다.

　　"서원 이층루 시험은 부자의 직계 제자를 뽑는 일. 녕결이 먼저
　　정상에 올랐다는 것은 부자께서 그를 제자로 선택했다는 뜻이야.
　　안에 있는 사람들이 아무리 떠들어대도 아무런 의미가 없어."

공주 이어는 자신의 제안이 거절당한 일을 떠올렸다.

　　"그를 충분히 중하게 여겼고 충분한 대가를 약속하며 성의를
　　보였다고 생각했는데⋯⋯ 이제야 그가 왜 내 제안을 거절했는지
　　알겠어. 내가 그를 진정으로 간파하지 못했구나⋯⋯."

"전하께서 그의 시녀에게 잘해주시지 않습니까. 또 그와 시녀의
정은 매우 두텁다고 들었는데, 그렇다면 그가 언젠가는 전하의
은혜를 기억할 것 같습니다."
"그건 별개의 일이야."

이어는 잠시 생각하다 의미심장한 말을 꺼냈다.

"아니지…… 지금은 별개의 일이 하나가 될 수도 있지."

사도의란은 서당 밖에 서 있는 이어를 발견하고 곧장 그곳으로 가 공손히
예를 올린 후 떨리는 목소리로 물었다.

"전하, 누가 이겼습니까?"
"그가 이겼다."

'그'라고만 말했지, 승자의 이름은 거론되지 않았다.

"우와!"

하지만 사도의란은 저도 모르게 환호를 지르고는 재빨리 자신의 입을 막
았다. 가려지지 않은 그녀의 눈동자에는 놀라움과 함께 기쁨의 기색이 가
득 찼다.

"꺅!"

결국 손바닥 사이로 환호성이 튀어나와 밤의 고요를 깨뜨렸다. 그녀는 흥
분하여 펄쩍펄쩍 뛰며 서원 밖의 사람들을 향해 웃으며 달려갔다. 서원의
동창들은 그녀의 표정만 보고도 그 결과를 짐작할 수 있었다. 종대준은
새파랗게 질린 얼굴로 중얼거렸다.

"어…… 어…… 어떻게 그놈이…… ?"
'휘청.'

사승운은 순간 다리에 힘이 풀렸지만 곧바로 김무채의 부축을 받아 몸을
곧게 세웠다. 그리고 달려오는 사도의란에게 쉰 목소리로 말했다.

    "넌 그가 실력을 숨기고 있었다는 것을 알고 있었구나? 그래서
     지금 우리들의 이 우스꽝스러운 모습을 기다렸던 것이고……."

사도의란은 차가운 미소를 지으며 대답했다.

    "녕결이 어떤 실력을 숨겼는지는 모르지만 난 이것만은
     잘 알아. 지난 반년 동안 너희들이 그를 웃음거리로 만들지
     않았다면 지금 너희들이 세상에서 가장 큰 웃음거리가 되지는
     않았겠지."
    '툭.'

저유현의 손에서 마지막으로 남은 떡이 바닥으로 떨어졌다.

    '내가 이런 대단한 놈의 친구였다니! 아버지, 보시고 계세요?'

어떤 이는 부끄러움에, 어떤 이는 정신적 충격을 받아 고개를 숙였다. 그
때 분노에 찬 고함 소리가 안쪽 서당에서 터져 나왔다.

    "녕결 그놈의 경지가 그렇게 형편없는데, 어떻게 이층루에
     들어가게 할 수 있단 말이야?!"

이 소리가 충격에 빠진 종대준을 깨어나게 했다. 그는 마지막 칼이라도
잡은 듯 눈썹을 치켜뜨며 재빨리 말했다.

"들어봐, 들어보라고. 안슬 대사야…… 안슬 대사는 전설 속의
신부사이며 대당 국사님의 사형이야. 그분도 저렇게
생각하시는데 누가 녕결이 이층루에 들어갈 수 있다 장담할 수
있겠어?"

종대준은 고개를 돌려 사도의란을 보며 떨리는 목소리로 말했다.

"너도 들었지? 일이 네 바람과 다르게 돌아가네."

그 시각 서당 안에서 안슬은 벌건 얼굴로 고함을 질렀다.

"봤어? 이것이 우리 호천도 남문에서 명을 내릴 때 쓰는 요패야!
그러니 오늘 내가 한 말은 곧 호천도 남문의 태도를 대표하는
것이지. 서릉 신전이든 대당의 황제 폐하든 최소한 존중은 보여
줘야지!"

황학 교수는 마치 백치를 보듯 그를 쳐다봤다.

"사숙, 오늘 서원에 도대체 왜 오셨습니까? 그냥 원하시는 것을
직접 제시하셔서서 우리가 같이 상의해보는 것은 어떻습니까?"
"오호……."

안슬의 안색이 갑자기 바뀌며 미소를 지었다.

"분명히 상의한다고 했지? 허나, 내가 만족할 만한 결과가 나오지
않으면 안 돼."

황학 교수는 거의 울먹이듯이 대답했다.

"일단 말씀하시지요."

"음음."

안슬은 기침을 하며 목을 가다듬고 근엄하게 말했다.

"수행 경지로 말하자면 녕결은 융경 황자보다 많이 부족하지.
하지만 잔재주의 능력을 봤을 때 그놈은 그럭저럭 키울 만한
자질이 있어. 그래서 난 그놈이 서원 이층루에 들어가는 것보다
나의 제자가 되기에 더 적합하다고 생각한다."

안슬은 최대한 자연스러운 표정으로 담담하게 말했다. 하지만 그의 말에
서당 안 대인물들의 안색이 일제히 변했다. 막리 신관은 자리에서 벌떡
일어났고 황학 교수는 눈을 동그랗게 뜨고 안슬 대사에게 한 걸음 다가가
며 조용히 물었다.

"녕결이…… 신부사가 될 자질이 있다는 말씀이십니까?"

'이런 젠장! 그렇게 오래 참았는데, 마지막 순간에…….'

"그래서? 내가 먼저 찜했어."

전설의 봉황 깃털처럼 보기 드물고 희귀한 신부사의 후계자. 그런 존재는
본인뿐 아니라 그가 속한 종파에도 매우 큰 영향력을 끼쳤다. 막리 신관
은 화가 난 눈빛으로 안슬 대사에게 외쳤다.

"사백(師伯)! 신부사의 자질이 있는 사람을 발견하고도
왜 신전에 알리지 않으셨습니까?!"

"쓸데없는 소리 집어치워! 내가 너희들에게 먼저 알리면
내가 먹을 밥은 어디 있나?"

황학 교수는 감격한 눈빛으로 말했다.

"사숙, 우리 서원이 그 사실을 알고도 녕결을 놓아줄 것이라고 생각하시는 겁니까?"

안슬은 다시 안색이 변하며 크게 노하여 소리쳤다.

"야, 이 파렴치한 놈아! 좀 전에 네놈이 상의할 수 있다고 말하지 않았느냐. 만약 그 말이 없었다면 내가 이렇게 뜻을 밝혔을까?"

황학 교수는 크게 기뻐하며 득의양양하게 말했다.

"상의는 당연히 할 수 있죠. 그런데 미리 결과가 나와 있다면 굳이 상의할 필요가 있겠습니까?"

안슬은 욕설을 내뱉었다.

"제기랄! 이렇게 뻔뻔하고 파렴치한 놈을 봤나!"

황학은 웃음을 잃지 않았다.

"사숙께 배웠습니다."

안슬은 눈에 광기를 띠며 다시 소리를 질렀다.

"나 안슬이 반평생 만에 겨우 녕결 같은 후계자를 찾았는데, 감히 내 제자를 뺏으려는 놈은 나와 양립할 수 없어! 내 뼈가 부서지더라도 내가 그놈의 뼈를 부러뜨려 재로 만들어 날려 버릴 것이야!"

황학은 고개를 저으며 크게 웃었다.

"사숙, 말씀이 너무 독하신 것 아닙니까? 제 뒤에 서원이
없었다면…… 정말 무서울 것 같습니다."
"나 안슬…… 반평생…… 녕결…… 제자…… 양립할 수 없어……
뼈를 부러뜨려…… 재로 만들어 날려 버릴……."

신부사 안슬이 격노하여 내뱉은 말이 천둥소리처럼 서당에서 나와 서원
앞에 울려 퍼졌다. 종대준이 방금 전 쥐어짜낸 웃음은 일순간에 날아가
버렸다. 벌써 두 번째 천둥소리. '녕결이 이층루에 들어간다'에 이은 '녕결
이 신부사가 될지도 모른다'는 천둥소리.

그 소리가 지나가니 서원 학생들은 연달아 번개를 맞은 듯 아무
말도 하지 못했다. 저유현은 창백한 얼굴의 종대준을 보고 동정하며 탄식
했다.

"내가 너라면 그냥 썩은 두부나 먹고 죽어 버리겠다.
그렇게 하면 일단 신선한 두부를 낭비하지도 않게 되고 또
그 맛이 너의 썩은 입에서 내뱉은 더러운 말과도 어울리니까."

＊＊

신부사 안슬은 지금 기분이 매우 나빴다. 그는 눈앞의 황학을 뚫어져라
쳐다보며 차갑게 말했다.

"어쨌든 서원은 녕결을 받으면 안 된다."
"사숙께서도 그의 재능을 인정하는 마당에 우리 서원이 그를
못 받을 이유가 있습니까?"

안슬은 고함을 질렀다.

"그놈은 부적술에 천부적인 자질이 있다니까! 이 세상에서
나 말고 누가 그놈을 가르칠 수 있다는 거야?!"
"신부사만 그의 스승이 될 자격이 있나요? 설령 그렇다고 쳐도
서원에서도 신부사 두세 명 정도는 찾을 수 있습니다."

황학은 마치 집 뒷마당에서 무를 두세 개 뽑듯이 말했다. 안슬은 말문이
막혀 다시 억지를 부리기 시작했다.

"아무튼 내가 먼저 발견했으니 넘볼 생각 마."
"덕망이 높은 사숙님께서 자꾸 억지를 부리시면 안 됩니다."
"퉷!"

안슬은 침을 거칠게 뱉었다.

"자네 사숙을 오해했어. 매일같이 기방에 가고 온몸 구석구석
옹졸하고 찌질한 냄새가 나는 내가 어딜 봐서 덕망이
있다는 건가?"
"사숙, 아무리 필사적으로 자신을 비하하셔도 소용없습니다."

황학 교수는 사뭇 진지하게 말을 이었다.

"사숙의 수법이 폐하께 먹힐 수도 있습니다. 국사님께 먹힐 수도
있겠지요. 심지어 서릉 신전의 장교와 대신관에게 먹힐 수도
있지만 우리 서원에서는 통하지 않습니다."

신부사 둘의 다툼에 분위기가 갑갑해지자 친왕 이패언이 미소를 지으며
불쑥 끼어들었다.

"사실 이 일이 다툴 일인가? 내가 보기에 녕결이 융경보다 수행의

경지가 부족하니, 융경 황자를 이층루에 들어가게 하고
안슬 대사는 녕결을 제자로 받으면 되지 않나? 그렇게 하면
대당 제국과 서릉 신전 모두 만족할 것이고 안슬 대사도 만족할
것이고 녕결도 어쨌든 서원의 학생이지 않은가? 서원은
융경 황자와 녕결, 이 재능 있는 학생 두 명을 동시에 가지는
셈이니 참으로 완벽한 결과가 아닌가?"

황학 교수는 이 말을 들으며 순간 멍해졌다.

　'일리가 있는 것 같긴 한데⋯⋯
　어딘가 잘못된 것 같기도 하고⋯⋯.'

이패언은 황학을 보며 부드럽게 말했다.

　"서원 측이 규칙 때문에 이 결정을 내릴 수 없다면 녕결이
　스스로 물러나게 하면 되지 않겠나?"
　"그런데 녕결이 왜 포기해야 합니까?"

이패언은 질문에 바로 대답하지 않고 고개를 돌려 안슬 대사를 향해 미소
를 지으며 물었다.

　"안슬 대사, 만약 녕결이 대사의 제자가 되어 호천도
　남문에서 수행을 하게 되면 대사와 대당 국사는 어떻게
　녕결을 대할 것인가?"
　"자연히 조카처럼 또 아들처럼 여기고 모든 것을 가르쳐 주지요."

이패언은 황학을 향해 두 손을 펼치며 말했다.

　"대당 국사 선생은 뛰어난 제자가 없고 안슬 대사는 후계자가

없다는 것을 우리가 모두 알고 있지 않나. 만약 녕결이 호천도 남문에 들어가게 되면 두 대사의 세심한 가르침 아래 수행에 더욱 집중하게 될 것이고 미래에 우리 대당 제국 국사가 될지도 모를 일이네. 그가 이렇게 창창한 미래를 거절할 이유가 있을까?"

황학은 마침내 그의 말에 숨겨진 이상한 점이 무엇인지 깨달았다.

'전하의 수법도 지독하구만…… 녕결이 미래의 대당 국사의 명의에 솔깃하여 이층루를 스스로 포기한다면 서원은 또 무슨 명분으로 호천도 남문의 사람을 뺏을 수 있겠는가……'

황학은 이 보 전진을 위한 일 보 후퇴를 결심했다. 일단 시간을 벌며 대처할 방법을 강구해야 한다고 생각했기 때문이다.

"녕결이 어떤 생각을 가졌든 서원의 모든 교관들의 의견을 들어봐야 합니다. 이 일이 장난은 아니지 않습니까."

★★

새벽 동트기 직전.

녕결은 눈을 비비며 깨어났다. 그는 창밖에서 들어오는 희미한 빛을 보며 일어나 탁자에 놓인 주전자를 들어 식은 차를 단숨에 반이나 마셨다. 그제야 정신이 든 듯 사방을 둘러보니 서원 숙소였다.

'끼익.'

나무문을 밀어 열자 희미한 아침 햇살이 비좁은 문틈으로 파고들었다. 그는 실눈을 뜨고 햇빛을 바라봤지만 바보처럼 문 앞에서 움직일 수 없었다.

기나긴 산길, 반복된 슬픔과 기쁨, 이별과 만남, 검은 황원의 기이한 꿈이 다시 그의 머릿속으로 들어온다.

"나는…… 정상에 올랐어!"

그의 얼굴에 차츰 웃음이 번졌다.

"나는…… 이층루에 들어간다!"

녕결은 갑자기 외쳤다. 얼굴에 다시 한번 망연자실한 웃음이 드러났다. 그 웃음은 아직도 그 사실들이 믿어지지 않는다는 의미 같았다.

'나처럼 세속적인 사람에게 환각의 세계에서 허황된 선택을 하라는 것은 백정에게 철학적인 화두를 던지는 것과 같지. 백치들!'

녕결은 웃음을 지으며 나무문을 더 밀고 나가 밝고 맑은 아침 햇살 속으로 몸을 던졌다. 하지만 문밖에는 관원 몇이 그를 기다렸고 곧이어 또 한 번의 어려운 선택이 던져졌다.

"자네는 아직 서원 이층루의 학생이 아니니 아직 스스로 물러날 수 있는 기회가 있다. 길은 완전히 다르지만, 정말 멋있고 밝으며 심지어 천하를 쥐고 뒤흔들 수 있는 길을 택할 기회가 있다는 뜻이지."

친왕 이패언은 뜨거운 차를 한잔 권하며 눈앞에 침묵하고 있는 서원 학생을 바라보며 말을 이었다.

"본왕(本王)은 자네가 두 번째 길을 선택해야 한다고 생각한다.

왜냐하면 이 일은 조정과 서릉의 외교와도 관련되어 있기
때문이다. 우리 대당 제국은 어떤 적도 두렵지 않고
어떤 외압에도 고개를 숙이지 않지만 융경 황자가 이층루에
들어가는 것은 폐하께서 직접 서릉 신전과 체결한 합의이다."

이패언은 녕결의 무반응에 살짝 불쾌감을 느끼며 말을 이었다.

"대당 국민으로서 제국의 걱정을 함께 하는 것은 당연지사.
하지만 그 이유만으로 자네를 서원 이층루에서 물러나게 하는
것은 아무리 본왕이라 해도 무례한 일 아니겠나. 그래서 본왕이
자네에게 충분한 이유를 하나 더 주겠다."

이패언은 천천히 몸을 앞으로 기울여 고개 숙인 녕결의 정수리를 노려봤
지만 최대한 온화한 어조로 말을 이었다.

"안슬 대사는 숭고한 신부사인데 일부러 미친 척하고 억지를
부려서까지 자네를 제자로 삼고 싶어 하네. 앞으로 자네를 얼마나
소중히 여기며 정성을 다해 가르칠지 상상할 수도 없어.
십 년 후 자네는 지위가 높은 신부사가 되어 호천도 남문 부흥의
희망이 될 것이네. 더구나 국사 이청산도 제자가 둘밖에 없는데
다 쓸모없는 인간들이지."
'밤사이에 일이 어쩌다 이렇게 된 것이지? 그리고 부흥의 희망?
이런 거대해 보이지만 실용적이지 않은 심지어 보기만 해도
골치 아픈 단어는 융경 황자에게 어울리는 단어 아닌가?'
"공주와 친하게 지낸다고 들었네. 하지만 본왕도 이번에 자네에게
신세를 지게 되었네. 훗날 자네가 지명의 경지에 들어선 신부사가
된다면 당연히 우리 대당의 국사로 추대하겠네."

이패언은 자랑스럽게 말을 이었다.

"서원 이충루도 당연히 절묘한 곳이지만 역사서에 이름을 남긴
이충루 학생이 몇이나 있나? 허나 자네가 대당 국사가 되면
천추가 흘러도 수많은 사람들이 자네의 이름을 기억할 것이네."
'부자 밑에서 절묘한 수행 법문을 배우는 것과 신부사를 따라
수행하며 미래의 대당 국사가 되는 것…… 지난 밤 황원에서의
선택이 더 수월했던 것 같기도 하고……'

이패언은 녕결의 흔들리는 눈동자를 보고 숙연한 얼굴로 그의 눈을 보며
목소리를 낮춰 말했다.

"이것은 호천께서 자네에게 내려주신 기회야. 놓치게 되면
천벌을 받게 될 것이야."

이 말은 의심할 여지없이 적나라한 위협이었다. 녕결은 마침내 공손하게
예를 올리며 입을 열었다.

"전하, 대당 국민으로서 조정의 근심을 당연히 덜어 드려야
합니다. 허나 저는 아무래도 서원의 학생이고, 지난 1년간
서원에서 공부를 했습니다. 그래서 전 서원이 어찌 생각하는지
고려할 수밖에 없습니다."

**

어떤 이는 서원의 압력을 피하기 위해 권력과 위협으로 녕결에게 선택을
강요했지만 녕결 같은 능구렁이가 스스로 그런 책임을 질 리가 없다. 그
는 그 한마디로 선택의 압박을 간단히 날려 버렸다.

'부자가 없는 서원에서 누가 함부로 이런 결정을 하겠는가?

그리고 만약 서원도 조정의 압력을 이기지 못하고 굴복한다면
그런 서원에 내가 남을 이유가 있겠는가?'

새벽의 서원. 교관들이 어느 방에 모여 치열한 논쟁을 벌이고 있었다. 부자
가 없었기에 그들이 빠른 결론을 내지 못하는 것도 사실이지만 다른 한편
으로는 부자가 없었기에 그들은 자신들의 의견을 피력할 배짱이 생겼다.
　　연국 출신 예과 부교수 조지풍이 분노하며 말했다.

　　"서원에서 부정행위가 있었다는 것은 확인할 수 없다. 허나
　　나는 융경 황자가 운무 돌계단을 통과한 후 왜 그렇게 오랫동안
　　녕결을 기다렸는지 이해할 수 없다."

남색 두루마기를 걸치고 대나무 빗자루를 든 노부인이 백치를 보듯 논쟁
하는 교관들을 보며 말했다.

　　"참 지루한 논쟁이네. 먼저 정상에 오른 사람이 이층루에
　　들어가는 이 간단한 문제를 왜 그렇게 복잡하게 만드는 것인가?
　　조지풍, 너는 최근 매일 같이 장안으로 가 연국 황자를 보고 또
　　서원에서 그만이 연국 부흥의 희망이라며 대성통곡을 하던데
　　그게 다 서원과 무슨 상관인가? 더 이상 들어주지 못하겠네.
　　난 먼저 가네."

서원의 수과 명예 여교수가 나가고 속세 일에 시달리기 싫은 몇몇도 잇
따라 나갔다. 하지만 방 안의 논쟁은 더욱 치열해졌는데 생각보다 조정의
제안에 만족하는 교관이 많았기 때문이다.

　　'녕결을 위해 서원이 모든 세력의 미움을 살 필요가 있는가?'
　　'끼익.'

조지풍이 격노하여 말을 뱉으려는 순간 나무문이 열리며 곱고 앳된 작은 얼굴이 문틈으로 빼꼼 고개를 내밀었다. 맑고 귀엽고 수줍음을 타는 어린 서동(書童).

　　"도련님께서 선생님들께 여쭤볼 일이 있다 합니다."

어린 서동의 정체를 아는 교관이 온화하게 물었다.

　　"둘째 선생이 무슨 일이지?"
　　"도련님께서 아침에 일어나자마자 아직도 서원에 잡놈들이
　　남아 있다고 화를 내셨습니다. 그래서 도련님이…… 왜 아직까지
　　공표를 안 하는지 그리고 그 잡놈들이 여기서 뭘 하고 있는지……
　　여쭤보라 하셨습니다."

이 말을 듣고 교관들은 어쩔 바를 몰라 했다. 부자의 둘째 제자의 질문 때문이 아니라 그가 친왕 전하와 안슬 대사 같은 사람들을 '잡놈'이라 칭하리라고는 상상도 못했기 때문이다. 조지풍이 서동을 보며 온화하게 말했다.

　　"이층루에 들어갈 사람이 아직 정해지지 않았으니 공표를
　　할 수 없는 것이지. 왜냐하면……."

그는 서동의 '도련님'이 자신의 말에 불쾌감을 가질 것을 알고 있었기에 상세한 설명을 덧붙이려 했지만, 어린 서동은 너무 수줍음이 많은 탓인지 어쩔 줄 몰라 하며 고개를 숙이고 밖으로 나가 버렸다.

＊＊

'끼익.'

얼마 지나지 않아 문이 또 열렸다. 방 안에서는 교관들이 여전히 논쟁 중이었다. 이번에도 그 서동이었지만 앳된 얼굴에 땀방울이 송골송골 맺혀 있는 것을 보니 급히 뛰어온 것 같았다.

  "도련님께서 '이층루에 들어갈 사람이 아직 미정'이라는 말의
  의미를 물어보십니다."

조지풍 교수는 저도 모르게 불쾌해져서 말을 던졌다.

  "미정의 말뜻도 모르나? 정해지지 않았다는 것이지. 녕결이
  뜻밖에 융경 황자보다 먼저 정상에 올랐다는 것에 의혹을 품는
  사람들이 많아. 심지어 뒷산에서 부정행위가 있었다는 의심도
  있고. 불복하는 사람들이 많으니 쉽게 결정할 수 없어."

서동은 한참을 멍하게 그를 바라보다가 한참 후에야 정신을 차리고 짧게 '네' 한마디 남기고 돌아갔다. 그가 조지풍 부교수의 말을 알아들었는지는 모를 일이었다.
　　서동은 돌아갔지만, 교관들은 다시 논쟁을 벌이지 않았다. 왜냐하면 얼마 지나지 않아 둘째 제자의 서동이 다시 돌아와 그런 이상한 질문을 계속 할 것이라는 강한 예감이 들었기 때문이다.

＊＊

'끼익.'

서동이 눈을 커다랗게 뜨고 조지풍 부교수를 보며 물었다.

"도련님께서 누가 불복하냐고 물었습니다."

조지풍 교수는 잠시 어리둥절해졌다. 그는 어린 서동의 귀여운 얼굴을 봐서 그런 것인지 서원 밖 사람들을 끌어들이기 싫어 그런 것인지 소매를 한번 가볍게 털고 눈살을 찌푸리며 말했다.

"내가 불복한다."

서동은 '네' 하고 떠나려다가 도련님 분부의 뒷부분이 그제야 떠올라 몸을 돌려 수줍은 듯 머리를 긁적이며 다시 물었다.

"죄송한데, 교수님 존함이……?"
"조지풍. 그런데 이름은 왜?"

서동은 당연하다는 듯 대답했다.

"도련님이 누가 불복하는지 알고 싶다 하셨으니까요."

서동은 이 말을 마치자마자 다시 뒷산으로 내달렸다.

'끼익.'

서동은 헐레벌떡 문틀을 짚으며 조지풍을 보고 말했다.

"도…… 도련님께서……."

조지풍은 웃음을 참지 못하고 고개를 저으며 물었다.

"네 도련님이 이번에 또 뭐라고 물으셨어?"

서동은 숨을 돌리고 침을 삼킨 후 진지하게 말했다.

"도련님께서…… 서원은 국적을 가리지 않고 천하의 영재를
모집한다. 조지풍은 연국 사람이라 마음이 융경에게 향하는 것을
탓하지 않겠다. 하지만 당신이 예과 교수라는 것도 명심하여야
한다. 당신이 서원 학생들에게 첫 수업에서 어떻게 말했나?"

이 말들은 아주 빠르게 그리고 제법 유창하게 전달되었다. 어린 서동이
때로는 눈썹을 찡그리며 불쾌감을 표현하는 모습은 분명 그 서원의 둘째
제자를 흉내 내는 것이었다. 하지만 그 모습이 너무 귀여워 방 안을 한바
탕 웃음바다로 만들었다.

조지풍만 웃지 못했다. 그는 분노를 억누르며 물었다.

"도대체 둘째 선생은 무슨 말을 하고 싶은 거야?"
"도련님께서…… 조지풍, 당신이 서당에서 가르쳤듯이 서원의
예는 곧 규칙이고 규칙은 가장 강한 자에 의해 정해진다. 부자와
대사형께서 천하 여행을 떠났으니 지금 서원에서 내가 유일하게
규칙을 정할 실력이 있는 사람이다. 네 뜻이 무엇이든 무조건
승복해야 한다. 당장 공표하라."

조지풍 교수는 한참 동안 멍하게 있다 결국 분노하며 항의했다.

"이런 난폭한 행동으로 어떻게 사람들을 납득시킬 수 있는가?"

서동은 그것이 조지풍의 진심이라는 생각을 하지도 못한 채 갑자기 손바닥을 들어 올리며 신나게 박수를 치며 말했다.

　　"도련님, 정말 대단하십니다. 어떻게 이 말까지
　　알아맞히실 수가…… 도련님께서 그 말이 나오면 이렇게
　　전해 달라 말씀하셨습니다."

조지풍의 안색이 매우 보기 좋지 않게 변했다. 서동은 사랑스러운 얼굴에애써 엄숙한 표정을 지으며 말했다.

　　"나는 사람들을 납득시킬 필요가 없고 사람들의 복종만
　　필요하다."

그때 어떤 교관이 더 이상 조지풍 부교수의 처참한 꼴을 볼 수 없다는 듯재빨리 말을 건넸다.

　　"이 일을 처리함에 있어 서릉과 안슬 대사, 폐하의 의견에
　　신경을 쓰지 않더라도 최소한 넝결 스스로의 선택은 존중해야
　　합니다."
　　'끼익.'

서동의 옷은 이미 땀으로 흠뻑 젖었다. 그는 소매를 올려 이마의 땀을 닦고 또 한참이 지나서야 차분해지며 마지막으로 도련님의 결론을 전했다.

　　"도련님께서…… 넝결 스스로의 선택을 존중해? 내가 왜 그놈을
　　존중해야 하지? 그리고 대당 국사가……."

어린 서동은 일부러 오랫동안 말을 멈추었다가 갑자기 뾰족한 아래턱을들어 지붕을 향해 눈의 흰자를 뒤집고 콧방귀를 한 번 뀌었다. 뒷산 위의

그 교만한 남자의 표정을 사랑스럽게 흉내 낸 것이었다.

"그렇게 대단해?"

＊＊

서원 뒷산 절벽 위 평지에는 푸른 소나무가 활짝 펼쳐져 있고 그 위로 흰 구름이 흐르고 있어 마치 인간 세상에 내려온 선경(仙境) 같았다.

그곳에 두 사람이 서 있었다.

그중 한 명은 몹시 더럽고 누더기가 된 도포를 입고 있었다. 다른 한 명은 지극히 기괴한 높은 고관(古冠)을 쓰고 있었다. 고관을 쓴 둘째 사형은 몸을 돌려 무표정한 얼굴로 호천도 남문 공봉 안슬 대사를 보며 말했다.

"감히 서원의 일에 손을 쓰려 하다니. 감히 스승님의 제자를
빼앗으려 한 건가? 당신이 서릉 호천도 장교라고 해도
그럴 자격이 없다."

안슬은 기괴하게 웃었다.

"역시 세상에서 제일 교만하다는 그 둘째가 맞네. 하는 말이
하나하나 듣기 거북해 죽겠어. 내 나이가 자네보다 많으니
자네에게 손찌검은 하지 않겠어. 남들이 보면 내가 아랫사람을
업신여긴다고 오해할 수도 있으니. 허나 녕결 이놈은 내가 꼭
데려가야겠어. 부자께서 여기 계셔도 나의 태도는 똑같을 것이야.
너희가 나의 대(代)를 끊으려 하면 나는 사달을 낼 수밖에."

둘째 사형은 조소를 띠며 말했다.

"핑계 좀 대지 마라. 당신이 노망난 게 아니라면 스승님으로부터
계산하든 피피로부터 계산하든 내 항렬이 당신보다 높다는 것을
알 터. 그런데도 내 손에서 사람을 빼앗으려 하면 싸우지 않을
도리가 없지."

"싸우지 않겠다고 했으니 싸우지는 않는다."

안슬은 그의 머리에 달린 기괴한 관모(冠帽)를 보며 비아냥거렸다.

"서원 뒷산은 너의 영역인데 내가 그렇게 멍청할 것 같나?
어차피 내가 먼저 손을 쓰지 않으면 자네도 나에게 손을
못 써. 넝결 그놈 일에 관해서는 결국 그놈의 태도를 봐야지.
나와 내 사제의 보살핌 아래 그놈이 대당 국사가 되는 게
자네 같은 사형들에게 천대받는 것보다 백 배는 낫지."

둘째 사형은 흰자를 뒤집고 하늘을 바라보며 비웃었다.

"대당 국사가…… 대단한가? 매일 대당 종묘와 서릉의 도사
늙은이들 틈바구니에서 참으며 눈치나 보는 존재 아닌가?
대당 국사가 어디 국가의 스승인가? 그냥 억울한 일을 당하고도
감히 눈물을 흘릴 엄두도 못 내는 새댁이지."

안슬은 분노에 온몸이 떨렸지만 미처 반응을 보이기도 전에 또 다른 말이
그의 귀에 내리꽂혔다.

"오! 내가 잘못 말했어. 이청산과 당신은 울 수 있지.
우는 아이 젖 물린다고 하는데…… 문제는 당신들은 지금
왼쪽 젖을 물려야 하나 오른쪽 젖을 물려야 하나, 그것도
모른다는 거다."

안슬은 가슴에 가득 찬 분노를 웃음으로 바꾸며 말했다.

"허허, 단어 사용이 참으로 거칠고 저속하구만."
"똥오줌에도 도(道)가 있는데 말의 뜻에 도리가 담겨 있으면
단어의 사용에 신경 쓸 필요가 있나?"
"군맥(君陌)아, 군맥아. 세상 사람들이 자네를 어떻게 보기를
바라나? 자네처럼 거만하고 이상한 사람이 어떻게 이리 오래
살아 있는지 모르겠네."

둘째 사형은 뒷짐을 지고 절벽 끝에 서서 구름을 보며 말했다.

"난 거의 산을 내려가지 않지. 또 내가 건드릴 수 없는 몇 사람도
감히 서원 뒷산에 올라와 나를 건드릴 생각은 못한다. 그러니
난 당연히 잘 살아갈 수 있다. 더구나 당신은 내가 건드릴 수 없는
사람들의 명단에 영원히 없을 것이다. 당신이 나보다
수십 년을 헛되이 살았다는 것을 제외하면 능력이든 수행의
경지든 항렬이든 당신이 나보다 나은 점이 하나라도 있나?
그러니 당신 앞에서 내가 좀 거만한들 어떠한가?"
"어르신과 선현을 존경해야 한다는 것도 모르느냐?"
"오래 살아서 존경해야 한다면 내가 태어나자마자 모든
사람들에게 공손히 예를 올렸어야 하나? 선현을 존경해야
한다는 말은 일리가 있지. 하지만 안슬 당신이 어딜 봐서
현명한 사람이지?"

둘째 사형은 몸을 돌려 신부사의 늙은 얼굴을 경멸의 눈초리로 바라보며
차갑게 말했다.

"그때 당신이 멍청하게도 무슨 순수한 양기(陽氣)를 지키겠다는
맹세를 하며 서도(書道)에 들어가지 않았다면 어찌 당신이

지금처럼 지명 상(上)의 경지에 머물며 한 걸음도 앞으로
나아가지 못했겠는가."

어른이 아랫사람을 안타깝게 여기는 듯한 둘째 사형의 말투가 안슬 대사
의 아픈 상처를 직접적으로 찔렀다.

"내가 그 경지를 넘지 못했는데 자넨 넘을 수 있단 말인가!"
"당신은 늙어서 낭비할 수 있는 시간도 몇 년 남지 않았지.
하지만 난 다르다. 최근 몇 년 동안 난 마음속에 깨달은 바가
있다. 계기를 찾기만 하면 반드시 그 길을 건널 수 있을 것이다."

안슬은 비웃으며 물었다.

"남진 류백은 첫걸음에 이미 황하의 도도한 파도를 밟았다고
들었는데, 자네의 발바닥은 구름 끝자락이라도 닿았나?"

남진 류백을 들먹이자 둘째 사형의 안색이 약간 변했지만 눈에서는 오히
려 흥분한 기색이 가득했다.

"나도 천재이고 또 부자(夫子)의 문하에 있다. 류백이 내디딘
그 한 걸음을 넘지 못한다면 부끄러워 어찌 살겠는가?"
'세상 모두가 인정하는 강자 류백도 이놈의 자신감과 거만함을
꺾을 수 없나?'

안슬은 잠시 침묵하다 나지막하게 물었다.

"그럼…… 엽소(葉蘇)는 어때?"

둘째 사형의 눈에 혐오가 가득 찼다. 그 눈빛은 마치 안슬에게 '나를 그런

쓸모없는 놈과 비교하다니 정말 황당하다'라고 말하는 것 같았다.

'지수관의 천하행주도 이놈의 안중에 없단 말인가?'
"그럼…… 나머지 둘은?"

둘째 사형은 더 상대하기도 귀찮은 듯 직접적으로 말했다.

"헛소리 좀 그만하고. 당신은 지금 후계자를 원하는 건가,
남문에 신부사가 있길 원하는 건가?"
"그게 뭐가 다르지?"
'백치 같은 노인네…….'

안슬은 갑자기 그 뜻을 눈치 채며 단호하게 대답했다.

"다 원하지!"
"정말 당연한 듯 생각하네."
"당연한 듯 생각하는 게 뭐지?"
"당연한 듯 생각한다는 것은 네가 개꿈을 너무
아름답게 꾼다는 뜻과 같은 의미이다."

안슬은 분노가 치밀어 차마 입술이 떨어지지 않았다.

"나는 이미 한 발 양보했다. 그럼에도 네가 여전히 두 발 더
나가고 싶다면 차라리 이 절벽에서 같이 떨어지자.
당신이 살아남나 내가 살아남나 보자. 만약 내가 살아남으면
이 일은 없던 것으로 하고 내가 죽으면 당신 마음대로 해. 어때?"

안슬은 퉁명스럽게 대답했다.

"난 부도를 닦는 사람인데 부적을 준비할 시간도 안 주고
　여기서 뛰어내리게 하면 피떡밖에 더 되겠나?
　그때 자네는 산중의 금제(禁制)를 열어 목숨을 건질 테고……
　어찌 생각이 그리 악랄해?"
"이렇게 쉬운 선택을 왜 이렇게 오랫동안 망설이는 거지?"

둘째 사형은 손을 흔들며 말을 이었다.

"내가 보기엔 당연히 후계자가 중요하다. 당신은 곧 세상을
　떠날 텐데 부적술도 네 몸과 함께 썩은 먼지가 되어 버리면
　아깝지 않은가. 호천도 남문에 관해서는 우리 대당이 망하지
　않는 이상 그 서릉 도사 늙은이들이 대당 경내에서 전도를
　포기하지 않는 이상 천추만대로 이어지겠지. 어디 신부사 하나가
　중요하겠나?"

그는 안슬을 보며 진지하게 계속 말했다.

"이 일은 내가 서원을 대표하여 결정할 수 있다. 녕결이 이층루에
　들어간 후에도 당신이 그를 호천도문에 들어가라 강요하지 않는
　한 그가 시간이 날 때마다 당신에게 가서 그런 귀신같은 글씨를
　배우는 것을 허락하겠다."
"신묘한 부적을 귀신같은 글씨라니! 군맥, 너무 사람을
　업신여기지 마라! 부자께서 그렇게 말씀하시면 몰라도 너……
　넌 그저 서원 학생인데 어디서……."

둘째 사형은 눈을 부릅뜨고 손을 흔들며 말을 끊었다.

"됐고…… 할 거야 말 거야? 빨리 말해. 당신이 녕결의 자질을
　먼저 발견했다는 것을 생각해서 당신의 체면을 세워 주는 거다.

설마 우리 서원에 당신 같은 신부사 몇이 없다고 생각하는 건 아니겠지?"

어떤 논쟁도 그 결론은 말솜씨가 아니라 주먹의 크기에 달려 있다. 마지막 둘째 사형의 말이 서원의 저력을 그대로 드러냈다. 안슬의 안색이 가을 나뭇잎처럼 변해 빛이 사라졌다. 안슬은 한참 동안 허우적대다가 마침내 어려운 결정을 내렸다. 그는 절벽 아래 흰 구름 그리고 저 멀리 장안성을 번갈아 보며 묵묵히 탄식했다.

"사제, 미안하네."

★★

서원의 어느 방에서 친왕 이패언이 녕결을 설득하고 있었다. 하지만 아무리 공적 대의로 또 사적 이익으로 간곡히 설득해도 녕결은 같은 말만 되풀이했다.

"저는 서원 학생이니, 서원의 결정에 따르겠습니다."

이패언의 얼굴에 드디어 웃음기가 사라졌다.

"그렇단 말이지? 좋아!"

녕결은 이 대인물의 감정 변화를 본체만체하며 공손하게 말했다.

"전하, 과찬의 말씀이십니다."
'콰!'

이패언은 분노가 치밀어 문을 세차게 닫고 나가 버렸다.

'녕결 이놈이 이층루에 들어가면 융경 황자는 어떻게 해야 하나?
황형께서 이 소식을 들으면 날 탓하겠지? 조정은 또 서릉에게
뭐라 말해야 하나?'

표정이 좋지 않은 그가 옆의 관원들에게 마지막 희망을 품고 물었다.

"서원은 어떻게 결정했나? 이렇게 상호 이익이 확실한데
다른 이야기는 안 했겠지?"

관원은 난처한 표정으로 쓴웃음을 지으며 말했다.

"전하, 고시가 붙었습니다. 녕결이 이층루에 들어가는 것이
확정되고…… 하관이 찾아가 이유를 물었더니, 황학 교수가
말하길…… 이층루가 내린 결정에 대해 우리들에게 이유를
알려줄 필요가 없다고…….'

이패언은 마음속으로 격노했다. 그가 아무리 대당 제국 친왕이지만 서원,
특히 서원 뒷산 이층루에 아무런 영향력이 없는 현실을 생각하며 아무리
욕을 해 봐야 자신의 단점만 드러낼 뿐이라는 것을 자각하고 쓸쓸한 표정
을 지었다. 그래서 그 노여움을 모두 녕결에게 돌리려고 했다. 그때 임 공
공이 그에게 다가와 호의로써 귀띔했다.

"전하, 사실 종이 보기에는 조정이 서릉에게 무슨 말을
전할 것인가는 현재 폐하의 관심사가 아닙니다. 단지 전하께서는
녕결이라는 자에게 더 이상 신경을 안 쓰시는 것이 좋을 것
같습니다."

친왕과 조정 관원들이 모두 서원을 떠난 것을 확인한 후 녕결은 방에서 빠져나와 버드나무 아래에서 통통한 그림자를 만났다. 녕결은 그에게 다가가 진지하게 말했다.

"고마워."

뚱보 진피피도 진지하게 답했다.

"고마워한다면 좀 더 실질적인 것이 있어야지."

녕결은 잠시 생각하다가 답했다.

"나중에 우리 집으로 초대할게. 상상에게 산라면을 준비하라 하지. 상상의 솜씨는 동성 어느 가게보다 낫거든. 이 비밀은 너에게만 알려주는 거야."

진피피는 이 말에 대꾸도 하지 않고 다시 진지하게 말했다.

"오늘 이후 우리는 사형제야."

녕결은 통통한 얼굴을 보며 못마땅했지만 한숨을 푹 쉬며 어쩔 수 없다는 표정으로 공손히 예를 올렸다.

"사형."

진피피는 그제야 싱글벙글 웃으며 득의양양하게 말했다.

"사제, 너무 예의를 따질 필요는 없다."

녕결은 고개를 들었고 두 사람은 마주보고 웃었다. 일 년 내내 구서루에서 만났던 사람, 수행을 하지 못하던 썩은 장작은 결국 서원 이층루의 일원이 되었다. 그 기적의 과정을 모두 지켜본 진피피는 마음속에 무한한 감동이 밀려 왔다.

"스승님께서 서쪽 매우 메마른 곳에 사는 매미에 대해
   말씀하신 적이 있어. 흙 속에 23년간 숨어 살다가
   설산의 얼음이 녹고 그 물이 홍수로 변하고서야 깨어나,
   흙탕물에 목욕을 하고 찬바람에 날개를 말리고
   허공을 뚫어내는 매미."
"우리 사이에 그렇게까지 말할 필요가 있나?"
"이 표현이 과장은 아니야. 혈이 하나도 통하지 않던
   썩은 장작이 하루아침에 푸른 구름 속에 들어갔지.
   더 놀라운 건 네놈이 신부사의 잠재력이 있고 심지어
   호천도 남문 안슬 대사의 주목을 끌었어."
'근데 도대체 안슬 대사는 누구야?'

3

화개첩 사건

2

○ ○ ○

녕결은 항상 지나다니던 그 숲으로 왔다. 익숙한 호수 옆에 자신에게 가장 익숙한 왜소하고 작은 그림자를 보았다. 그는 그녀의 얼굴에 띤 지친 기색을 보며 그녀의 머리카락에 낀 풀잎을 떼어내며 말했다.

"오랫동안 기다리느라 고생했어."
"도련님이야말로 정말 고생이 많으셨어요."

둘은 더 이상 말하지 않았다. 서로가 서로를 부축하며 아침 햇살 속의 호숫가를 따라 힘겹고 느리게 서원 앞 평지로 향했다.

서원 앞은 어젯밤보다 훨씬 조용했고 또 관원들과 사절단이 떠나니 더 광활해 보였다. 서원 학생들만이 최종 결과를 알고도 그곳을 떠나지 않았다. 마치 녕결이 자신들의 눈앞에 나타나야만 이 모든 것이 꿈이 아님을 확신할 수 있다는 듯이.

아침 햇살을 받으며 두 사람이 서원 뒤편에서 천천히 걸어 나왔다. 모두의 눈길이 무의식적으로 그곳을 바라봤다. 녕결의 학복은 군데군데 찢어진 옷과 흙 자국, 떡 자국까지 더해져 거지 누더기와 다름없었다. 상상도 머리와 어깨에 지푸라기가 잔뜩 묻어 있었다. 게다가 등에 멘 더럽고 검은 우산까지 한데 모아져 말 그대로 엉망이었다.

하지만 어찌된 일인지 서원 학생들의 눈에는 이 두 사람이 봄 햇살과 봄바람을 맞으며 걸어오는 모습이 더없이 맑고 깨끗해 보였다.

소위, 멋스러웠다.

그는 제일 먼저 저유현에게 다가가 떡을 쌌던 손수건을 두어 번 털어내고 돌려주었다. 그리고 서원 친구들을 훑어보았다. 의심할 여지없이 녕결의 가장 훌륭한 품성은 원한을 기억한다는 것. 하지만 그 원한은 피로써만 씻을 수 있는 원한이었지, 질투심에 의한 뜬소문과 비방은 포함

되지 않았다.

　　그리고 그는 은혜도 원한만큼 잘 기억했다. 조소수든 진피피든 저유현이든 아니면 지금 눈앞에 있는 사람이든 모두 그가 잊지 못할 사람이었다. 녕결은 또 하나 기억해야 할 사람에게 다가가 웃으면서 말했다.

　　"사도의란, 난 친구들을 실망시킨 적이 거의 없어."

사도의란은 오늘 서원 학복 대신 약간 성숙해 보이는 짙은 붉은색 옷을 입었다. 그리고 화장을 하지 않은 얼굴의 눈매가 그림처럼 수려해서 짙은 청춘의 향기를 풍기고 있었다. 그녀는 아침 햇살 속에 서서 잡티 하나 없는 순수한 기쁨으로 가득 찬 눈빛으로 녕결을 바라보았다.

　　다른 서원 학생들의 표정은 매우 복잡했다. 난감함과 모욕감, 질투심으로 무슨 말을 해야 할지 몰라 했다. 그때 상정명이 다가와 정중하게 허리를 굽혀 예를 올렸다.

　　"사과할게."

녕결은 말을 하지 않았다.

　　"네가 이충루에 들어갔기 때문도 아니고 네가 서원을 대표해
　　서릉 사람을 이겨서도 아니야. 내가 사과하는 이유는 간단해.
　　내가 잘못했기 때문이야. 사실 진상을 확인하기 전에 너의
　　품성부터 의심한 것은 명백히 나의 잘못이야."

녕결은 웃으며 대꾸했다.

　　"우리는 군인 출신인데 그렇게 복잡하게 말할 필요 있겠어?
　　네가 나에게 명성을 바로잡을 기회를 주겠다고 말했을 때 비록
　　내가 그 제안을 거절했지만 네가 호의로써 제안했다는 것은

알았어. 내가 거절한 것은 난 내 명성을 바로잡을 필요가 없다고
생각했기 때문이야. 그렇게 보면 내 품성이 그렇게 좋다고
할 수도 없지.”

곧이어 몇몇 서원 학생들이 이참에 녕결에게 사과하려고 했다. 하지만 녕
결의 시선은 난감한 표정을 짓고 있는 종대준과 시험 파동에서 같이 소란
을 피우던 갑 서당 학생 몇에게로 향했다. 그는 이런 사소한 일에 시간을
소모하기 싫었고 또 그들에게 대충 미안하다는 말을 하게 함으로써 반년
동안의 시간과 이야기를 지워 버리게 싶지 않았다.

　　‘그들이 계속 불편하고 힘들겠지? 좋은데?’

그렇게 녕결은 사도의란과 저유현에게 인사를 하고 상정명과 군부 추천
생 몇에게 예를 올린 후 상상과 나란히 서원 밖으로 나가 버렸다. 종대준
은 주먹을 불끈 쥐고 못마땅한 표정으로 녕결의 뒤에 대고 소리쳤다.

　　“녕결, 네가 우리의 사과를 받지 않겠다니 더 할 말이 없다.
　　그리고 네가 융경 황자를 이기고 이층루에 들어간 것은
　　사실이지만 또 그것으로 우리가 너를 오해했던 것을 모욕감으로
　　만들었지. 하지만 너도 사과를 받지 않는 건 승자의 교만함에
　　이미 취한 거 아닌가?”

녕결은 발걸음을 멈추고 뒤로 돌았다.

　　“첫째, 그건 너희들이 날 오해한 것이 아니야. 모든 비난과
　　무관심을 다 오해라 해석할 수 없지. 둘째, 너희들은 내가 모욕할
　　가치도 없는 사람들이야. 내 목표는 이층루에 들어가는 것이었을
　　뿐. 다만 그것으로 너희들이 모욕감을 느꼈다면 난 기쁘게
　　받아들일게. 마지막으로 교만은 우리 당인의 가장 소중한

인품이야. 하지만 그것은 내가 융경 황자를 이겨서도 또 이층루에 들어갔기 때문도 아니야. 그것은…….”

녕결은 정말 교만하게 말했다.

“난 줄곧 교만했기 때문에 지금 갑자기 교만해진 것이 아니야.
다만 너희들 심지어 지금의 너희들도 나의 교만함을 이해할 수는 없고 그것을 이해할 만한 수준이 안 돼.”

이 말을 남겨두고 그는 밖으로 나가 버렸고 종대준은 차마 입을 열지 못했다. 사도의란은 혀를 찼다.

‘아직 인간이 덜 되었어. 이미 승부는 난 경기, 상대방을
물에 빠뜨리고도 굳이 떠나기 전에 귀싸대기까지 날릴 필요가 있었나?’

서원 정문을 나서니 노교수 하나가 그를 기다리고 있었다. 녕결은 그 교수를 향해 예를 올렸다. 황학은 마치 침대 밑에 숨겨진 은괴라도 보듯 싱글벙글 웃으며 고개를 끄덕였다. 그 옆에 다른 늙은이가 있었는데 더러운 옷차림에 절로 눈살이 찌푸려졌지만 황학 교수와 같이 있다는 것만으로 신분을 짐작할 수 있어 역시 공손하게 예를 올렸다.

안슬 대사는 눈앞에 멀끔한 젊은이를 보고 눈에 광채를 띠었다. 그리고 평소의 옹졸함은 다 어디로 사라졌는지 마치 임종 직전에 손자를 얻게 된 할아버지처럼 자애로운 말투로 입을 열었다.

“마지막 결과를 들었을 거야. 앞으로 짬이 날 때마다 나에게 와서
귀신같은 글씨를 배우거라.”

녕결은 진피피의 말을 떠올리며 격앙된 감정을 억누르지 못하고 다시 한

번 예를 갖춰 말했다.

"대사님께 부도(符道)를 배울 수 있어서 영광입니다."
"서원 이층루에서 교만하고 기괴한 품성은 아직 안 배웠나 보군.
좋네, 아주 좋아."
"그런데 안슬 대사님…… 저는 대사님을 뵌 적이 없는데 어찌
제가 부도 수행의 자질이 있다 확신하셨나요? 의구심은 절대
아니고 전 대사님이 나중에 실망하실까 걱정입니다."
"실망? 홍수초 수주아의 방에서 네가 남긴 서신을 보고 너에 대해
알아봤는데, 그때는 네가 수행의 자질이 없다고 들어 실망이
극심했다. 허나 지금은 네가 수행을 할 수 있고 심지어 서원
이층루에 들어갔는데 어찌 내가 실망하겠느냐?"
'홍수초에서 폭음 후에 발광을 한 적이 있긴 한데…… 그 서신에
무슨 특별한 점이 있었지? 안슬 대사는 그 서신만으로 어떻게
부도 수행의 자질이 있다고 확신한 거지?'

안슬은 그의 생각이라도 읽은 듯 설명했다.

"싸구려 장부 종이 한 장, 몇 글자 되지 않는 닭백숙첩.
난 그것만으로 네가 신부사의 자질이 있다 알 수 있지만
네 스스로는 알 수 없지. 왜냐? 넌 서원 학생이고 난 신부사
스승이니까."

녕결은 재빨리 알아듣고 가르침을 받았다는 뜻으로 인사를 했다.

"그런 한가한 예절은 나중에 따지고 오늘은 나와 함께 남문으로
가자꾸나. 부도의 세계는 웅장하고 다채롭고…… 넌 지금 백지
한 장에 불과한데, 그 위에 세계의 전상(全象)을 그려내려면 가장
간단한 낙필부터 수행해야 해. 그리고 아주 기나긴 여정이니

서두르지 않을 수 없지."

넝결과 황학은 동시에 물었다.

"지금 말입니까?"
"그렇게 급해요?"

안슬 대사는 잠시 침묵하다 나지막하게 대답했다.

"내가 늙었어."

황학은 순간 표정이 숙연해지면서 한쪽으로 물러섰고 넝결은 왠지 모르게 가슴이 찡해지며 고개를 끄덕였다. 이때 분위기가 사뭇 다른 목소리가 어디서부터인지 터져 나왔다.

"안슬 대사, 오늘 넝결은 남문에 가지 못합니다. 저와 함께
어디로 가야 하기 때문입니다."

안슬은 멍한 표정으로 수령 태감을 바라봤다.

'임 공공이 모셔가야 한다는 사람이…… 넝결?'

안슬은 불쾌하게 말했다.

"아무리 황궁이라 해도 늦출 수 없어. 이놈을 빼앗기 위해
밤새 서원과 싸웠어. 더구나 내가 지금 막 제자를 만났는데
자네는 뭐가 그리 급한가?"

신부사의 신분은 황궁의 요구도 권세가 혁혁한 수령 태감도 무시할 수 있

는 것이었다. 임 공공도 자연히 화를 내지 않고 온화하게 말했다.

"안 대사 대인은 제자를 만나기 위해 반나절을 기다리셨지만
폐하께서는 반년을 기다리셨습니다."

이 말에 서원 입구가 침묵에 빠졌다. 서원 입구 상황을 몰래 지켜보던 학생들은 호기심을 억누르지 못하고 그곳으로 일제히 시선을 돌렸다. 서원 입구 석평이 조용해진 이유는 임 공공의 말뜻을 아무도 몰랐기 때문이다.

'대당 천자가 왜 녕결을 반년이나 기다렸을까?'

가장 황당한 이는 녕결 자신이었다.

"임 공공, 무슨 말씀이세요?"
"지난해 봄 어느 날 어서방에 들어간 적이 있으시지요?"

임공공의 말은 번개처럼 그의 모든 기억을 깨웠다. 그의 표정은 여전히 평온했지만 심장은 이미 충격으로 요동치고 있었다.

'젠장, 천신만고 끝에 서원 이층루에 들어가게 되었는데 갑자기 이 일이? 어서방에 무단 출입한 죄로 목을 베지는 않겠지? 잠깐 그런데…… 그런데 내가 쓴 것을 궁에서 어떻게 알았지? 그리고 죄를 묻는다 해도 황실 호위대에서 와야지 왜 임 공공 같은 대인물이?'

수많은 생각이 스쳤지만 결국 그는 솔직하게 대답했다.

"네, 맞아요."

그는 매우 차분하고 떳떳하게 대답했다고 생각했지만 그 대답을 들은 모든 이는 그 목소리가 심하게 떨린다는 것을 알 수 있었다.

　　"허허, 역시 맞군요. 좋습니다. 다만 사안이 중요해서 정확한
　　확인을 위해 늙은 종이 질문 하나만 드리겠습니다."

임 공공은 그의 눈을 바라보며 읊었다.

　　"물고기가 바다에서 뛰어오르니……."

녕결이 웅얼거리며 대답했다.

　　"피안의 하늘에 꽃이 피다……."
　　"늙은 종을 따라 빨리 입궁하시지요."

임 공공이 그를 보며 활짝 웃었다.

　　"제가 존경하며 기다리던 녕 대가(大家)님!"

　　　　★★

서원 학생들은 거리가 있는 탓에 각자 몇 개의 단어만을 들을 수 있었다. 어떤 학생이 짐작했다.

　　"안슬 대사가 제자로 삼으려는 건가? 그런데 녕결은 왜 멍하니
　　서 있지? 그리고 저 태감은 어느 왕공 집안 사람인가?"

김무채는 서원 밖에 서 있는 황실 표식의 마차를 보고 중얼거렸다.

"바다에서…… 피안의 하늘? 폐하께서 반년을……

　이게 무슨 말이지?"

문득 그녀의 눈동자에 불가사의한 감정이 솟구치며 저도 모르게 떨리는
목소리로 말했다.

　"설마…… 설마 어서방의 그 서첩을 녕결이 쓴 건가?"

이 소리는 또렷하고 정확하게 서원 학생들의 귀에 들어갔다. 서원의 석평
도 순식간에 침묵에 빠져 버렸다. 신비로움만이 신성(神聖)이 될 수 있다.
그 서첩과 신비로운 서예 대가가 갈수록 뜨거워지며 사람들의 궁금증을
자아냈고 서원의 학생들도 평소에 그 신비로운 이야기를 대화의 소재로
삼았다. 심지어 김무채나 고(高)씨 낭자처럼 권세가의 자녀는 모사본을
직접 볼 수 있는 기회도 있었다.

　다만 누가 상상이나 했겠는가. 그 서예 대가는 바로 녕결이었다.
진자현은 황실 마차 옆에 서 있는 녕결을 보고 무기력하게 말했다.

　"내가 말했잖아…… 녕결이 동성에 작은 서화점을 열었다고."

여전히 침묵. 충격적인 침묵. 어색하고 궁색한 침묵. 그때 진자현이 억측
을 말했을 때, 병 서당 모든 학생은 비웃고 빈정거렸다. 심지어 엄우랑 복
도에서 녕결에게 손가락질하며 방자하게 웃기도 했다. 하지만 이 순간 감
히 누가 웃을 수 있겠는가.

　녕결이 이층루에 들어간다는 천둥소리, 안슬 대사가 그의 신부사
자질을 알아보고 제자로 삼는다는 두 번째 천둥소리.

　두 번이나 천둥 번개를 맞은 대부분의 사람들은 백치처럼 멍해져
있었다. 단지 생존 본능에 의해 이를 악물고 각자 자신의 마지막 정신적
탈출구를 찾아 헤매고 있을 뿐.

　그때 세 번째 천둥소리가 울린 것이다.

넝결이 그 서첩을 쓴 서예 대가였다! 석평에 서 있는 서원 학생들은 더 이상 교만하거나 냉담하지도, 무고하거나 강변하지도, 질문하거나 달갑지 않게 받아들이지도 않았다. 그들은 마치 천둥 번개에 맞아 타 버린 나무처럼 쪼개져 버렸다. 머리에 푸른 연기가 피어오르고 옷은 시커먼 조각조각으로 찢어지고 뇌는 일찌감치 멈추었다.

예전 비웃음의 크기만큼 지금 얼굴이 화끈거렸다. 과장된 웃음만큼 큰 쥐구멍이라도 파서 들어가고 싶어 했다.

"예전에 넝결에게서 신선한 단어를 들은 적이 있어."

사도의란이 천천히 말했다.

"심미(審美)적 피로(疲勞)? 당시 나는 아름다움을 어떻게
심사한다는 것인지 또 왜 피곤한 것인지 이해를 못했는데……
드디어 오늘 그 말뜻을 이해하게 되었네. 놀라운 일이 너무
많으면 무감각해지며 피곤해지는구나."

저유현은 그녀 뒤에 서서 웃으며 말했다.

"난 시원한데?"

사도의란도 웃으면서 주변의 서원 동창들을 바라보며 말했다.

"그래, 확실히 시원하네."

종대준은 저도 모르게 고개를 돌렸고 사도의란은 그 옆에 고개를 숙이고 있는 양관 임영에게 말했다.

"나는 누군가 그 글자가 넝결이 쓴 것이면 기꺼이 그의 발에 입을

맞추겠다고 말한 것을 기억해."

사도의란은 웃으며 말을 이었다.

"밤새 산을 올랐으니 냄새가 장난 아닐 거야."

임영은 그 냄새를 맡기라도 한 듯 순간 정신이 혼미해지며 땅으로 주저앉았다.

★ ★

말 네 필이 끄는 마차가 장안의 널찍한 관도를 다급하게 달렸다.

"아이, 젠장!"

장안성의 백성들은 황실 마차임을 알았지만 마차가 일으키는 흙먼지를 피하며 무례한 마차에게 욕을 퍼붓는다. 녕결과 상상은 마차 안에서 시선을 마주쳤지만 아무 말도 하지 못했다. 정식으로 성지를 받고 입궁하는 것은 처음이기에 매우 긴장한 것이다.

"긴장할 필요 없습니다. 폐하께서 그 글씨를 매우 좋아하십니다."

임 공공이 온화하게 말을 건넸지만 녕결은 여전히 확신하지 못하는 듯 물었다.

"임 공공, 폐하께서 제 글씨를 좋아하셔서 부르시는 게 확실해요?"
"'피안의 하늘에 꽃이 피다'라는 글씨로 그동안 장안에서 얼마나 큰 소란이 있었는데 정말 모르고 계셨습니까?"

"폐하께서 제 글씨를 좋아하시는 줄 알았다면 바로 저라고
소리를 쳤을 거예요. 하하…… 물론 진짜 그랬다면
황실 호위들에게 맞았겠죠?"

임 공공은 의미심장한 눈빛으로 대답했다.

"만약 그랬다면 우림군이 막았을 겁니다. 황실 호위들이
어찌 대인을 때릴 수 있겠습니까?"

녕결의 심장이 철렁했다.

"어서방에 무단으로 드나들었는데 설마 저희가 조사도
안 했을까요? 저는 대인의 암행 호위 신분도 알고,
조소수 대인과의 관계도 압니다. 그런데 아무리 작더라도
서화점을 운영하면서도 그 소란을 몰랐다는 것은
정말 의외입니다."
"아 참, 임 공공…… 서화점 이야길 하시니까 생각났는데
입궁 전에 노필재에 좀 들러 목욕을 하면 안 될까요?"
'폐하께서 반년 동안이나 기다리셨는데, 목욕?'

임 공공은 황당하다 못해 불쾌했지만 어찌된 일인지 녕결은 47번 골목에
꼭 들려야 한다고 버텼다. 임 공공은 황제가 좋아하는 대가를 너무 난처
하게 만들기 어려워 어쩔 수 없이 그의 요구를 들어주기로 했다.

＊＊

'무슨 일이지?'

넝결이 부서진 가게 문을 보고 마차에서 내려 황급히 뛰어갔다. 그 모습을 보고 골동품 주인장 아주머니가 소리쳤다.

"그러다 넘어지겠다! 가게는 내가 밤새 지켰으니 괜찮아."

넝결은 살짝 방향을 바꿔 아주머니의 품에 쏙 안기며 열정적인 포옹을 했다.

"오! 아주머니. 너무 고마워요, 정말 고마워요."
"내 마누라야!"

넝결은 불쾌한 표정의 골동품점 주인장을 보고 크게 웃었다.

"당연히 아저씨 부인이지요. 그리고 유일한 부인이고."
"그걸 누가 알아?"

주인 아주머니가 버럭 화를 내려 할 때 넝결이 급히 막으면서 말했다.

"아주머니, 걱정 마세요. 아주머니에게 제가 빚을 진 셈이니 아저씨가 평생 첩을 못 들이도록 제가 감시해 드릴게요."

주인 아저씨가 버럭 화를 냈다.

"네 녀석이 무슨 자격으로 우리 집 집안일에 간섭해?"

넝결은 뒤에 있는 황실 마차를 가리켰다.

"이 정도면 자격이 되지 않을까요?"

아저씨는 선명한 황실 표식을 보고 더 말을 하지 않았다.

　'까딱했다간 이놈 때문에 내 인생이 참담해지겠군…….'

넝결은 노필재에 들어가 목욕물을 끓이는 대신 최대한 빠르게 벽에 걸려 있던 족자를 떼어냈다. 그리고 상상에게 건네며 조용히 말했다.

　"오늘부터 이 도련님의 글씨가 쓰인 종이를 검은
　우산처럼 보관해야 한다."
　"종이가 있으면 사람이 살고 종이가 없으면 사람이 죽는다?"

넝결은 상상의 손에 있는 족자를 쓰다듬으며 말했다.

　"이게 모두 은표야……."

　＊＊

　'끼익.'

꽃이 그려진 나무문이 천천히 열리고 어린 태감이 소매를 가볍게 흔들며 소리 없이 물러났다. 넝결은 앞의 높은 문턱을 보고 옷차림을 정리한 뒤 숙연한 얼굴로 들어갔다. 눈앞에 진귀한 필묵지연이 펼쳐져 있었다. 인상 깊은 먹 향기를 맡으니 지난해 이 방에서 자신이 했던 일이 떠올랐다.
　서가 앞에 한 남자가 어서방 정문을 등지고 서 있었다. 면으로 된 수수한 옷을 걸치고, 검은색과 황금색이 섞인 금실로 된 띠를 허리에 두르고 있는 남자. 얼굴은 보이지 않았지만 그 신분은 단번에 알 수 있었다.

'무릎을 꿇어야 하나, 양손을 모으고 예를 올려야 하나?'
"하늘에 제사를 지내는 것도 아니니 무릎을 꿇을 필요는 없다."

참으로 부드러운 목소리가 흘러나왔다. 이 한마디에 녕결은 남자에게 강한 호감을 느꼈다.

'위엄, 엄숙, 냉담하다던 폐하께서…… 이렇게 온화하실 줄이야.'

남자는 서가에서 헌책 하나를 꺼내 보며 아무렇지 않게 물었다.

"암행 호위라던데?"
"네."

남자가 웃으며 가장자리에 놓인 책갈피를 꺼내 헌책에 끼우며 다시 물었다.

"작년에 어떻게 이 방에 들어왔느냐?"
'날 어떻게 낮춰 불러야 하지? 민초? 학생? 하관?
뭐라고 해야 하지?'

녕결은 자신이 서원 학생 신분임을 깨달았다.

"학생이 심부름을 받기 위해 입궁해서 이 방에서
대기하게 되었습니다."
"심부름을 받기 위해? 그런데 어떻게 짐의 어서방에 들어왔느냐?
그리고 그때 네가 들어오는 것을 본 사람이 없었느냐?"

녕결의 심장이 철렁했다.

'진짜 글씨를 좋아하셔서 부르신 게 맞나? 아니면 어쩌지?'

넝결의 머릿속에 어떤 생각이 스치며 심장이 철렁 내려앉았다.

'녹길이라는 어린 태감, 서숭산 통령……
그들은 알고 있을 텐데 폐하께서 반년 동안 찾으셨다는 것을……
그들이 왜 보고를 안 했지? 깜빡 잊었나? 아니면 다른 이유가?
내가 어찌 대답해야 하는 거지?'
"아무도 없었던 것 같습니다."
"허허허."

그는 손에 든 책을 서가에 다시 꽂은 후 뒤로 돌아서며 아직까지 문 입구에 서 있는 젊은 학생을 바라보며 감탄했다.

"인품이 괜찮네. 조소수가 너를 마음에 들어 하는 이유를
알겠구나."

넝결은 멍하니 상대방의 얼굴을 보았다. 눈매는 수려했지만 희끗희끗해진 귀밑머리가 보통 중년 남성과 크게 다르지 않았다. 그 중년 남성은 미소를 짓고 있었다.

'그래도 내가 대답을 잘못하진 않았나 보네.'
"이리 오너라."

넝결은 억지로 긴장을 억누르며 다가갔고, 황제는 책상 위에 펼쳐져 있는 종이를 가리키며 물었다.

"이 글씨를 네가 쓴 것이 맞느냐?"
"학생의 졸작이 맞습니다."
"졸작이 아니다. 네 글씨가 참 마음에 든다."

황제는 긴 수염을 한 번 쓰다듬으며 말을 이었다.

　"짐이 너를 찾느라 너무 힘이 들었다."

호칭을 '짐'이라고 했다. 곧 자신이 황제라는 뜻 아닌가. 어서방 분위기가 확 달라졌다.

　"물고기가 바다에서 뛰어오르니, 피안의 하늘에 꽃이 피다.
　네가 뒤 구절만 써서 짐이 얼마나 안타까웠는지.
　마침내 짐이 너를 찾았으니 앞의 구절도 써 보거라.
　짐이 먹을 갈아 주는 것이 어떻겠느냐?"
　'폐하께서 먹을 갈아 주신다니?'
　"감히 그런 대우를 받을 수 있겠습니까? 그리고
　다시 쓰는 것은…… 폐하께서 쓰신 주옥같은 글씨가 이미 있는데
　제가 어찌 어설프게 다시 쓸 수 있겠습니까?"

고단수의 아첨. 황제는 잠시 멍하게 있다가 웃음을 터트렸다가 곧 정색을 하고 녕결을 꾸짖었다.

　"재미없는 아첨은 그만 하라. 짐이 명필이 아님은
　천하가 다 아는데, 주옥같은 글씨? 적어도 네놈 앞에서
　들을 말은 아니다."
　"헤헤."
　"잡담은 그만하고 짐이 드디어 너를 찾았으니
　오늘밤 글을 써서 짐에게 보여줘야 할 것이다."
　"폐하, 학생이 어젯밤 서원에서 정신력과 체력 소모가 심해
　지금 좋은 글을 쓸 수가 없습니다. 감히 폐하의 뜻을
　거역하는 것이 아니라……."

넝결은 난처한 표정으로 말하며 황제의 눈치를 살폈다. 그리고 그는 요술이라도 부리듯 옷소매에서 두루마리 몇 점을 꺼내 공손히 책상 위에 올려놓았다.

　"폐하, 이것은 학생이 최근 몇 년 동안 쓴 것들 중 그나마
　볼만한 것을 골라온 것입니다. 폐하께서 많이 가르쳐 주십시오."

황제는 넝결의 말이 끝나기도 전에 두루마기를 편 후 허리를 숙여 한참 동안 글씨를 들여다보았다. 시간이 얼마나 흘렀을까, 마침내 기쁨의 감탄사가 어서방의 고요를 깨뜨렸다.

　"좋은 글씨야! 정말 좋은 글씨야!"

황제는 빛나는 눈으로 넝결을 향해 고개를 돌리며 말했다.

　"넝결, 네가 장안 도성에 서화점을 열었다 들었는데
　네가 쓴 작품이 이 몇 점밖에 없는 것은 아닐 터. 빨리 가져와서
　짐에게 보여주어라."

넝결은 난감한 듯한 표정으로 대답했다.

　"폐하, 학생이 쓴 글씨는 기본적으로……
　다 돈 받고 파는 것입니다."

　　　＊＊

호천도 남문에서 가장 깊은 곳에 있는 전각. 좀 전까지 서원에서 하늘을 찌를 듯한 호기를 부리던 신부사 안슬이 지금은 마치 무엇을 잘못한 어린

아이처럼 보였다. 턱밑 수염은 타버린 듯 말라붙었고 더 이상 옹졸할 수 없을 것 같은 눈빛으로 바닥만 바라보며 감히 상대방을 쳐다보지 못했다.

얼굴에 난 계곡처럼 깊고 촘촘한 주름에는 죄책감과 함께 상대방에게 환심을 사려는 기색이 역력했다. 그 모습을 묵묵히 보던 대당 국사 이청산. 사형에 대한 평소의 존경심이 일순간 실망과 분노로 변했다.

"녕결이 사형의 제자가 되더라도 그가 호천도 남문에 들어오지
못하면 어떻게 합니까? 그건 사형이 죽은 후 우리 호천도
남문에는 신부사가 하나도 남지 않는다는 뜻입니다.
다시 말해 저와 사형이 죽은 후에는 더 이상 남문을 지탱할
사람이 없다는 말이에요!"
"허허…… 그렇게까지 심각한 것은 아니야. 내 제자로 그가
신부사가 되면 남문의 문제를 모른 체하겠는가? 난 비록 늙어
죽을 날이 얼마 남지 않았지만 사제는 아직 젊지 않은가?
녕결 그놈이 사제보다 먼저 죽을지도 모르는 일이지."

이청산은 한숨을 푹 쉬었다.

"사형은 진짜 그 차이를 모르시는 겁니까, 아님 모른 척하시는
겁니까? 만약 남문에 들어오면 그는 자연히 미래의 대당 국사가
될 것입니다. 그렇다면 남문이 약해지고 싶어도 약해지지
못합니다. 하지만 사형의 제자만 된다면 기껏해야 남문의 객경이
되겠지요. 객경 따위가 남문에 무슨 소용이 있습니까?
따지고 보면 남진 류백도 서릉 신전의 객경인데, 류백이 신전을
위해 목숨을 걸고 싸우는 것을 보신 적이 있습니까?"

안슬은 더 이상 이청산의 눈빛을 볼 면목이 없었는지 아무 말도 못하고 자리에서 일어나 밖으로 나가 버렸다. 하지만 그는 정문으로 나가지 않고 곧장 측문을 열고 뒷골목으로 들어갔다. 그제야 그는 어깨에 묻은 푸른

잎을 털어내며 안도의 한숨을 쉬었다.

'사문(師門)에는 미안하지만 그래도 후계자는 찾았어.'

안슬의 부끄러운 얼굴이 마음속 깊은 곳에서 올라오는 기쁨에 가려지기
시작했다. 그때 마차 하나가 골목 어귀를 막았다. 집사 복장의 남자가 마
차에서 뛰어내려 안슬의 옷차림을 보고 얼굴을 찡그렸다. 하지만 남자는
주인의 간절한 당부를 떠올리며 최대한 공손하게 말했다.

"소인, 안슬 대사께 문안 인사드립니다. 소인은 안락 후작 집안의
총집사인데, 오늘 후작님의 명을 받아 대사님을 찾아뵈러
왔습니다. 대사님께서 서첩 하나를 가지고 계시다고……."
"꺼져!"

그는 집사를 밀치며 거만하게 골목 어귀로 걸어갔다. 집사는 곧 울음이
터질 것 같은 어린아이처럼 그를 따라가며 말했다.

"안슬 대사, 소인의 말씀을 제발 끝까지 들어주십시오."

갑자기 골목 어귀에서 또 다른 목소리가 들려왔다.

"안슬 대사가 어떤 분이신데…… 안락 후작이 부탁할 것이 있으면
정중하게 집으로 모시든가 아니면 직접 와서 예를 갖추고
청해야지, 어디 집사 하나를 내세워서. 쯧쯧."

후작부의 총집사. 그가 신부사를 건드리지는 못하지만 장안에서 그를 건
드릴 수 있는 사람도 많지 않았다. 그는 대나무 가마에 타고 있는 백발노
인에게 고개를 돌리며 소리쳤다.

"감히 내가 누군 줄 알고…….'"

'털썩.'

그는 말도 다 끝내지 못하고 다리에 힘이 풀려 무릎을 꿇으며 조아렸다.

"감히 대학사님께 무례를 범할 수 있겠습니까?
소인이 경솔했습니다. 바로 돌아가 대학사님 말씀을
후작님에게 전달하겠습니다."
"임기응변은 괜찮네. 후작 집안 집사로는 쓸 만하겠어."

백발노인의 이름은 왕시신(王侍臣)으로 대당 문연각의 대학사. 황제의 존경을 받고 있으며 친왕 이패언도 길에서 그를 보면 안부를 묻고는 길을 피할 정도의 살아 있는 권력이었다. 하물며 보잘것없는 후작 따위는 말할 필요도 없었다.

집사가 재빨리 자리를 뜨자 안슬 대사가 눈살을 찌푸리며 왕 대학사에게 예를 올리며 물었다.

"오늘은 쉬는 날인데 노학사께서 왜 입궁을 하셨을까?
좋은 이유는 아닌 것 같은데…….'"
"며칠 전 제주 대인과 싸웠으니, 그 이유가 충분하지 않은가?"

안슬은 소매를 가볍게 털며 불쾌하게 말했다.

"당신들이 싸운 게 작년 겨울 아니었나? 엊그제 또 싸웠다고?"
"'피안의 하늘에 꽃이 피다'라는 글씨의 쌍구 모사본이 그 늙은 놈
저택에 있단 말이야. 그런데 그 늙은이가 나에게 보여주지도 않고
계속 내 화를 돋운단 말이지."

안슬은 호천도 남문에 남은 유일한 신부사이고 왕시신은 원로 대신. 둘은

나이도 엇비슷하고 수십 년 동안 잘 지내는 편이었다. 그리고 둘에게 공통된 점도 하나 있었는데, 바로 서예 대가라는 것이었다.

　　"쌍구 모사본이 아무리 최고라고 해도 오늘 만약 내가 닭백숙첩을
　　　가지고 돌아가 서재도 아닌 중당(中堂)에 떡하니 걸어놓으면
　　　오히려 그 늙은이가 화가 나서 죽지 않겠나?"
　　"잠깐."

안슬은 눈썹을 치켜뜨며 능청스럽게 물었다.

　　"닭백숙첩이 뭐지?"
　　"자네가 홍수초에서 가져간 그 장부 종이에 쓰인 글씨 말이야.
　　　이미 소문이 자자해. 자네가 그것을 보고 넝결이 신부사의 자질이
　　　있다고 확신했으니 얼마나 의미가 큰가? 그것을 내 집에 걸어
　　　둔다면 그 아니 좋겠는가?"

안슬은 개탄했다.

　　"역시 이런 소문은 부적보다 빨리 퍼지네."
　　"안락 후작은 정말 멍청하지 않나? 그 의미 있는 작품을
　　　집사 하나 보내서…… 그래서 대학사인 내가 직접 온 것 아닌가?
　　　게다가 자네 것도 아닌, 자네 학생의 서첩 하나 달라는
　　　작은 부탁에 내가 왔으니 이미 자네 체면은 충분히
　　　세워준 것이지."

왕 대학사는 갑자기 안슬을 노려보며 말했다.

　　"안 된다는 말은 말게. 그러면 우리 두 사람 다
　　　체면이 어떻게 되나?"

"자네 말에서 건달 냄새만 나는데 체면이 어디 있단
　　말이야? 이 당당한 원로 대신 대학사께서 이런 사소한 일로
　　본심을 어지럽히다니……."

왕 대학사는 격노하며 말했다.

"그 늙은 놈이 나를 얼마나 괄시했는데 내가 그 체면을 되찾지
　　못하면 어찌 조정에 설 수 있겠나?!"

안슬은 그를 물끄러미 쳐다보다가 갑자기 입을 열었다.

"1만."
"4천."

안슬은 소매에서 얇은 종이 하나를 건네며 말했다.

"거래가 성사되었습니다."

왕 대학사는 종이를 보지도 않고 재빨리 받으며 가마꾼에게 소리쳤다.

"뭐하는 것이냐! 어서 집으로 가자! 용보재(容寶齋)에서
　　가장 잘한다는 홍(興) 사부를 데려오라! 그리고 셋째에게
　　내일 생일 연회를 열 준비를 하라 전하라! 손님을 초대하여
　　모두 닭백숙첩을 감상한다!"

푸른색 대나무로 만들어진 가마가 바람을 일으키며 날아갔다. 멀어져 가
는 가마에서 바람을 타고 대학사와 집사의 대화가 희미하게 전해져 왔다.

"어르신, 팔순 생신연은 지난달에 이미 하셨……."

"멍청한 놈! 첫째 딸 생일이 이번 달이야!"

"네……."

"김무채 그 아이도 불러라. 무엇보다 가장 중요한 것은
그녀가 늙은 외할아버지를 모시고 오는 것을 잊으면 안 된다!
오지 않는다 하면 내가 직접 가서 데려올 것이다!"

★★

녕결은 황궁에서 모든 방법을 찾아 황제에게 아첨을 하고 있느라 자신이
술 취해서 쓴 글씨 하나가 4천 냥에 팔려 나갔다는 사실을 몰랐다. 그리
고 그 서신의 대상이지만 서신을 볼 기회도 없었던 상상은 47번 골목 노
필재에서 긴장하여 아무 일도 하지 못하고 있었다.

"문 열어!"

'똑똑똑똑!'

'탁탁탁탁!'

문 두드리는 소리가 그치지 않았다. 상상은 당황스러운 이 상황에 어떻게
대처해야 할지 정말 몰라 난감했다. 그녀는 녕결의 당부대로 모든 글씨를
고귀한 은표들과 함께 상자에 넣었다. 또한 두 줄의 굵은 쇠사슬을 가져
와 문과 창문을 모두 꽉 잠갔다. 그래도 안심이 안 되어 심지어 큰 쇠못을
몇 개나 박았다. 그리고 대흑산과 중요한 글씨 몇 점을 등에 메고 뒷문을
통해 슬그머니 빠져나갔다.

정오도 안 된 이른 시간. 상상이 홍수초에 들어가니 시녀 소초가
그녀를 발견하고 반가워했다.

"요즘 왜 이렇게 뜸한 거야? 너희 집 도련님이 금족령이라도
내린 거야? 아니면 네가 공주부에 자주 들락거린다고 들었는데

귀인을 자주 만나니 우리 같은 천한 친구를 잊어 버리기라도
한 거야?"

상상이 지금 소초의 넋두리를 들을 여유가 어디 있겠는가. 그녀는 지금
장안성에서 소문을 듣고 움직이는 사람들과 시간 다툼을 벌여야 했다.

"우리 도련님이 작년에 많이 취해서 쓴 종이 어디 있어?"

소초는 잠시 멍하니 있다가 대답했다.

"내가 가서 물어볼게."

잠시 후 돌아온 소초가 말했다.

"수주아 언니가 가져간 것 같다던데? 근데 그건 뭐하러 찾아?"

＊＊

조우녕(曹佑寧)의 말은 장안성에서 늘 힘이 있었다. 그의 매형이 공부(工部)
시랑이었고 작년 공부 상서직이 공석이 되면서 매형이 차기 공부 상서가
될 것이라는 말이 돌고 있었기 때문이다. 하지만 올봄 들어 갑자기 분위
기가 달라졌다. 하운 총독부에서 장안으로 온 어느 관원이 강력한 경쟁
상대로 떠올랐기 때문이었다. 그래서 황제도 재상도 대학사들도 아직 마
음을 정하지 못하고 있었다.

"낭자, 제발 그 서첩을 저에게 좀 양보해 주세요."

조우녕은 의자에 앉아 있는 풍만한 여인을 보며 사정했다. 평소 같으면

마음이 동해 어떻게든 한번 덮쳐 볼 생각밖에 안 했겠지만 지금은 그런 것 따위에 신경 쓸 여력이 없었다.

　　"낭자가 방금 말한 넝결이라는 학생이 바로 그 '하늘에 꽃이 피다'
　　서첩의 주인이에요. 봐요. 제가 낭자를 속이면 돈을 아낄 수도
　　있지만 그렇게 대접하지 않잖아요."

충격에서 아직 헤어나지 못한 듯 수주아는 연신 태양혈을 주무르며 말했다.

　　"하지만 그 장부 종이……."
　　"장부 종이가 아니라 서첩이요, 서첩. 닭백숙첩."

수주아는 손을 내저였다.

　　"그렇다 치고, 하지만 그…… 닭백숙첩은 정말 제 손에 없어요.
　　그날 밤에 누가 가져갔다니까요."
　　"누가 가져갔어요? 낭자, 잘 생각해 보셔야 해요.
　　진짜 특별한 서첩이란 말이에요."
　　"생각할 필요도 없어요. 어느 늙은 도사인데 옷차림이 더럽고
　　성격도 괴상하지만 돈을 쓰는 데 인색하지는 않죠.
　　그 도사가 들고 갔어요."

조우녕은 갑자기 멍하니 있다가 갑자기 허벅지를 탁 치며 말했다.

　　"맙소사! 신부사 안슬 대사!"
　　'이건 또 뭐야? 오늘따라 왜 이래? 귀엽고 사랑스러운 소년이
　　갑자기 대서예가라더니 그 옹졸한 노도사가 신부사라고?'

그녀는 문득 어떤 생각이 스쳐갔다. 자리에서 일어나 시녀에게 보관해 둔

탁자 하나를 들고 오라 명했다.

> "이 탁자 좀 봐요. 여기에 그 더러운 노도사…… 아니 신부사
> 안슬 대사라는 이가 필생의 공력으로 닭백숙첩을 모사한 흔적이
> 있어요!"

그녀는 손으로 먼지를 닦아내고 난잡한 글씨 흔적을 보며, "역시 내가 사람 보는 눈이 있네. 선경지명이 있……" 하며 쉴 새 없이 중얼거렸다.
조우녕은 그 글씨를 노려보다가 점점 눈빛이 변하면서 말했다.

> "수주아 낭자. 가격은 마음대로 정하세요."
> "3천 냥."

조우녕은 자리에서 일어서며 단호하게 말했다.

> "거래가 성사되었습니다."
> "팔 수 없습니다."

그때 또 다른 목소리가 들려 왔다. 말한 이는 수주아가 아니었다. 조우녕은 고개를 돌려 목소리의 주인공을 바라보며 불쾌하게 말했다.

> "왜 못 판다는 겁니까?"

목소리의 주인공은 상상이었다. 상상은 책상 위에 있는 글씨의 흔적을 보더니 수주아에게 진지하게 말을 꺼냈다.

> "탁본을 팔아요."

이 말을 듣고 조우녕의 표정이 급변했다.

'탁본? 먹물만 있으면 몇 백, 몇 천 장이 나올 수도 있는 탁본?'

그는 초대받지 않은 손님인 어린 시녀의 까만 얼굴을 보고 물었다.

"근데 넌 누구지?"

수주아는 웃으며 끼어들었다.

"이 글씨는 안슬 대사가 모사한 것이지만 원작자는 녕결이죠.
이 낭자는 그의 시녀예요. 솔직히 말하면 이 낭자가 결정한 것은
곧 녕결이 결정한 것이나 마찬가지예요. 당신이 뭐라도
챙겨 가려면 친절하게 대하는 게 좋을 것 같네요."

조우녕은 급히 옷매무새를 고치며 상상에게 공손히 예를 올렸다.

"어린 낭자여. 탁본도 당연히 귀한 것이지만 제가 사고 싶은 것은
세상에 둘도 없는 물건입니다."

상상은 잠시 생각한 후 담담하게 대답했다.

"인장을 찍어 드릴게요. 그래도 안 되면 도련님을 통해
안슬 대사의 친필 서명을 받아드리죠."

그녀는 품속에서 도장 하나를 꺼냈다. 조우녕의 두 눈에서 빛이 났다.

"이것이…… 녕 대가의 인장일까요?"
'녕 대가? 같은 대가면 간 대가와 동급이잖아?'

상상은 칭호에 익숙하지는 않았지만 고개를 끄덕였다.

"그런데 제 탁본에만 찍어준다고 보장할 수 있나요?"

상상은 또 고개를 끄덕였다.

　"가격을 부르세요."
　"3백 냥."

소초가 은표 석 장과 조우녕의 뒷모습을 번갈아 보면서 수주아의 통통한 팔을 껴안았다.

　"수주아 언니, 아무렇게 먹물을 바르고 면포로 두어 번
　두드리기만 했는데 은표 3백 냥이래요…… 정말 대박 나겠어요."
　"첫 장인데다 녕결의 인장까지 찍혔으니 그런 거지."
　"그래도 이제 마음대로 찍어낼 수 있잖아요. 춤추고 노래 부르는
　것보다 훨씬 수지가 맞네요."

소초의 말에 수주아는 웃었다. 그녀는 탁자 위의 찻잔을 들고 가볍게 한 모금 마신 후 상상을 바라봤다. 사실 상상은 조우녕이 간 후부터 줄곧 그녀를 바라보고 있었다. 방 안 분위기가 좀 이상하게 변하기 시작했다. 하지만 수주아는 천천히 찻잔을 내려놓고 상상에게 미소를 지으며 말했다.

　"7대 3! 네가 7, 내가 3."

상상은 만족한 듯 고개를 끄덕였다.

　"언제 녕결을 데려와. 설령 간 대가에게 혼난다고 하더라도
　그를 즐겁게 해 줘야겠네."

상상은 웃었지만 대꾸는 하지 않고 탁자를 바라봤다. 이제야 서신을 보게

된 서신의 수신자.

'상상, 이 도련님이 오늘 취해서 집에 못 들어가.
남은 닭백숙 데워 먹는 것 잊지 마.'

상상의 까무잡잡한 볼에 자긍심과 기쁨이 가득 찼다. 상상과 소초가 자리를 뜨자 수주아의 시녀가 들어와 나지막이 말했다.

"7대 3의 비율은 좀 그렇지 않나요? 책상도 우리 것이고
모사한 분도 아가씨 단골손님인 안슬 대사인데……."

수주아는 웃고 나서 시녀의 미간을 살짝 누르며 말했다.

"일을 볼 때 그렇게 시야가 좁아서 되겠어? 내 비율이 높으면
훗날 어느 고관 대작이 와서 요구하면 내가 어떻게 거절을
하겠어? 이렇게 해야 나에게 따지지 않고 녕결에게 가서
따지겠지."

시녀는 감탄했지만 다시 아랫입술을 살짝 깨물며 말했다.

"그래도 아가씨는…… 녕결과 사이가 좋은데 가끔씩 남매라
부르기도 하고…… 그런데 그에게 모든 일을 미뤄 버리면……."

수주아는 말을 잇지 못하는 시녀를 보며 호호 웃었다.

"네가 도대체 내 시녀인지 녕결 시녀인지 모르겠네. 걱정 마.
지금 장안에서 녕결을 함부로 괴롭힐 수 있는 사람은 없어."

★★

홍수초 2층 귀빈 방 창가에 있는 탁자 위에 신선한 음식 몇 가지와 과실주 두 주전자가 놓여 있었다. 한 아가씨가 그곳에 앉아, 소초가 상상을 배웅하는 모습을 보며 옆에 있는 중년 손님에게 말했다.

"저 아이가 녕결 도련님의 시녀예요. 우리는 결국 그녀가 안주인이
될 거라고 생각하죠. 그런 신분이 아니라면 어떻게 간 대가의
시녀와 저렇게 어울릴 수 있겠어요?"

중년 손님은 눈썹이 하얗고 피부가 탄탄한 모습이 연륜이 들어 보였다. 그는 아가씨의 말을 듣고는 호기심에 물었다.

"녕결이라는 젊은이가 정말 하루 만에 장안성을 놀라게 했지.
다만 당신 아가씨들은 왜 그렇게 익숙하게 그를 '녕결
도련님'이라 부르는 건가요? 예전의 그는 유명하지 않았는데."
"녕결 도련님은 보통 사람이 아니에요. 사실 전 그가 어디가
범상치 않은지 모르겠어요. 그렇지만 수주아 아가씨가 동생으로
부르는 사람이잖아요. 또 육설 아가씨가 쉬는 날에도 춤을
보여 주는 사람은…… 뭔가 다를 거예요."
"뭐가 다를까요?"
"음…… 아마 수주아 아가씨가 알고 있지 않을까요?
하지만 간 대가께서 그에게 보이는 태도만으로도 그를
도련님이라 부를 만해요."

중년 손님은 더 묻지 않고 과실주를 마시면서 몇 마디를 더 나눈 후 떠나갔다. 홍수초를 나온 그는 마부에게 장안성 아무 곳이나 가자고 명했고, 결국 성내를 몇 바퀴 돌고 난 후 장안 북성 어느 곳에 멈췄다. 마차에서 내린 그는 골목 두 곳을 지나 푸른 나무로 둘러싸인 숙연해 보이는 건물

뒤편으로 가 뒷문을 두드리며 들어갔다.

장안 관아 서재 안.

상관양우는 중년 남성을 보며 무표정한 얼굴로 물었다.

"3개월 동안 용의자를 일곱 명으로 좁혔는데, 일곱 중 녕결을
가장 먼저 조사하는 이유가 뭔가? 왜 그를 의심하는 것이냐?
어떤 증거라도 있나?"

중년 남자의 이름은 철영(鐵英). 장안 관아 형사반 반장으로, 형부에서 십
몇 년을 일했는데 사건 수사 경험이 풍부했다.

"장이기가 죽었을 때 녕결이 홍수초에 있었습니다."
"당시 홍수초에 백여 명이 있었는데 그럼 모두 혐의가
있단 말인가?"
"하관의 직감에 따르면 이 자에게 문제가 있습니다."
"사건을 조사하는데 직감이라니?"
"저의 직감을 믿어주십시오. 하관은 평생 동안 살인 사건을
맡아왔고 장이기 사건에 문제가 있다는 데에 확신이 듭니다.
당시 그 사건은 살인 사건으로 분류되지 않고 사고로
처리되었습니다. 따라서 현장 검증을 하지 않아 증거를 찾기 쉽지
않으나 확실히 수상한 냄새가 납니다."
"무슨 냄새를 맡았나?"
"녕결은 예전에 주머니 사정이 넉넉하지 않았습니다.
그런 소년이 어떻게 홍수초를 드나들 수 있었겠습니까?
간 대가가 왜 그를 좋아할까요? 낭자들은 왜 그를 도련님이라
부를까요? 그는 도대체 무엇을 하러 홍수초에 들어간 것일까요?
그는 분명 홍수초와 관련이 없어야 할 사람인데 이런 관계가
있다는 것 자체가 문제라고 생각합니다."

장안 부윤 대인은 여전히 못마땅해 하는 표정을 지었다. 그것을 보고 철영은 재빨리 말을 이었다.

> "어사 장이기가 죽은 후 얼마 되지 않아 회원통(匯源通)
> 전장(錢莊)에서 은자가 은표로 환전되었는데, 금액이 제법
> 컸습니다. 2천 냥. 환전한 사람은 상상이라는 어린 여자였는데
> 그녀가 바로 녕결의 시녀입니다. 당시 서화점을 운영하는 가난한
> 소년인 녕결이 어떻게 이렇게 많은 돈을 지니게 되었을까요?
> 그 돈을 누가 그에게 주었을까요? 돈을 준 사람들은 그에게
> 무엇을 바랐을까요?"

상관양우의 미간이 찌푸려지며 한참을 생각하다 말했다.

> "그 은표부터 알아보라. 그 부분에서 단서가 나온다면
> 계속 수사하도록 허하겠다."

             * *

황혼의 빛이 장안 관아로 들어왔다. 정원의 푸른 나무 아래에서 석양에 붉게 물들어야 할 상관양우의 얼굴은 주변 환경과 전혀 어울리지 않게 새파란 색이었다. 그는 마치 아버지를 죽인 원수를 보듯 눈앞의 철영을 바라보며 날카롭게 말했다.

> "그 은자는 어룡방에서 회원통 전장으로 보낸 것이다.
> 다시 말해 2천 냥은 조소수가 녕결에게 준 것이야. 왜 그랬냐고?
> 네가 그날 밤 춘풍정 거리에서 쓰러진 시신을 잊지 않았다면
> 그 이유를 충분히 짐작할 수 있을 거야. 본관은 그날 밤을
> 잊을 수 없지. 그 일로 조정의 무수한 대인물들이 쓰러졌고

그래서 본관이 장안 부윤 자리에 앉을 수 있었으니.
그런데도 넌 계속 조사를 할 것인가?"
"대인, 하관은 아직도 의심을 거둘 수 없습니다. 그날 밤
조소수 옆을 지키던 사람은 월륜국 출신 젊은이라 들었는데,
은자 2천 냥이 춘풍정 사건 때문인지 다른 이유가 있는 것인지
꼼꼼히 따져 봐야 할 것 같습니다."

상관양우는 격노하며 소리쳤다.

"어떻게 더 조사한다는 것이야! 녕결이 어떤 사람인지 모르나?
증거! 증거! 증거가 있어야 될 것 아닌가?! 너의 그 빌어먹을
직감과 개 같은 후각만으로 조사를 하고 싶다면 본관이 먼저
네 관복을 벗긴다 하더라도 원망하지 마라!"

철영은 고개를 숙인 채 아무 말도 하지 못했다. 상관양우는 잠시 마음을
가라앉힌 후 그를 보며 담담하게 물었다.

"이 일을 군부에 알렸느냐?"

철영이 마침내 입을 열었다.

"대인께서 조용히 조사하라고 명하셨기에 대인과 하관 빼고는
아무도 모릅니다."
"그럼 됐다. 녕결의 이름을 지우고 나머지 여섯 명을 조사하라."

철영은 명을 받고 자리를 떴다. 상관양우는 뒤채로 들어가 저녁 식사를
마친 후 책상 앞의 등잔불을 보며 불쾌하게 말했다.

"등잔불을 쓸데없이 왜 세 개나 켰나? 빨리 꺼라."

부윤의 처가 조심스럽게 말했다.

"어르신, 오늘 무슨 일 있으셨어요?"

상관양우는 용모가 평범한 것을 지나 심지어 추하다고 할 수 있다. 성품도 교활하고 음험한 편이었지만, 집안에서는 상당히 잘하는 편이었다. 용모는 그리 예쁘지 않았지만 좋은 여자를 부인으로 맞이하여, 출세를 한후에도 부인에게 잘해 주었고 첩을 따로 들이지도 않았다.

"내가 장안부에서 형사를 맡고 있었을 때 한 첫 번째 일이
철영을 형부에서 빼온 것이었지. 경험도 풍부하고 사건에 대한
직감도 탁월했지…… 넝결이 정말 장이기의 죽음과 관련이
되어 있다면 어떻게 해야 할지 모르겠네."

부인은 바느질거리를 내려놓고 뜨거운 차를 따르며 말했다.

"어르신께서 장안의 치안을 맡고 있는 이상 조사해야 할 일이
있다면 반드시 조사하셔야죠."
"그런데 증거가 없고, 또…….'

상관양우는 탄식을 내뱉으며 슬프게 말했다.

"정말 조사할 엄두가 안 나. 폐하께서도 그를 좋아하시고
서원 이층루에도 들어간 데다 신부사의 후계자가 되었지.
황궁의 명이 없는 이상 내가 감히 이런 사람을 어떻게 조사한단
말인가?"

부인은 상당히 놀라며 당혹스러운 말투로 물었다.

"그런 인물이 어떻게 살인 사건과 연관될 수 있나요?"

"그렇지? 부인 말에 일리가 있어. 그런 인물이 어떻게
살인을 했겠나?"

"어르신께서 사건을 판단하는 데 저 같은 부녀자의 말을
들으시면 안 됩니다."

"음…… 진짜 그 사람이면…… 아니야. 무조건 아니어야 해.
설령 그 사람이었다 해도…… 그 사람이 아니어야 해."

＊＊

태감은 음식의 이름을 말했다. 음식에 대한 설명도 했다. 접시에 먹음직
스럽게 차려진 음식을 보며 녕결은 그제야 자신이 어디에 있는지 무엇을
하고 있는지 깨닫고 정신을 차리려고 노력했다.

'궁에서 폐하와 함께 저녁을 먹다니! 황후 마마께서
직접 탕도 덜어주시고…….'

생사의 경계를 수없이 넘나들고, 민산이 무너져도 눈 하나 깜빡하지 않을
녕결도 이 순간에는 긴장감을 감출 수가 없었다. 황후는 죽순을 집어 황
제의 입에 넣어 주고서 온화하게 미소 지으며 말했다.

"밥 먹을 때 그 서첩 이야기는 하지 마세요. 그렇지 않으면
녕결 이 아이가 밥이라도 먹을 수 있겠어요?"

황제는 확실히 기분이 좋은 듯 죽순을 씹으며 웃는 얼굴로 말했다.

"알았소. 밥 먹자."

황제의 입에서 나온 말은 곧 성지. 녕결은 금홍색 칠이 된 그릇을 들고 밥을 먹기 시작했다. 하지만 어찌 음식 맛을 느낄 수 있는 여유가 있겠는가. 머릿속이 복잡해지기 시작했다.

'폐하와 황후의 사이는 소문대로 매우 좋구나. 그런데 맞은편에
비어 있는 자리는 누구의 자리지?'

그때, 패옥이 가볍게 울리고 옅은 향기가 멀리서부터 전해져 왔다. 이어서 화려한 옷차림을 한 대당 공주 이어가 궁녀를 거느리고 걸어왔다.

'이어 공주가 이렇게 아름다웠나?'

더 놀란 사람은 바로 이어 공주.

"자네가 왜 여기 있지?"

황제는 두 사람을 번갈아 보며 물었다.

"이어야, 너도 이 사람을 아느냐?"
"부황, 지난해 초원에서 돌아올 때 녕결이 길잡이를 했습니다.
어젯밤 서원에 가서 이층루 개루식을 지켜본 것도 그를 보기
위해서였습니다."

황제는 당시 딸이 겪었던 어려움은 알았지만 자기 딸의 목숨을 구한 이가 녕결인지는 오늘에야 알게 되었다. 황제가 녕결을 바라보는 시선이 달라졌다. 단순히 좋게 보는 것에서 진지한 호감으로 변했다.

"부황, 오늘 어찌 녕결을 부르셨습니까?
서원 이층루 때문은 아닌 듯싶은데……."

"어서방에 현묘한 글씨가 나타났다 말한 적이 있었지? 그 '피안의
　하늘에 꽃이 피다'라는 글씨를 쓴 이가 바로 녕결이다.
　모든 이들이 너의 사람 보는 안목을 높게 평가하던데 네가
　녕결을 알고 있었음에도 그에게 이런 재주가 있음을 몰랐다니
　그 평가를 다시 생각해 봐야겠구나."
"저는 인재를 놓치기 싫어 부황과 조정을 대신하여 여기저기
　인재를 찾아다닐 뿐입니다. 제게 무슨 안목이 있겠습니까?"

이어는 궁녀의 시중을 받아 식탁 앞에 앉으며 녕결을 바라보았다.

"녕결이 글씨를 잘 쓴다는 것은 알고 있었습니다. 다만 그렇게까지
　잘 쓰는지는 몰랐습니다. 이놈이 가장 잘하는 것이 자신의 능력을
　숨기는 거라서…… 돼지 행세를 하고는 호랑이를 잡아먹는
　이런 재미없는 것들을 어디서 배웠는지 궁금합니다."

녕결은 어찌 대답해야 할지 몰라 먹는 것에 집중하며 못 들은 척했다.

'공주가 나보고 돼지 행세를 한다 했으니, 돼지답게 해야겠지?'

그는 황제와 황후의 웃음소리를 들으며 또 가끔씩 날아오는 이어의 눈빛
을 받으며 황제의 연회가 장엄하다기보다 오히려 여느 집에서의 저녁 식
사와 같다는 생각이 들었다. 더 중요한 것은 음식이 생각보다 정말 별로
라는 점이었다.

'황실 요리사가 자격증은 갖고 있는 것인가?'

녕결은 노필재에 남은 음식 특히 오래 두어서 시큼해진 닭백숙이 그리워
지기 시작했다.

"사실 짐은 장안의 황성 안에 지내는 것이 좋지 않다."

대당 황제 이중이는 난간에 서서 북쪽 먼 곳의 검푸른 성벽을 가리켰다.

　"황성에서 불과 십여 리면 바로 대명궁이다. 그곳에는 청산 숲이
　있어 시원한 바람이 불어 여름에도 시원하지. 또 조정에서
　대신들이 떠드는 소리를 들을 필요도 없고."

저녁 식사를 마친 황제는 녕결을 데리고 황궁을 돌며 산책을 하고 있었
다. 이른바 산식(散食)이라는 것인데, 실제로는 한담을 나누는 것이다.

　'폐하께서 이런 이야기를 왜 나에게 하시는 거지? 천하의
　웅주(雄主)가 한담을 나눌 사람을 찾기가 그렇게 어려운가?
　지금 나에게 이러시는 것에 다른 의도가 있나?'
　"그럼 올해는 폐하께서 좀 더 일찍 성 밖으로 나가시는 것이
　좋을 것 같습니다."
　"황후가 대명궁으로 거처를 옮긴다고 하면 대신들은 울음을
　터뜨리며 선조들의 규칙을 가지고 잔소리를 하네. 짐이 대당
　천자이지만 살 곳을 고를 자유도 없다. 감히 짐의 뜻을 거역하는
　사람은 없지만 그래도 완전한 여름이 되어야 그 늙은이들 입을
　막을 수 있지."

황제는 몸을 돌리고 녕결을 바라보며 말했다.

　"올해 짐과 황후가 대명궁으로 갈 때, 너도 며칠 따라갈 텐가?"

녕결의 얼굴에서 웃음기가 싹 사라졌다.

　'무슨 시골의 늙은 농부가 도시에 지내는 젊은 친척에게

시골집으로 놀러오라는 것도 아니고…… 나보고 사신(詞臣, 황제
옆에서 글을 짓는 대신)을 하라고?'
"폐하께서 은총을 내리시니 학생이 몸 둘 바를 모르겠습니다.
폐하께서 밤낮으로 서도(書道)를 가르쳐주신다는 것은 정말
현묘한 일인데……."

넝결은 공손하게 예를 올리며 황제의 안색을 한번 살피고 말했다.

"솔직히 말씀드리자면 출세하는 것을 싫어하는 사람은
없을 것입니다. 다만 학생이 이제 이층루에 들어가서
아직 원장님을 뵙지 못했기에……."
"짐이 그냥 한 말에 그렇게까지 진지할 필요가 있겠느냐?"

황제는 미소를 지으며 말했다.

"너의 그 말에는 가식이 너무 많아서 짐이 지적하기도 귀찮구나.
다만 출세하는 일을 싫어하는 사람이 없다는 말…… 그런데 왜
조소수는 출세를 원하지 않는 건가."

넝결은 또 어찌 답을 해야 할지 몰라 침묵했다.

"둘째가 어디로 갔는지 아느냐?"
"조 형이 어디로 갔는지 학생도 알지 못합니다."
"이 깊은 황궁이 궁녀나 비빈뿐만 아니라 짐도 가두고 있구나.
짐이 태자였을 때에는 항상 장안성에 놀러가고 춘풍정을
돌아다니고, 조소수와 술을 마시고 했는데 이제는 정말 돌아갈 수
없는 과거일 뿐이구나."
'폐하께서 왜 이런 말까지 나에게…….'

황제는 그의 생각이라도 읽은 듯 담담하게 웃으며 말했다.

"조소수는 짐이 마음에 둔 사람이고, 너는 조소수가 마음에 둔
사람. 짐이 조소수를 중시하니 춘풍정이라는 이름이 있고
조소수가 너를 중시하니 너를 데리고 가 춘풍정의 혈투를 치렀고,
너를 암행 호위로 보냈다. 그래서 네가 짐의 어서방에 들어갈 수
있었다. 그곳에서 네가 글을 남겼으니 짐이 비로소 너를 알게 된
것이 아니더냐. 이 말은 돌고 도는 것처럼 보이지만 사실 그 뜻은
하나다."

넝결은 계속 침묵하는 것도 결례라 생각하여 비위를 맞췄다.

"그 뜻이 무엇입니까?"
"짐과 너에게 인연이 있다는 뜻이다. 그때 짐과 조소수가
그랬듯이……."
'인연. 대당 천자와 내가 군신의 인연이 있다?
이보다 좋을 수가 있나!'
"짐과 네가 인연이 있는 이상 너는 그렇게 인색할 필요가 없다.
서화점에 둔 글씨를 많이 가져와 짐에게 보여 달라. 짐이
너에게 빌렸다고 생각해라."
'인연? 젠장! 나의 은표와 같은 글씨들이여! 빌린다고?
그럼 난 어떻게 천자에게서 빚을 받지?'

물론 넝결은 감히 거절할 수 없었다.

"제가 그동안 쓴 졸작들을 내일 궁으로 보내
폐하의 가르침을 청하겠습니다."

황제는 턱밑 긴 수염을 쓰다듬으며 고개를 끄덕였다.

"짐이 당연히 네 물건을 그냥 가져가지는 않을 것이다."

'그렇지. 최소한 대가는 있어야지. 공명정대한 폐하께서
 그렇게 인색하실 수 있겠어?'

"너의 소탈한 글씨에 금은을 선물하는 것은 너무 속되도다."

황제의 말에 녕결은 큰 실망을 했다. 녕결이 보기에 이 세상에서 가장 고
상하고 아름다운 것이 은이고 금이라면 신성하다는 표현까지 할 수 있다.

'그래, 진귀한 보물이나 비단도 좋지. 희귀한 연지나 지분도
 난 필요 없지만 상상은 좋아할 거야. 홍수초 아가씨들도
 좋아하고.'

황제는 자신이 하사한 선물을 기방 아가씨에게 주려고 하는 불량한 생각
은 상상하지도 못했다. 황제는 갑자기 눈빛을 반짝이며 말했다.

"안슬 대사가 이미 너를 제자로 삼았다고 들었다.
 그렇다면 황궁에 네게 어울리는 게 하나 있다."

"폐하, 그것이 무엇입니까?"

"지금 보여줄 수도 없고, 네가 지금 본다 해도 그 뜻을 알 수 없다."

황제는 미소를 지으며 말을 이었다.

"언제 안슬 대사가 짐에게 네가 진정으로 부도의 길에 들어섰다고
 알리면 짐이 그것을 너에게 상으로 내리겠다."

'뜻을 알지도 못하고 또 아직 손에 넣지도 못한 상에 감사 인사를
 드려야 한다고?'

그러나 녕결은 생각과 입이 따로 놀았다.

"성은이 망극하옵니다.'

녕결은 포기한 듯 재빨리 화제를 돌렸다.

"폐하, 학생이 궁금한 것이 하나 있습니다. 서원 이층루에
  들어가게 되었는데 암행 호위의 일은 그만두어야 합니까?"
"제국에 충성하고 동료에게 배려심 깊고 결단력 있는 또 살인에
  능한 자네 같은 사람이 짐은 필요하다."
"그렇다면 서원에서 무엇을 조사해야 하는지 모르겠습니다."

별 의도 없이 물어본 것처럼 보였지만 사실 녕결은 자신이 지난 일 년 동
안 의심해온 질문의 답을 찾으려 한 것이다.

'조정에서 서원을 의심하는 것인가? 나는 황궁에서 서원에
  심어둔 은밀한 패인가?'

황제는 그를 보며 불쾌하게 말했다.

"백치! 서원이야말로 대당 제국의 근간. 짐이 근간을 흔들 정도로
  멍청해 보이나? 누가 자네에게 서원을 조사하라 했는가?
  짐은 네가 그 수행자들을 조심하라는 뜻이다!"
"네, 폐하. 학생의 모자람을 용서해주십시오."

황제는 마음을 누그러뜨리며 말했다.

"서원 이층루에서 부자(夫子)를 따라 공부할 수 있는 것은
  하늘이 내린 기회이다. 대당의 미래는 결국 너희 같은
  젊은이들에게 달려 있다. 너는 한때 영광스러운 대당 변군의
  군사였으나 지금은 짐이 신임하는 암행 호위이자 부자(夫子)의

학생이다. 대당은 너를 묻히게 하지 않을 것이니 너도 대당에
망신을 주면 안 되느니라. 알겠느냐?"

"명심하겠습니다."

"당분간 짐은 너에게 조정의 관직은 내리지 않을 것이다.
왜냐하면 지금 온 천하가 짐이 너의 서첩을 좋아한다는 사실을
알기 때문이다."

'이건 또 무슨 논리지?'

"짐이 지금 너를 발탁하면 짐은 너의 다른 능력을 보고
그러한 것이더라도 대신들의 눈에는 결국 서첩 때문이라
비칠 것이다. 물론 짐은 조정 대신들과 백성들이 어떻게
생각하는지는 신경 쓰지 않지만 역사에 어떻게 기록될 것인지는
고려해야 한다."

넝결은 공손히 예를 올리며 진지하게 말했다.

"폐하께서는 이미 천고(千古)의 명군(明君)이십니다."

"천고(千古)의 아첨이구나."

"헤헤."

＊＊

황궁을 한 바퀴 산책한 후 황제는 자신이 가장 총애하는 공주에게 넝결을
궁전 밖까지 배웅하라고 당부했다. 끝까지 넝결의 체면을 살려준 것이었
다. 한 걸음 뒤에서 따라가던 넝결이 저도 모르게 웃자 이어는 뒤를 돌아
보며 나지막이 말했다.

"여기는 황궁이다. 북산도 입구가 아니니 조심해."

"전하, 그건 또 무슨 말씀이신가요?"

넝결은 아무런 부담감도 없는 듯 편안히 물었다. 이어는 궁전 밖으로 나와 걸음을 멈추었고 궁전 불빛을 받아 더욱 수려해 보이는 모습으로 물었다.

"본궁을 속인 일이 얼마나 더 있지?"
"아직 많이 있습니다."
"전부 알고 싶다."

넝결은 순간 '전하가 정말 아름답습니다.'라고 말하려다 주변의 궁녀를 보고 정신을 바짝 차리고 공손히 대답했다.

"아주 긴 이야기가 될 터입니다. 전하께서 그렇게 많은 시간이
있을 것이라 생각하지 않습니다."

말투는 공손했지만 그 뜻은 제멋대로였다. 경망하고 무례함이 극에 달했다. 하지만 황제가 그를 대하는 태도를 아는 궁녀가 어찌 대구를 하겠는가. 이어도 그렇게 신경 쓰지 않는 듯 돌계단을 내려와 미소를 지으며 말했다.

"그럼 며칠 후 공주부에 잠깐 다녀가라.
일 년 동안 상상을 통해서만 네 이야기를 들었는데,
네가 직접 하는 이야기를 듣고 싶다."
"전하께서도 제가 앞으로 얼마나 바쁠지 아실 텐데
제가 언제 시간이 될지 잘 모르겠습니다."
"본궁도 시간이 있다는데 네가 시간이 없어?"

넝결은 묵묵히 그녀를 바라보다 나지막이 반문했다.

"전하께서 다시 저를 끌어들이시려는 뜻 아닙니까?"
"당연한 일 아닌가?"

그녀의 너무나 자연스러운 태도에 녕결이 오히려 멍해졌다.

　"허나, 이제는 값이 또 다릅니다."

이어는 웃으며 고개를 가로저었다.

　"아마 네가 거절할 수 없는 값을 제시할 것이다."
　"세상에 거절할 수 없는 일이 많지 않은데, 전하께서는
　　정말 거절하기 힘들게 만드십니다."

그녀는 담담하게 미소를 지으며 말했다.

　"너 정말 아름답구나."
　'아, 내가 먼저 말할걸. 당했네, 젠장.'

궁전 밖에서 황궁 밖까지 녕결을 배웅할 이는 어린 태감 녹길이었다. 그를 따라 오랫동안 어화원을 따라 걸으니 마침내 황성문이 보였다. 녹길은 걸음을 늦추고는 목소리를 낮추며 감사하다는 뜻을 표했다. 녕결은 그가 무엇을 감사하는지 알았지만 고개를 끄덕이며 아무 말도 하지 않았다.
　　황성 문 밖에는 황궁 호위 부통령 서숭산이 기다리고 있었다. 까다롭고 긴 검문을 거친 후 녕결은 황성 문 옆에 있는 당직실로 끌려갔다.

　"이렇게까지 해야 하나요?"

서숭산은 그를 보고 두 손을 모으며 감사를 표했다.

　"오늘 하루 종일 걱정했는데 일이 무사히 끝났으니
　　고맙다고 해야겠지."
　"그날 녹길이 저를 데리고 출궁하고 부통령 대인이 숙직을

맡았으니…… 폐하께서도 분명 그 사실을 알고 계실 거예요."
"이쯤 되면 폐하께서 무엇을 짐작하셨든 나는 입을 열 수 없어."
"짐작하는 것과 실제 확인하는 것과는 별개의 일이죠."
"만약 내가 이번 일로 폐하의 총애를 잃게 되었다면 내가
네 허벅지라도 단단히 껴안아야겠어."

서숭산은 녕결을 뒷배로 삼을 각오였다.

'이어 공주만으로도 벅찬데 황궁 호위 부통령까지?'

녕결은 깜짝 놀라 연신 손사래를 치며 말했다.

"대인, 제발 그렇게 말하지 마세요. 하관의 허벅지는
그렇게 튼튼하지 않아요."
"자네 허리는 가늘지만 다리는 튼튼하다. 사양하지 마."

등골이 서늘해지는 것을 느낀 녕결은 재빨리 화제를 돌렸다.

"대인, 우리 암행 호위의 신분이 너무 노출되기 쉬운 거 아닌가요?
임 공공도 제 신분을 아시던데요?"
"임 공공은 폐하의 측근이다. 암행 호위의 명단을 당연히
알고 있지. 하지만 황궁에서도 너의 신분을 아는 사람은 거의
없다. 황후 마마도 모르신다."
"그럼…… 공주 전하는요?"
"짐작하는 것과 실제 확인하는 것은 별개의 일이라고
네가 방금 말하지 않았느냐?"

＊＊

"황형을 뵙습니다."
"앉아라."

황제는 손에 든 상주문을 내려놓으며 물었다.

"저번에 궁에서 보내 준 쌍증주 두 통은 마셔 보았느냐?
마음에 드는가?"
"그 술은 너무 독합니다."

황제는 퉁명스럽게 말했다.

"술이 독하지 않으면 무슨 맛이 있겠나? 넌 어릴 때부터
모친께 너무 사랑만 받다 보니 그렇게 몸이 약해진 거야."
"풍파를 막아 주실 황형이 계신데, 저는 좀 약해도 되지
않겠습니까?"

친왕은 안색을 고치고 의자에서 일어나며 군신의 대화를 시작했다.

"서릉 사절단이 떠날 시간이 되었습니다. 융경도 장안을 곧
떠날 텐데 이자를 장안에 남겨 두도록 폐하께서 명을
내리십시오."
"그때 한 합의는 그자가 이층루에 들어가는 것을 전제로
한 것인데, 그가 능력이 모자라 못 들어갔으니 날 탓할 수도 없다.
합의는 깨진 것과 다름없으니 그가 떠나도 무방하다."

친왕 이패언은 다소 당황하며 다급하게 말했다.

"황형, 연국의 볼모를 어떻게 이렇게 쉽게 보낼 수 있겠습니까?"

"대당이 천하를 뒤흔들 수 있는 위세는 철기병의 용맹함과 불패의
정신에서 나오는 것이지, 장안에서 기방이나 돌아다니는
볼모에게서 나오는 것이 아니다."

황제는 조소를 하며 말을 이었다.

"당시 연국 황제가 태자를 장안에 볼모로 보낸 것은 짐을
안심시키기 위한 것이 아닌 자기 자신을 안심시키기 위한
것이었다. 만약 짐이 그의 아들을 받아들이지 않았다면 그는 짐의
철기병이 언제 성경으로 쳐들어올까 하는 걱정에 잠을 이루지
못했을 것이다. 짐은 그 늙은이가 좀 더 오래 잠을 잘 수 있게
배려해준 것뿐이다."

황제는 엄숙한 표정으로 말했다.

"명심하라. 연국 황제나 남진의 국군(國君)은 자신들의 계산으로
볼모를 장안에 보내는 것이지, 짐이 그것을 원하기 때문이
아니다. 무슨 개똥같은 태자며 황자인가. 대당이 그들에게 은전을
쓰고 곡식을 낭비해도 된다는 것인가?"

황제는 소매를 흔들며 명을 내렸다.

"융경 황자가 떠나고 싶으면 떠나라 하라. 장안성은 폐인을
부양하지 않는다."

'똑, 똑똑, 똑, 똑똑똑……'

'끼익.'

＊＊

몇 차례 암호가 오고가자 노필재의 뒷문이 살짝 열렸고, 녕결은 재빨리 안으로 들어섰다. 그리고 바로 준비된 뜨거운 수건을 받아 얼굴을 씻고, 딱 적당한 온도의 뜨거운 물에 두 발을 넣고 정신적 육체적 피로를 풀었다.

"도련님, 황제께서는 어떻게 생겼어요? 수염은 길고 하얀가요?"
"수염이 길고 하얀 어르신은 산타클로스지."
'도련님이 많이 힘들긴 했지……'
"폐하는 그렇게 나이가 많지 않아. 어떤 사람인가는……
정말 잘 모르겠어."

솔직한 말이었다. 즉위 후 황제가 보여준 모습은 바로 전설 속의 명군이었다. 하지만 장군 집안에서 벌어진 일을 떠올리고 여전히 조정에서 위세를 떠는 범인들을 생각하면 명군이라는 단어에 물음표를 찍을 수밖에 없었다. 특히 친왕 이패언과 하후 대장군. 하나는 황제의 동생, 하나는 제국의 기둥인 대장군.

'폐하, 친동생에게 직접 손을 대실 수 없으니 그저
이 학생에게 맡겨주십시오.'
"황후 마마는 예쁘세요? 공주 전하는 황후를 별로 좋아하지
않는 것 같던데. 그런데 홍수초 소초에게 듣기로는 황후 마마가
세상에서 가장 예쁘다고…… 그래서 폐하께서도 여태껏
황후 마마 한 분만 좋아하시는 거래요."
"소초와 왕래하는 걸 줄이라 했지? 수다쟁이 아주머니처럼
황궁 뒷담화나 하는 것만 배워가지고……."
"궁금하잖아요."
"황후 마마에게 무슨 특별함이 있는지 잘 모르겠어.
황제 폐하도 말로 표현하기 힘들지만 하나는 확실해.

폐하께서 장사를 하시면 무조건 엄청난 부자가 되실 거야."

잠시 후 두 사람이 침대 위에 놓인 상자를 보며 곧 울 것 같은 표정을 짓고 있었다.

"모두 다 궁으로 보내야 해요?"
"당연히…… 안 돼. 많아야 3분의 2…… 아니 반."

상상은 상자에서 서첩을 고르기 시작했는데 그 동작이 평소와 달리 무척 느렸다. 아쉽다기보다는 마음이 아팠다.

"그때 내가 그것들을 왜 버리고 태웠는지……
설령 좀 잘못 썼다 해도 은표 반장은 받았을 텐데……
도대체 우리가 몇 년 동안 은표를 얼마나 버린 거야?"

그러다가 상상의 눈빛이 반짝였다. 그녀는 언제 그랬냐는 듯이 평소처럼 번개 같은 움직임으로 침대 판을 젖히고 손을 뻗어 작은 상자 하나를 꺼내 열었다.

"도련님이 예전에 버린 종이를 제가 다시 주웠지요.
이것들도 돈으로 바꿀 수 있을까요?"

녕결은 멍하니 맨 위의 종이를 봤는데, 탁이가 죽은 날 밤 자신이 쓴 상란첩이었다.

"이것들은 언제 다시 주워온 거야?"

상상은 미소를 지었지만 말을 하지는 않았다. 녕결은 한참이 지나서야 정신을 차리며 두 손을 내밀어 상상의 작고 까만 얼굴을 쓰다듬으며 말했다.

"상상아, 네가 없으면 내가 어떻게 살 수 있을까⋯⋯."

'꼬르륵.'

넝결은 두 손을 거두고 배를 문지르며 창밖의 짙은 어둠을 바라봤다.

"날이 밝기까지 아직 시간이 많이 남았지?"

"네, 근데 왜요?"

넝결이 진지하게 말했다.

"이럴 땐 산라면이지."

상상은 의아해하며 물었다.

"황궁 연회에는 최소 백첩 반찬이 나온다던데,
도련님은 안 드셨어요?"

"그런 말을 하는 사람들은 황궁이 어디 있는지도 모를 거다.
청아함, 고상함, 정교함을 따지는 황제의 연회에
어찌 그리 많은 음식이 올라오겠어? 이제 이 도련님은
황제의 연회에 참석해 본 사람이니 너도 어디 가서
그런 식견 없는 말은 하지 않도록."

"그런데 왜 안 드셨어요?"

"솔직히⋯⋯ 맛이 없었다."

상상은 미소를 지으며 말했다.

"국수 끓여 올게요."

✶✶

아침에 상상은 녕결의 머리를 빗어준 후 뜨거운 물을 준비했다. 그리고 국수 가게에 가서 산라면 두 그릇을 사왔다. 오늘은 특별히 쇠고기 고명 두 숟가락을 얹어 달라고 했다. 녕결은 양치질을 하고 아침을 먹기 시작했고, 상상은 그 사이 상자를 열어 신발과 양말을 꺼내 맞춰 봤다. 서원의 춘복은 이미 다림질이 되어 있고 신발과 양말도 모두 새것으로 준비했다. 녕결은 상상의 시중을 받으며 옷을 입기 시작했다. 두 손으로 허리띠를 잡아 힘껏 당겼고, 상상은 요패 한 무더기를 그 허리띠 안으로 집어넣었다.

'어젯밤 폐하께서 천추처의 요패를 주신 이유가 무엇일까?'

요패가 너무 많았다. 암행 호위 요패, 이층루 요패, 어룡방 객경 요패, 천추처 요패. 녕결은 허리춤의 볼록한 돌기를 만지며 말했다.

"장안성에 온 지 일 년 만에 은자도 많이 벌고 요패도 많이 걸쳤네. 다만 허리가 얇아 요패가 더 생기면 어떻게 해야 할지 걱정이야."
"도련님, 너무 우쭐대시는 거 아닌가요?"
"밖에서는 겸손한 척해야 하지만 집에서까지 그럴 필요 있겠어?"

녕결이 노필재 밖으로 나가니 여느 때처럼 마차가 이미 골목 어귀에서 그를 기다리고 있었다. 하지만 오늘은 마부가 마차에서 기다리지 않고 노필재 문밖에서 공손한 모습으로 대기하고 있었다. 마부 단(段) 씨는 이층루 사건도 화개첩(花開帖, 피안의 하늘에 꽃이 피다 서첩) 사건도 몰랐지만, 어제 마차 주인이 그를 불러 '네게 드디어 행운이 왔으니 녕결을 잘 모셔라'라고 신신당부했었다. 그래서 마차도 깨끗이 닦고, 옷도 깔끔히 정리해서 이곳에 온 것이다. 녕결은 단 씨의 모습을 보면서 고개를 끄덕이며 웃었지만 말을 하지는 않았다.

미세하게 흔들리는 마차에 앉아 그는 눈을 천천히 감았다. 며칠 동안의 고단함과 긴장을 벗고 그동안의 경험을 회상할 수 있는 기회는 이번이 처음이었다. 장막 틈으로 들어온 아침 햇빛이 순식간에 어두운 빛으로 변했다. 그 이상한 꿈들과 산을 오르며 보았던 기괴한 환각을 떠올렸다. 시간이 얼마나 흘렀을까, 녕결은 마침내 눈을 뜨고 고개를 천천히 저었다.

빛과 어둠이 교차하는 하늘과 땅에서 가장 먼 곳, 마음속 깊은 곳에서 들려오는 외침을 회상했다. 그는 그것들이 자신과 전혀 관계가 없음을 깨달았다.

'서원의 대수행자들은 왜 이런 현묘한 환경을 만들어낸 것이지?
마지막 선택에서 왜 내가 옳았던 것이지?'
'이 문제에 답하라는 것은, 하이델베르크 대학의 철학 교수가
초등학생에게 너는 어디에서 왔으며, 어디에 있으며,
어디로 가느냐를 묻는 것 아닌가?'
'그 아이가 대충 소리 질렀는데, 교수나 선종 스님들이
워낙 순수한 것을 좋아해, 아이가 본심을 찌르는 궁극적인 도를
깨달았다 오해하여 불세출의 천재로 여긴 것 아닌가?'

그는 한참 고민한 끝에 중얼거리며 결론을 지었다.

"부자(夫子)께서 너무 높고 깊은 나머지 흐리멍덩해졌다.
그리고 난 바로 대충 소리 지른 그 아이다."

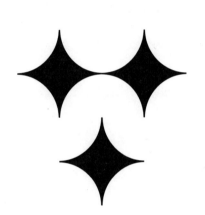

지은이	묘니
옮긴이	이기용
펴낸이	주일우
편집	이유나
디자인	PL13
마케팅	추성욱
인쇄	삼성인쇄

처음 펴낸 날
2023년 7월 20일

펴낸곳	㈜사이웍스
출판등록	제2023-000086호
주소	서울시 마포구 월드컵북로1길 52, 운복빌딩 3층
전화	02-3141-6126
팩스	02-6455-4207

전자우편
wonnyk20@naver.com

ISBN 979-11-983010-0-0 (04820)
SET ISBN 979-11-971791-9-8 (04820)

값 13,500원